Fünf gute Gründe

Natalie Rabengut

Korrektorat: Claudia Heinen – https://sks-heinen.de

Coverfoto: ilfotokunst – Fotolia.com

Sie erreichen die Autorin unter rabengut@gmail.com und www.natalierabengut.com

1

Keine Panik. Alles ist in Ordnung. Zumindest sagte ich mir das zum wiederholten Male, als der Regen einsetzte. Der Wind war mittlerweile heftiger geworden und meine nackten Arme waren von einer Gänsehaut überzogen. Ich fror mir schlicht und ergreifend den Arsch ab.

Daran, dass die Autos langsamer wurden, wenn sie an mir vorbeifuhren, hatte ich mich schon gewöhnt. Allerdings hatten die meisten inzwischen die Scheinwerfer angeschaltet, weil es wirklich duster aussah.

Aber das war okay, denn es passte zu meiner Stimmung. Das Gesicht in die Hand gestützt hockte ich auf meiner Reisetasche am Straßenrand und ärgerte mich ein minimales bisschen, dass ich meinen beschissenen Plan nicht etwas besser durchdacht hatte.

Wo zum Henker sollte ich jetzt hin?

Wieder fuhr ein Auto vorbei – dem Motorengeräusch nach zu urteilen, eines mit jeder Menge Pferdestärken unter der Motorhaube. Neu war allerdings, dass es ziemlich abrupt abbremste und die weißen Lichter aufflammten. Oh nein! Der Fahrer hatte den Rückwärtsgang eingelegt und wollte mit Sicherheit zu mir! Abgesehen von einer frierenden Frau am Straßenrand war hier schließlich weit und breit nichts Spektakuläres zu finden.

Der Wagen hielt neben mir und ich brachte es nur über mich, kurz den Kopf zu heben. Ein silberner Audi. Aber nicht etwa irgendein Audi, nein, ein RS7 Sportback – auch bekannt als Sex auf vier Rädern und nicht unter 100.000 Euro und 560 PS zu bekommen.

»Alles klar?«, fragte eine Stimme, die so dunkel war, dass mir ein Schauer über den Rücken lief, der nichts mit dem Regenwasser zu tun hatte, das den gleichen Weg genommen hatte.

Natürlich gehörte der umwerfende Wagen einem ebenso umwerfenden Mann, der völlig lässig vor mir im Regen stand. Da ich saß, musste ich den Kopf weit in den Nacken legen, um ihn überhaupt ansehen zu können.

Hätte ich nicht gesessen, hätte ich mich vermutlich hinsetzen müssen. Seine dunklen Haare waren kurz und nach hinten gestylt, seine Augen funkelten in einem leuchtenden Grün und seine Wangenknochen waren göttlich. Der Bartschatten stand ihm auch ziemlich gut.

Keine Ahnung, woher ich die Ruhe nahm, aber ich verkündete völlig entspannt: »Alles bestens. Danke.«

Er lachte und ich war bereit zu schwören, dass ich in diesem Moment feucht wurde. Das Geräusch kribbelte durch meinen ganzen Körper und ließ ihn verräterisch summen. Abrupt richtete ich mich gerade auf und drückte den Rücken durch.

»Du siehst ehrlich gesagt nicht aus, als wäre alles in Ordnung. Soll ich dich irgendwohin mitnehmen?«

Wie kam er denn auf die Idee, dass mit mir etwas nicht stimmte? Nur weil ich im strömenden Regen am Rand einer Bundesstraße auf einer Reisetasche hockte? Also bitte!

»Ich habe kein bestimmtes Ziel, aber danke. Fahr ruhig weiter, bevor du noch zu nass wirst.«

»Kommt gar nicht infrage. Ich lasse dich hier sicher nicht stehen. Willst du nicht einsteigen? Dann kannst du immer noch überlegen, wo du hinwillst. Im Auto ist das Risiko, dir eine Lungenentzündung einzufangen, auf jeden Fall viel geringer.«

»Dafür ist das Risiko, die Kehle durchgeschnitten zu bekommen, sehr viel höher. Vielleicht bist du ja ein Psycho.«

Belustigt verschränkte er die Arme und zog eine Augenbraue hoch. Verdammt, er war wirklich zu attraktiv für diese Welt.

»Du sitzt hier in einem Brautkleid. Im Regen. Wer weiß, was in der Tasche ist. Ich glaube, ich begebe mich in viel größere Gefahr als du.«

»Wenn du wüsstest ...«, murrte ich und seufzte anschließend.

»Hey, bitte. Mein Gewissen lässt es nicht zu, dass du hier alleine sitzt. Der Nächste, der anhält, ist vielleicht wirklich ein Psycho und macht sich gar nicht erst die Mühe, dich nett zu fragen, ob du mitfahren willst. Mein Name ist David.«

»Du bringst wirklich gute Argumente vor, David. Ich bin Kat und ich würde bestimmt die teuren Sitze ruinieren.«

Er zuckte nur mit den Achseln, bevor er näher kam. Erschrocken sprang ich auf und stellte fest, dass ich ihm gerade bis zur Brust reichte. »Scheiße, wie groß bist du?«

»1,93 Meter«, antwortete er, als würde er das andauernd gefragt werden. Dann griff er nach meiner Reisetasche. »Gut«, murmelte er erleichtert. »Die ist definitiv zu leicht, um die Leiche des Bräutigams zu enthalten.«

Stumm blinzelte ich ihn an und wusste nicht, ob ich lachen oder weinen sollte. Er verfrachtete meine Tasche in den Kofferraum, in dem sich bereits eine weitere Tasche befand.

Wie ein Gentleman ging er um den Wagen herum und öffnete mir die Beifahrertür. So würdevoll, wie es in einem nassen Brautkleid und mit heruntergelaufenem Make-up möglich war, folgte ich ihm.

Dann griff ich voller Genugtuung in den Stoff des Kleides, für das meine zukünftige Schwiegermutter mehr als 1.200 Euro hingeblättert hatte, und wrang es kräftig aus. Das mit der zukünftigen Schwiegermutter hatte sich eh erledigt.

Vorsichtig setzte ich mich auf den Sitz und inhalierte den Geruch des Wagens. Er roch sogar teuer und exklusiv. Die Fahrertür ging auf und ein zweiter Duft stieg in meine Nase. David roch nach Holz, Kardamom und Pfeffer – eine sinnliche Mischung.

Schnell schüttelte ich den Kopf, um meine ganz und gar deplatzierten Gedanken zu vertreiben. David war ein Mann, der überhaupt nicht in meiner Liga spielte, sondern sehr, sehr weit drüber – außerdem hatte ich eigentlich ganz andere Sorgen.

»Ich mache die Sitzheizung an, okay?«

Wieder nickte ich nur stumm. Es schien, als hätte ich meine Stimme aus Versehen draußen gelassen.

Eine Weile saßen wir schweigend nebeneinander, bis David schließlich sagte: »Okay, mein Plan endet hier, muss ich zugeben. Wo wolltest du denn ursprünglich hin?«

Eine gewisse Hysterie stieg in mir auf, die ich hinunterkämpfte, indem ich mir schmerzhaft fest auf die Zungenspitze biss. »Das wird jetzt überraschend kommen, aber eigentlich sollte ich heute an so einer riesigen Veranstaltung mit Kirche, Bräutigam und Kuchen teilnehmen. Aber als ich heute Morgen aufgestanden bin, war mir eher nach Irrsinn und Chaos, deswegen bin ich verschwunden.«

David nickte nur. »Gut, meine Frage ist idiotisch, das sehe ich ein. Also: Ich bin auf unbestimmte Zeit krankgeschrieben, weil mein Arzt der Meinung ist, dass ich einen Burn-out haben könnte. Um gar nicht erst auf die Idee zu kommen, doch zur Arbeit zu gehen, habe ich ein schnuckliges Ferienhaus in Mecklenburg-Vorpommern gebucht, eigenen Steg und See inklusive.«

»Mecklenburg-Vorpommern, hm?«

Wieder nickte er.

»Wie weit ist das?« In meinem Kopf formte sich ein Plan, der allenfalls als bescheuert zu bezeichnen war. Aber wenn man bedachte, dass ich heute mein ganzes Leben in den Sand gesetzt, alle Freunde und meinen zukünftigen Mann enttäuscht hatte, indem ich davongelaufen war, schien Mecklenburg-Vorpommern nicht unbedingt verrückter zu sein.

»Etwas über 600 Kilometer.«

»Hm.«

Er begann, auf dem Lenkrad herumzutrommeln, sagte aber nichts.

Ich weiß nicht, wo ich den Mut – oder den Irrsinn – hernahm, aber nach einigen hektischen Herzschlägen fragte ich: »Würdest du mich mitnehmen? Ich schätze, ich könnte einen Tapetenwechsel gebrauchen.«

Am Ende des Satzes wurde meine Stimme verdächtig zittrig und ich schluckte schwer.

Während ich darauf wartete, dass er mich für verrückt erklärte und aus dem Auto warf, knetete ich nervös meine Finger.

»Hat der stehen gelassene Bräutigam irgendetwas mit der Mafia zu tun, wird uns folgen und uns beide umbringen?«

Schnell schüttelte ich den Kopf.

»Dann gerne. Ich kann mich ohnehin schlecht selbst beschäftigen. Dir ist allerdings klar, dass ich maximal 50 Kilometer durchhalte, bevor ich dich über die Hochzeit ausfrage?«

»Gib mir 150 Kilometer und ich erzähle dir davon.«

David startete den Motor. »Deal.«

Er hielt sein Wort und machte keine Anstalten, mich in irgendein verfängliches Gespräch zu verwickeln. Stattdessen überließ er mich der Sitzheizung. Die Wärme, die langsam durch meinen Körper strömte, machte mich schläfrig. Erst jetzt bemerkte ich, wie kalt mir gewesen sein musste.

2

Ich hatte den Verstand verloren und es musste irgendwo auf der B224 passiert sein, denn bis dahin hatte ich mich eigentlich noch ganz gut gefühlt.

Was zum Teufel hatte ich mir nur dabei gedacht, eine Frau vom Straßenrand einzusammeln? Noch dazu eine, die ganz offensichtlich so beschädigt und verrückt wie nur möglich war, was schon das Brautkleid bezeugte, das sie trug?

So war das überhaupt nicht geplant gewesen. Ich war auf unbestimmte Zeit krankgeschrieben und unterwegs, um mich zu sammeln.

Get your shit together, hatte Ben, mein bester Freund, dazu gesagt und mir mit seiner großen Pranke auf die Schulter geklopft. Witzig, wirklich witzig.

Vorsichtig schielte ich zum Beifahrersitz. Sie schien eingeschlafen zu sein und ich entspannte mich ein wenig.

Verdammt! Warum war ich bloß schwach geworden? Ich hätte einfach das Gaspedal durchdrücken sollen. Stattdessen hatte ich schnurstracks zurückgesetzt und eine Unbekannte in mein Auto eingeladen.

Kat? Ob das die Abkürzung für irgendetwas war? Bestimmt Katharina oder so. Schwer seufzte ich. Eigentlich hätte ich wieder einsteigen und weiterfahren sollen – aber wie sie da so im Regen gesessen hatte, hatte sie einfach zu hilfsbedürftig ausgesehen.

Am besten dachte ich nicht weiter darüber nach, was mein Unterbewusstsein mir damit mitteilen wollte, dass ich beinahe eine Vollbremsung hingelegt hatte, weil ich eine Frau im Brautkleid gesehen hatte.

Mir war schon klar, dass sie nicht auf mich gewartet hatte, aber ...

Keine Ahnung, was ich denken sollte. Als ich näher gekommen war, hatte sie mich von unten aus ihren riesigen braunen Augen angesehen und ich war verloren gewesen. Eigentlich passierte mir so etwas recht selten. Die ganze Zeit mit umwerfend schönen Frauen zusammenzuarbeiten, stumpfte wohl irgendwann regelrecht ab.

Doch Kat hatte etwas in mir zum Klingen gebracht, als ich sie angesehen hatte. Außerdem hatte sie ausgesehen, als wäre ihr kalt, und ich war nun wirklich kein Unmensch. Natürlich gab es die böse Stimme in meinem Kopf, die mir klipp und klar verriet, dass ich nie im Leben angehalten hätte, wenn ein Mann im Frack dort gehockt hätte.

Ihre schmalen Schultern waren nackt, die zarten Schlüsselbeine ließen sie verletzlich wirken, dabei hatte sie selbst im Schlaf einen vorwitzig-trotzigen Zug um die Augen, der mir sagte, dass sie alles andere als schwach war.

Die braunen Haare waren zu einer typischen Brautfrisur hochgesteckt, deswegen war es mir unmöglich zu sagen, wie lang sie wohl waren. Immerhin gab es unzählige Möglichkeiten, dort zu tricksen: Schwämme, um Volumen vorzutäuschen, Extensions, um Länge hinzuzufügen – ich konnte also unmöglich wissen, wie sie mit offenen Haaren aussah.

Allerdings interessierte es mich sehr.

Gut, das hatte ich verbockt, das konnte ich nicht anders sagen. Hoffentlich war sie emotional stabil und glaubte jetzt nicht, dass ich irgendwelche romantischen Absichten hegte, nur weil sie ein Brautkleid trug.

Im besten Fall waren meine Absichten unanständig und nirgendwo in der Nähe von »romantisch« angesiedelt.

Ja, sie war genau mein Typ Frau, aber das half mir auch nicht. Ich hatte lediglich eine gute Tat vollbracht und das Ferienhaus war groß genug, um ihr notfalls aus dem Weg gehen zu können, sollte sie sich als nervtötende Klette herausstellen.

Ich würde ihr in diesem Fall einfach ein Zugticket kaufen und sie am nächsten Bahnhof absetzen. Diese Aussicht ließ mich merklich ruhiger werden. Genau, ich musste sie ja nicht gleich heiraten, weil sie mein Typ war und ich sie unterwegs aufgelesen hatte.

Sie rutschte ein wenig auf dem Beifahrersitz herum und murmelte irgendetwas, das ich nicht verstand. Dabei zerrte sie offenbar an ihrem Kleid und der Ausschnitt bewegte sich einige Millimeter nach unten, enthüllte etwas mehr von dem Ansatz ihrer Brüste und ihrer makellosen Haut.

Das brachte mich zu einem ganz anderen Problem: Was sollte ich tun, wenn sie das genaue Gegenteil von unausstehlich war? Vielleicht war das Glück mir ausnahmsweise hold und hatte mir eine Traumfrau auf dem Silbertablett serviert.

Würde ich mich beherrschen können, wenn sie sich als klug, witzig und leidenschaftlich entpuppen sollte?

Am liebsten hätte ich mich selbst geohrfeigt. Ruhe und Selbstfindung, nicht Idiotie und Versuchung sollte das Motto meiner Reise sein. Ich hatte wirklich genug mit mir selbst zu tun.

Aber für solche Bedenken war jetzt ohnehin zu spät – und wenn ich es ehrlich zugab, war ich neugierig auf ihre Geschichte.

Es gab etliche Möglichkeiten, warum sie die Flucht ergriffen hatte, und nur wenige davon würden darauf schließen lassen, dass in ihrem Oberstübchen alles einwandfrei funktionierte.

Die schlimmste Variante wäre wohl die, in der sie das Drama liebte und einen tollen Bräutigam völlig überraschend vor dem Altar hatte stehen lassen, weil sie schon immer mal einen übertriebenen Auftritt hatte hinlegen wollen. Ich sah den armen Mann praktisch vor mir, wie er auf den Stufen vor der Kirche kniete und sich die Augen aus dem Kopf weinte.

Natürlich bestand auch die Möglichkeit, dass sie ihn von vornherein nicht geliebt hatte, und ihm nur mächtig eins hatte auswischen wollen. Diese Art von Demütigung würde vermutlich jahrelang in dem Mann verwurzelt bleiben.

Oder es war eine Art Racheplan gewesen: Sie hatte ihn vor Jahren beim Geplänkel mit einer anderen Frau erwischt, ihm großmütig verziehen und war heute davongelaufen, hatte dabei lachend geschrien: »Ha! Ich bin doch nachtragend.«

Sie schnaufte leise im Schlaf und drehte den Kopf in meine Richtung. Blasse Ringe unter ihren Augen zeugten von Erschöpfung und selbst jetzt hatte sie einen Zug um den Mund, der aussah, als hätte sie in den letzten Wochen oft frustriert die Lippen aufeinandergepresst.

Vielleicht war der Mann auch einfach nur ein riesiges Arschloch und ihr war heute Morgen klar geworden, dass sie sich das Leben ruinieren würde, indem sie ihn heiratete.

Ihr Mund öffnete sich leicht und ihre Züge wurden weicher. Hoffentlich war es die letzte Variante!

3

Irgendwann wachte ich wieder auf. Entsetzt setzte ich mich gerade hin.

Mein Mund war trocken – ein sicheres Zeichen dafür, dass ich geschnarcht hatte. Ich streckte die Hand aus und klappte die Sonnenblende herunter.

Der Blick in den Spiegel war alles andere als erquicklich. Da traf ich den attraktivsten Mann, den ich in meinem Leben je gesehen hatte, und verbrachte vorher zwei Stunden im Regen.

Unsicher schielte ich zu ihm hinüber. Er konzentrierte sich aufs Fahren, was mir erlaubte, ihn noch weiter zu mustern. Sein ausgeprägter Kiefer ließ ihn überaus männlich wirken und über seinem T-Shirt mit V-Ausschnitt trug er eine Strickjacke, die einen ebenfalls teuren Eindruck machte.

Der einzige Vorteil daran, dass ich heute hätte heiraten sollen, war die Tatsache, dass ich ausnahmsweise vorzeigbare Unterwäsche trug. Aber was mir dieses Wissen nützen sollte, wusste ich auch nicht so genau.

Der Ausschnitt seines Shirts enthüllte eine Furche auf seiner Brust, die ich vorher noch nicht so nah und live in Farbe erlebt hatte – er musste ganz schön beeindruckende Brustmuskeln haben. Die hochgeschobenen Ärmel enthüllten zumindest sehr definierte Unterarme.

Fast hätte ich geseufzt, doch ich biss mir auf die Lippe, um mich davon abzuhalten. Stattdessen räusperte ich mich, um zu signalisieren, dass ich wach war.

»Habe ich lange geschlafen?«

»Gute dreihundert Kilometer. Und bevor du fragst: Du hast kein bisschen geschnarcht.« Als er grinste, zeigte sich ein kleines Grübchen auf seiner Wange.

Gequält stöhnte ich auf. »Das fängt ja gut an.«

Er sagte nichts, doch sein Grinsen wurde ein wenig breiter. Seufzend blickte ich aus dem Fenster. Inzwischen regnete es nicht mehr, und milder Sonnenschein drang zwischen den Wolken hervor.

»Okay, ich schulde dir eine Geschichte. Wo fange ich am besten an?« Ich strich meine Haare nach hinten, die sich noch immer ziemlich feucht anfühlten.

»Ich will mich nicht aufdrängen. Wenn du nicht darüber sprechen willst, ist das vollkommen okay.«

»Nein, schon in Ordnung, denke ich. Aber wenn ich in Tränen ausbrechen sollte, dann ist das dein Problem.«

David schluckte, als wäre ihm die Vorstellung unangenehm.

»Eigentlich hat alles damit angefangen, dass ich mir heute Morgen den Fuß gestoßen habe.«

»Du hast Reißaus genommen, weil du dir den Fuß gestoßen hast?«, echote er und klang dabei, als hätte ich ihm von meiner unbefleckten Empfängnis erzählt.

»Etwas komplexer ist es schon, aber ja. Im Grunde bin ich deswegen weggelaufen.« Während ich meiner eigenen Stimme lauschte, fiel mir auf, dass es tatsächlich etwas absurd klang. »Vermutlich sollte ich etwas weiter ausholen?«, schlug ich vor.

»Ich bitte darum.« Seine Stimme glich eigentlich mehr einem Schnurren, das in mir das Verlangen auslöste, meine Schenkel ganz fest zusammenzupressen, um meine Klit vom Pochen abzuhalten.

»Ich war in den letzten Wochen schon sehr durch den Wind, habe das aber auf den Stress geschoben. So eine beschissene Hochzeit bis ins kleinste Detail durchzuplanen, ist verdammt anstrengend – vor allem, wenn Schwiegerzilla, also die Mutter des Bräutigams, sich überall reindrängt.«

»Das Vergnügen hatte ich noch nicht«, murmelte er und wechselte dabei seelenruhig die Spur. Zumindest anhand seiner Fahrweise gab es keinen Grund, zu bereuen, dass ich in das Auto gestiegen war.

Natürlich hatte er keine Erfahrung im Planen von Hochzeiten. So wie er aussah, vögelte er jedes Wochenende zwei oder drei verschiedene Frauen und genoss das Singleleben in vollen Zügen.

»Eigentlich wollte ich keine große Hochzeit, aber dann hat meine beste Freundin überraschend geheiratet und hatte kaum Zeit, also war ich Schwiegerzilla ausgeliefert. Jedes Mal, wenn es mir zu viel wurde, hat sie damit argumentiert, dass sie nur das Beste für uns wolle und Torben ihr einziges Kind sei. Ich bin total in die Schuldfalle getappt.«

»Torben?« Er sagte das, als wäre es der ekelhafteste Name, den er je gehört hatte.

»Mein Verlobter. Torben.«

David sagte nichts mehr, sondern zog nur seine wohlgeformte Augenbraue hoch.

Mit der Hand wedelte ich seinen Einwand beiseite und fuhr fort: »Ich hatte keine Zeit mehr übrig, für gar nichts, und Torben hat mir überhaupt nicht geholfen. Er hat einfach seine Mutter alles entscheiden lassen. Sie wäre bestimmt auch bei der Hochzeitsnacht dabei gewesen!«

Ich hatte mich so in Rage geredet, dass ich verlegen die Hand vor den Mund schlug, David lachte erstickt.

»Egal! Heute Morgen bin ich aufgestanden, die Lady fürs Make-up und die Haare war da – selbst wenn man nichts mehr davon sieht, habe ich eine saftige Rechnung, die beweist, dass sie da war.«

»Keine Sorge, ich glaube dir, dass sie da war. Du hast bestimmt wunderschön ausgesehen. Also vor dem Regen. Nicht, dass du jetzt nicht hübsch wärest, aber ich kann mir vorstellen, wie du vorher ausgesehen hast.«

Röte stieg mir in die Wangen, weil er mich und das Wort ›hübsch‹ in einem Satz verwendet hatte. Weil ich aber nicht wusste, was ich darauf antworten sollte, murmelte ich nur schnell: »Danke.«

Hastig sprach ich weiter: »Dann bin ich in diesem verdammten Kleid durch die Wohnung gelaufen, und weil ich so darauf geachtet habe, mit dem guten Stück auch bloß nirgendwo dranzukommen, habe ich mir die Zehen am Türrahmen gestoßen. Sofort erklang Torbens Stimme in meinem Kopf und nölte, dass er mir schon hundertmal gesagt habe, dass ich nicht barfuß laufen solle. Da ist mir erst so richtig klar geworden, dass ich ihn gar nicht heiraten will. Ich will niemanden heiraten, der dauernd an mir herummäkelt, mich zu dieser riesigen Feier zwingt, die ich nicht will, und mich seiner Mutter zum Fraß vorwirft. Von den tausend anderen Kleinigkeiten, die mir noch durch den Kopf gegangen sind, mal ganz abgesehen.« Mit einem tiefen Ausatmen zwang ich mich dazu, meine Finger wieder zu lockern, denn beim Sprechen hatte ich eine Faust geballt.

»Und anschließend habe ich dich eingesammelt?«

Obwohl ich mit allen möglichen Fragen gerechnet hatte, hatte ich diese nicht kommen sehen. »Im Grunde ja. Möglicherweise habe ich davor zwei Stunden im Regen gesessen und mich geärgert, dass ich meinen Plan nicht besser durchdacht habe.«

Er presste die Lippen aufeinander und nickte. Da ich ihn überhaupt nicht kannte, konnte ich schlecht beurteilen, was er wohl dachte.

»Ich schätze, du bist mir ganz schön was schuldig.«

Mein Herzschlag setzte ein oder zwei Schläge aus. »So könnte man das sehen«, sagte ich langsam und hoffte, dass er nicht doch zudringlich werden würde. Mein letzter Selbstverteidigungskurs lag schon eine geraume Weile zurück. Vorsichtig musterte ich ihn aus dem Augenwinkel.

Er saß noch immer entspannt im Fahrersitz und machte nicht einmal Anstalten, eine Hand auf mein Knie zu legen.

Leider lag nicht nur der Selbstverteidigungskurs, sondern auch mein letzter Sex eine Ewigkeit zurück – ich wäre also nicht einmal bereit gewesen, für meine Reaktion zu garantieren, falls David auf dumme Ideen kommen sollte. Er war dermaßen attraktiv, dass ich es nicht ausschloss, mich ihm an den Hals zu werfen.

Wann immer Torben und ich uns in der letzten Zeit gesehen hatten – es hatte mit einem handfesten Streit geendet. Das hätte eigentlich schon ein erstes Zeichen für mich sein müssen, dass es nicht die beste Idee war, diesen Mann zu heiraten. Jede einzelne Entscheidung hatte er seiner Mutter überlassen. Sogar auf eine kirchliche Trauung vor der standesamtlichen hatte sie bestanden – mein Glück, denn sonst wäre ich jetzt schon offiziell verheiratet.

Die Stille zwischen David und mir dehnte sich aus. Ich hatte nichts mehr zu erzählen und er schien über irgendetwas nachzudenken.

»Was ist mit dir?«, fragte ich leichthin.

Wenigstens rutschte jetzt zur Abwechslung er mal nervös auf dem Sitz herum. »Die Kurzfassung ist, dass ich zu viel gearbeitet und mich zu wenig ausgeruht habe.«

Die lange Version interessierte mich sehr viel mehr, aber wie viele Details durfte ich einem praktisch Fremden aus der Nase ziehen?

»Das war's schon?«, fragte ich ein bisschen enttäuscht. »Keine verrückte Freundin, die dich vor den Altar schleifen wollte, und du deshalb auch die Flucht ergriffen hast?«

»Es tut mir leid. Aber so spannend bin ich nicht. Um deine geschickte Frage zu beantworten: Ja, ich bin Single. Ich habe einfach ein nettes kleines Ferienhaus gemietet, damit ich genug Abstand nach Hause habe und mir darüber klar werden kann, was ich eigentlich will.«

Meine Wangen glühten noch immer, weil ich bei meinem plumpen Versuch erwischt worden war, ihn auszuhorchen. Trotzdem konnte ich es nicht lassen. »Abstand? Klar werden? Da rieche ich aber eine kaputte Beziehung.«

Er warf mir einen ganz kurzen Blick von der Seite zu. »Das ist richtig.«

Wieder strich ich mit dem Finger unauffällig über die Seitenverkleidung. So ein schönes Auto, so ein dermaßen teures Auto. »Ist das dein Auto?«

»Investmentbanking«, beantwortete er meine unausgesprochene Frage und meine Wangen wurden heiß.

»Ich habe einen Coffeeshop.«

»Wirklich?«

Angriffslustig verschränkte ich die Arme. »Ja, wirklich. Was ist daran so unglaubwürdig?«

»Keine Ahnung, das ist nicht der Job, in dem ich dich gesehen hätte.«

Meine Augenbraue wanderte nach oben. »Aha. Und was hast du dir vorgestellt?«

»Kindergärtnerin. Nein, warte – man sagt jetzt Erzieherin, oder?«

»Kinder?« Der Mann musste den Verstand verloren haben.

»Ja, warum nicht?«

»Tja, ich bin keine Erzieherin und du bist kein Chirurg. Wir bekommen wohl alle nicht, was wir wollen.«

David lachte. »Wie hab ich das denn zu verstehen? Bin ich jetzt direkt aus dem Rennen?«

Verwirrt blinzelte ich. Vielmehr musste die Frage wohl lauten, ob ich raus war, denn ich konnte mir nicht vorstellen, dass ein Mann wie er auf eine Frau wie mich stand.

Bevor ich etwas sagen konnte, fragte er: »Oder ist Torben Chirurg?«

»Torben? Nein, er ist Steuerberater.«

»Hm«, machte David, als hätte ich ihm soeben meine intimsten Geheimnisse offenbart. »Wahrscheinlich ist es komisch, aber ich habe eine ganz andere Frage.«

»Schieß los.« Schließlich konnte ich mir jederzeit die Option offenhalten, seine Frage nicht zu beantworten. Natürlich erhoffte ich mir einfach das Recht, ihm für jede Frage, die er mir stellte, ebenfalls eine stellen zu können.

»Was habe ich darunter zu verstehen, dass deine beste Freundin überraschend geheiratet hat?«

»Oh, das kann ich dir nicht erzählen, solange du sie nicht kennst. Das wäre wirklich unfair.«

»Warum?« Das wachsende Interesse in seiner Stimme war nicht zu überhören.

»Weil sie dann einfach nur übergeschnappt wirkt.«

Er lachte und warf mir einen vielsagenden Blick zu. »Ich glaube kaum, dass sie mit dir mithalten kann.«

»Hey!«, rief ich empört. »Meistens bin ich vollkommen normal. Erinnere mich daran, dir meine Mutter vorzustellen.«

»Gern«, sagte er prompt und brachte mich damit völlig aus dem Konzept. »Du wolltest mir von deiner Freundin erzählen.«

»Nein, wollte ich nicht. Du glaubst wohl, deine charmante Art zieht bei jeder, oder?«

Sein blendendes Lächeln war Antwort genug und ich kapitulierte allzu bereitwillig.

»Eins kam zum anderen und Anika hat den erstbesten Mann geheiratet, dem sie über den Weg gelaufen ist.«

David schnaubte geräuschvoll. »Das ist keine gute Geschichte! ›Eins kam zum anderen‹, also wirklich! Ich hätte gern schon Details.«

»Aber ... Von mir aus. Anika ist eine wunderbare Freundin und eine unfassbar ehrgeizige Anwältin. Sie hat immer dafür gearbeitet, Partnerin in der Kanzlei zu werden, doch dann hat ihr Vater abgelehnt, weil sie zuerst eine Familie gründen sollte.«

Seine Augen wurden groß. »Du willst mir nicht erzählen, dass sie daraufhin losgegangen ist und den erstbesten Mann gefragt hat, ob er sie nicht zufällig heiraten wolle?«

Ganz langsam nickte ich.

»So ein Unsinn. Und der Mann hat natürlich Ja gesagt.«

Wieder nickte ich.

Energisch schüttelte er den Kopf. »Das klingt wie das Drehbuch einer schlechten Romantic Comedy. Ich nehme an, der Mann ist rein zufällig überaus attraktiv und trägt deine Freundin jetzt auf Händen durchs Leben.«

Allmählich fühlte ich mich wie ein kleiner Wackeldackel, so eifrig, wie ich vor mich hin nickte. »Du hast darauf bestanden, dass ich es dir erzähle.«

»Das stimmt. Aber das ist doch absurd! Ich meine, ist das deine Vorstellung von Romantik?«

»Wer hat denn von Romantik gesprochen? So wie ich das verstanden habe, ist der Sex umwerfend. Zeit für lange Spaziergänge ist immer noch später im Leben.«

Eine ganze Weile schwieg David und schien nachzudenken. Vermutlich befürchtete er, dass ich ihm innerhalb der nächsten Viertelstunde einen Heiratsantrag machen würde.

»Erzähl mir mehr von dir«, bat er schlicht.

»Da gibt es nicht viel zu erzählen. Mir gehört die *Kaffeetante*. Ende.«

Überrascht legte er den Kopf schräg. Da der Verkehr inzwischen merklich dichter geworden war, sah er mich nicht an.

»Die kenne ich. Der Kaffee ist toll, aber ...«

Abwehrend hob ich die Hand. »Die Pancakes sind besser. Schon tausend Mal gehört.«

Seine Stirn legte sich in Falten, was ihn nur noch attraktiver machte.

»Wenn du das weißt, warum gibt es die dann nur samstags?« Die Empörung in seiner Stimme war zu niedlich.

»Weil ich clever bin. Unter der Woche rennen mir die Angestellten die Bude ein. Zwischen acht und zehn Uhr und zwischen 15 und 17 Uhr mache ich den größten Umsatz. Aber am Wochenende? Tote Hose, mein Freund.«

»Und als du festgestellt hast, dass die Pancakes gut laufen – du bist ein Genie.«

»Ich weiß«, erwiderte ich selbstzufrieden.

»Nein, das meine ich ernst! Die Strategie ist brillant! Meine Ex hat mich samstags immer praktisch aus der Tür geprügelt, um ...«

Dann war sie da, die verlegene Stille. Offenbar war ihm aufgefallen, dass er mehr gesagt hatte, als er gewollt hatte.

Schnell versuchte ich, abzulenken: »Was soll ich sagen? Meine Pancakes sind halt die besten. Ich könnte mich ja mit einer Portion revanchieren, weil du mich mit in dein Ferienhaus nimmst.«

»Wenn ich dich am Leben lasse ... Warum nicht.«

Für einen Moment jagte er mir wirklich Angst ein, bevor ich das Zucken seiner Mundwinkel sah.

»Man!«, rief ich und schlug auf seine Schulter. »Das ist nicht witzig! Es ist total fahrlässig, was ich hier tue.«

Er lachte und ich schüttelte heimlich meine Hand aus, weil ich Angst hatte, sie mir gebrochen zu haben. Der Mann hatte Arme aus Stahl.

»Bis jetzt solltest auch du festgestellt haben, dass ich total harmlos bin.«

»Vielleicht bist du ein Gremlin und verwandelst dich erst, wenn du mit Wasser in Berührung kommst.«

»Es hat doch vorhin geregnet. Ich verspreche hoch und heilig, dass du bei mir sicher bist.«

Seine Worte lösten ein warmes Gefühl in mir aus, das völlig unangebracht war. Immerhin war das nicht, was er gemeint hatte.

»Was ist mit dir? Schneidest du mir mitten in der Nacht die Kehle durch?«

»Niemals. Das macht viel zu viel Dreck. Ich würde dich vergiften.«

David presste kurz die Lippen aufeinander. »Das war nicht unbedingt die Antwort, auf die ich gehofft hatte.«

Ich musste lachen. »Ich verspreche, dass ich, abgesehen von meiner Neugier, ebenfalls harmlos bin.«

Ob er darauf antworten wollte, wusste ich nicht, denn in diesem Moment meldete sich das Navigationsgerät und verkündete, dass wir die Autobahn verlassen mussten. Wie war die Zeit nur so schnell verflogen?

Kurze Zeit später knirschte Kies unter den Rädern, als David den Audi in die breite Zufahrt zu dem Ferienhaus lenkte.

Fassungslos starrte ich aus der Windschutzscheibe. »Das verstehst du unter einem kleinen Ferienhaus?« Vor mir ragte ein Palast in die Höhe, der nichts mit der kleinen Holzhütte zu tun hatte, die ich mir vorgestellt hatte. Ich wäre in meiner Verfassung schon mit einer Dusche im Garten zufrieden gewesen, aber jetzt sah ich mich schon in einer marmornen Badewanne hindümpeln.

Die weiße Fassade war so hell, dass ich den Anblick kaum ertrug. Ein gepflasterter, sanft gewundener Weg führte von der Einfahrt hoch zum Haus. Selbstverständlich passten mühelos drei Autos nebeneinander in die Auffahrt. Die große Eingangstür hatte einen Türgriff, der wie ein großer Ast gestaltet war – so etwas hatte ich bisher noch nirgendwo gesehen. Rechts neben dem zweistöckigen Haus lag die breite Garage, die garantiert größer als meine Wohnung war.

»Wirklich schnuckelig.« Der Sarkasmus troff aus meiner Stimme, als ich das Wort wiederholte, mit dem er mir das Ferienhaus beschrieben hatte.

Er hatte beide Hände auf das Lenkrad gelegt und zuckte mit den Schultern. »Hey, ich stapele lieber niedrig und überrasche dann positiv. Natürlich sah das Haus auf den Bildern toll aus, aber Bilder können täuschen. Was hättest du denn gesagt, wenn ich dir ein Luxusdomizil angekündigt hätte, und hier hätte nur eine Bretterbude gestanden?«

Ich öffnete die Beifahrertür und kletterte umständlich aus dem Wagen. Warum hatte ich mir bloß diesen beknackten Reifrock aufschwatzen lassen? Draußen stemmte ich die Hände in die Hüften. »Da hast du irgendwie recht, das kann ich nicht leugnen. Sollen wir mal nachsehen, ob das Innere mit dem Äußeren mithalten kann? Ich würde gern aus dem Fummel hier raus.«

David stieg ebenfalls aus, warf die Fahrertür zu und sah mich über das Dach des Wagens hinweg an. Seine Augen glitten langsam über meinen Körper.

Für einen Moment wünschte ich mir, ihn besser zu kennen, denn ich konnte nicht einmal raten, was er wohl dachte.

»Das kann ich mir gut vorstellen.« Er öffnete den Kofferraum und nahm beide Taschen mit einer Hand. Ein Piepen verkündete, dass er das Auto verriegelt hatte.

»Gib mir meine Tasche ruhig.« Auffordernd streckte ich ihm den Arm entgegen, den er komplett ignorierte.

»Geht schon. Pass du lieber auf, dass du nicht auf dem Saum deines Kleides ausrutschst. Der Schlüssel für's Haus sollte rechts vom Briefkasten in dem Zeitungsfach liegen.«

Weil er sich ganz offensichtlich nicht helfen lassen wollte, raffte ich den Stoff meines Kleides zusammen und stieg wie die erwachsene Version von Cinderella die drei kleinen Stufen zum Hauseingang hinauf. Das Schlüsseletui war neben dem Briefkasten leicht zu finden, darauf prangte das Gucci-Logo.

Das Ganze hier war definitiv eine Nummer zu groß für mich. Automatisch sah ich nach unten, um zu sehen, ob ich mir wenigstens die Fußmatte leisten konnte. War das Wildleder? Wer zum Teufel benutzte denn eine Wildlederfußmatte?

»Und?«, fragte David hinter mir.

Erschrocken zuckte ich zusammen. »Ich hab den Schlüssel.«

Sein Lachen war so nah, dass sein Atem dabei über meine Haare strich. »Würdest du denn vielleicht auch aufschließen? Nur, wenn du Lust hast natürlich.«

Verlegen schob ich den Schlüssel in das Schloss. Ich musste nur einmal drehen, dann schwang die große Tür geräuschlos nach innen auf.

»Wow«, entfuhr es mir.

»Ganz nett«, urteilte der Mann, legte eine Hand in meinen Rücken und schob mich über die Schwelle. Eigentlich hätte mich vermutlich der Blitz treffen sollen, weil ich nicht hierhin gehörte. Doch ich konnte ungehindert eintreten.

»Das sieht alles ganz schön teuer aus.« Ein wenig Ehrfurcht hatte sich in meine Stimme eingeschlichen.

»Keine Angst. Ich will keine Miete von dir.«

»Ich müsste dich sowieso in Pancakes bezahlen.« Langsam drehte ich mich um meine eigene Achse und versuchte, alle Eindrücke zu erfassen.

Hier war alles so hell: cremefarbene Wände und hellgrauer Boden mit komplett weißen Holzmöbeln. Die Treppe, die nach oben führte, war ebenso weiß wie die Türrahmen. Eine massive Kommode war das einzige Möbelstück in der Eingangshalle – neben den Haken an der Wand, die offensichtlich für Jacken oder Ähnliches gedacht waren.

»Sollen wir die Taschen gleich nach oben bringen?«

David steuerte bereits auf den Treppenabsatz zu. Mein Herz machte einen kleinen Satz, weil ich über diese Möglichkeit noch gar nicht nachgedacht hatte. Kritisch musterte ich die teuer wirkenden, aber nichtssagenden Kunstdrucke an der Wand.

Was sollte ich machen, wenn es hier nur ein Schlafzimmer gab?

Unsinn, so groß, wie dieses Haus aussah, würden wir vermutlich jeder aus acht verschiedenen Schlafzimmern wählen können.

»Klar.«

Ich raffte den Saum des Kleides erneut hoch und folgte ihm. Hoffentlich würde ich hier drin nicht allzu viel dreckig machen, denn ich fürchtete, dass allein die Kaution für dieses Haus teurer als meine Monatsmiete war.

David sprang die Treppe leichtfüßig nach oben, nahm zwei Stufen auf einmal, während ich ladylike versuchte, nicht in den hochhackigen Schuhen hinzufallen.

Er hatte bereits mehrere Türen geöffnet und den Kopf in die Zimmer gesteckt, als ich endlich die letzte Stufe erklommen hatte und das Kleid erleichtert fallen ließ.

»Das hier sieht aus, als könnte es dir gefallen.« Seine Stimme klang gedämpft aus einem der Räume zu mir hinüber und ich folgte ihr.

Erstaunlicherweise hatte er recht. Das Zimmer war eher schlicht gehalten, den Cremeton an der Wand kannte ich schon von unten, die Möbel waren weiß. Ein breites Bett thronte an der längsten Wand, bezogen war es mit hellgrauer Wäsche. Links vom Bett führte eine Tür ins direkt angrenzende Bad.

Vermutlich erschienen in diesem Moment kleine Herzchen in meinen Augen. Seit ich denken konnte, träumte ich davon, mich morgens nur aus dem Bett rollen zu müssen, um ins Bad zu gelangen. Zu Hause heizte ich grundsätzlich nicht im Flur, weil ich das für Verschwendung hielt – eine Haltung, die ich im Winter jeden Morgen bereute, wenn ich durch den blöden, eiskalten Flur in mein kleines Bad hetzte.

»Es ist wirklich schön.«

»Du kannst dir aber natürlich auch noch die anderen Zimmer ansehen«, wandte David ein.

»Mache ich, doch hier gibt es nichts auszusetzen. Wenn du willst, kannst du meine Tasche gern abstellen.«

Er stellte sie auf den dunklen Holzboden und nahm seine Tasche zu meiner Erleichterung mit aus dem Raum, als er wieder in den Flur ging. Aus Neugier folgte ich ihm.

Wir öffneten noch einige Türen, bevor ich ihn zu mir rief. »Hey, das Bett hier sieht aus, als hätte es Überlänge. Ist das nicht was für dich?«

»Klingt gut.« David kam näher und blieb neben mir stehen. Durch den dünnen Stoff meines Kleides spürte ich die Hitze, die sein Körper ausstrahlte, nur zu deutlich. »Das nehme ich.«

Der Raum war das Spiegelbild meines Zimmers, nur waren die Wände hier hellgrau und dafür die Bettwäsche cremefarben.

»Cool. Ich würde jetzt mal duschen gehen und das Make-up aus meinem Gesicht kratzen.«

David lachte und schob sich an mir vorbei in sein Schlafzimmer. »Du bist sehr unverblümt. Treffen wir uns im Wohnzimmer?«

»Ich nehme an, das ist unten?«

Er stellte seine Reisetasche aufs Bett. »Genau. Gesehen habe ich es allerdings auch noch nicht.« Er zwinkerte mir zu.

»In Ordnung. Aber versprich mir, dass du mich suchst, sollte ich länger als zwei Stunden in diesem Palast herumirren.«

»Wird gemacht.«

Mit einem Nicken verabschiedete ich mich und suchte nach der Tür, die zu meinem Zimmer führte. Hier oben sah wirklich alles gleich aus und es hingen nicht einmal Bilder an der Wand, die mir die Orientierung leichter gemacht hätten.

Nach drei Versuchen war ich wieder im richtigen Raum. Kurz zählte ich die Türen bis zur Treppe, demnach war mein Zimmer das dritte auf der rechten Seite. Das würde ich mir hoffentlich merken können.

4

Erleichtert schloss ich die Zimmertür hinter mir und ließ mich aufs Bett fallen. In dem lächerlichen Versuch, mich zu ersticken, drückte ich eins der zahlreichen Kissen auf mein Gesicht.

Seit wann war ich so auf Sex fixiert? Ich sollte mich echt schämen, dass mich eine halb nasse Frau mit verlaufenem Make-up in einem Brautkleid antörnte. Aber als sie gesagt hatte, dass sie mich in Pancakes bezahlen würde, hätte ich fast entgegnet, dass mir ganz andere Zahlungsmöglichkeiten einfielen.

Hart presste ich meine Zähne aufeinander und schnaufte ins Kissen. Am besten nahm ich eine eiskalte Dusche, bevor ich nach unten ging.

Hatte ich zu lange keinen Sex mehr gehabt? Sie erwähnte die *Kaffeetante* und ich stellte mir sie sofort in dem engen Poloshirt vor, das die Angestellten dort trugen.

Sie wollte duschen, um sich aufzuwärmen, und mir fielen auf Anhieb vier verschiedene Arten ein, sie unter besagter Dusche zu vögeln.

Bei jedem Zimmer, das wir uns angesehen hatten, war ich mehr in Versuchung geraten, sie aufs Bett zu schubsen und einfach zu sehen, wie sie reagierte.

Vermutlich sollte ich einen Psychiater aufsuchen.

Egal, was sich hier noch abspielen würde, ich musste die Finger von ihr lassen. Abgesehen davon, dass sie mich viel zu sehr an Jennifer erinnerte, würde sie sich vielleicht genötigt fühlen, mit mir zu schlafen, weil ich ihr ein Dach über dem Kopf bot. Ein solches Szenario jagte mir einen Schauer über den Rücken. Das hatte ich nun wirklich nicht nötig und das wollte ich nicht.

Außerdem wollte ich eigentlich keine neue Beziehung. Das Aus mit Jennifer war zwar schon fast drei Jahre her, aber komplett war ich vermutlich noch nicht darüber hinweg. Wie auch? Ich hatte ja lieber gearbeitet, als mich damit auseinanderzusetzen.

Mir kam ein Gedanke, der dafür sorgte, dass ich das Kissen fester auf mein Gesicht presste, trotzdem ließ er mir keine Ruhe.

Schließlich gab ich auf und erhob mich. Mit routinierten Handgriffen öffnete ich meinen Koffer, der schon in allen Teilen der Welt mit mir gewesen war und den ich selbst um vier Uhr morgens praktisch blind packen konnte.

Das kleine Reißverschlussfach im oberen Teil des Inneren war ausgebeult und gab mir Gewissheit: Ich hatte auch dieses Mal den Koffer völlig automatisiert gepackt und wie immer Kondome eingesteckt. Damit war ich bestens vorbereitet – auf etwas, von dem ich mir gerade noch geschworen hatte, dass es nicht passieren würde.

Das würde ein umwerfender Urlaub werden, zumindest in meiner Fantasie. In der Realität hatte ich vermutlich das Dümmste getan, was ich hätte tun können, indem ich mir die leibhaftige Versuchung ins Haus geholt hatte.

Ich war hierhin gefahren, um mir zu überlegen, was ich weiterhin mit meinem Leben anfangen sollte, denn weitermachen wie bisher kam überhaupt nicht infrage. Der Arzt hatte mir unverblümt mitgeteilt, dass ich vermutlich schon Medikamente zur Regulierung meines Blutdrucks gebraucht hätte, wenn mein Körper aufgrund des ganzen Sports nicht so gut in Schuss gewesen wäre.

Das war sehr alarmierend gewesen und hatte mich irgendwie von meinem selbst gewählten Arbeitszwang geheilt. Schlagartig war ich unglaublich müde geworden und hatte alle weiteren Verpflichtungen vorerst abgesagt.

Mein bester Freund war schließlich auf die Idee mit dem Tapetenwechsel gekommen, hatte aber zugleich gesagt, dass ich an einen möglichst langweiligen Ort fahren sollte, um meine Gedanken zu sortieren.

Langweilig hatte ich durch ruhig ersetzt und war hier gelandet. Nur wie ich in Kats Gegenwart meine Gedanken neu ordnen sollte – das musste ich erst noch herausfinden.

5

Nach der Dusche war ich zum ersten Mal seit Ewigkeiten mit der Frage konfrontiert, was ich anziehen sollte. Auf der prächtigen Bettwäsche, die schon so aussah, als wäre sie mehr wert als der gesamte Inhalt meiner Reisetasche – das Handy mitgerechnet –, wirkte alles kümmerlich.

Außerdem hatte ich auch nicht für ein Ferienhaus in Mecklenburg-Vorpommern mit dem attraktivsten Mann aller Zeiten gepackt, sondern für eine Woche Mallorca mit meinem Doch-Nicht-Ehemann, der mich seit Jahren kannte und schon in jedem Zustand gesehen hatte.

Das kleine Schwarze fiel also aus.

Es war wohl eher die Frage, ob die schwarze Jogginghose oder die graue?

Wem machte ich was vor? David würde sich wohl kaum die Bohne dafür interessieren, wie ich aussah. Abgesehen davon hatte er mich als durchnässten Waschbär kennengelernt, der in einem Brautkleid steckte – von dort aus konnte es eigentlich nur aufwärtsgehen.

Seufzend stand in voller Pracht vor dem Spiegel. Ich musste mein Pulver ja auch gleich am ersten Abend verschießen. Die graue Jogginghose wirkte zusammen mit dem ausgewaschenen Werbeshirt von BMW dermaßen umwerfend, dass es mir praktisch schwerfiel, die Hände von mir selbst zu lassen.

Meine schulterlangen Haare fasste ich zusammen, drehte sie zu einem Knoten zusammen und befestigte diesen ganz oben auf meinem Kopf.

Da mein Outfit schon unwiderstehlich war, sah ich keinen Sinn darin, mich zu schminken. Die Waschbärenränder unter den Augen von meinem morgendlichen Hochzeitsmake-up waren noch immer zu sehen und deswegen ließ ich es gleich bleiben.

Die Füße in Flipflops gesteckt latschte ich nach unten. Natürlich kündigte mich das Schlapp-Schlapp der Schuhe mich schon Minuten vor meiner eigentlichen Ankunft an.

Da das Wohnzimmer direkt hinter der Eingangshalle lag, war es nicht unbedingt schwer, zu finden. David lag wie aus dem Ei gepellt auf einem der beiden großen Chesterfield-Sofas, die erstaunlicherweise nicht weiß, sondern schwarz waren.

Nervös stellte ich fest, dass weit und breit kein Fernseher zu sehen war. Glücklicherweise hielt ich die einzige Frauenzeitung in der Hand, die ich dabeihatte. Gestern Mittag hatte ich das Magazin kurzerhand gekauft, um etwas für den Flug zum Lesen zu haben.

Er hob den Blick von dem Taschenbuch, das er in der Hand hielt, und musterte mich.

»Ist was?«, platzte ich heraus.

»Nein. Ich bin nur erleichtert, weil du kein Brautkleid mehr anhast. Dir geht es vermutlich ähnlich, aber das war irgendwie ein komisches Gefühl. Fast so, als wären wir zusammen durchgebrannt.«

Mit einem Grinsen setzte ich mich auf das zweite Sofa. »Das stimmt. Aber das Kleid war mir einfach zu unbequem.«

David hatte genug Anstand, nichts zu sagen, und ich brachte es nicht übers Herz, ihm zu sagen, dass Torben heute Abend nach der Feier genau das gleiche Outfit präsentiert bekommen hätte.

»Hast du einen BMW?« Er deutete auf das Shirt und meine Wangen wurden rot.

»Ja, aber der ist nicht mit deinem Luxusschlitten zu vergleichen. Tiffany ist rot, von 1980 und damit älter als ich. Ich habe sie für 300 Euro von einer sehr alten Dame gekauft, die nicht mehr selber fahren wollte und auch noch das T-Shirt im Schrank liegen hatte.«

David lachte schallend los. »Tiffany?«

Meine Augen wurden schmal. »Ja, und abgesehen von der klemmenden Kofferraumklappe und dem Spritverbrauch, der mich noch ins Grab bringen wird, läuft Tiffany wie eine Eins.«

Gut, das war ein bisschen gelogen, der TÜV sah das anders als ich – aber solange ich nicht im Lotto gewann, war ich auf Tiffany angewiesen. »Hast du deinem Wagen keinen Namen gegeben?«

Er schüttelte den Kopf.

»Oskar.«

David hob abwehrend die Hände. »Um Himmels willen! Das ist doch kein Oskar!«

Angriffslustig verschränkte ich die Arme. »Dann schlag etwas anderes vor. Es ist ja wohl eine Schande, einem so hübschen Wagen keinen Namen zu geben. Wie willst du ihm denn sonst deine Zuneigung mitteilen?«

Obwohl er aussah, als würde er mich für ziemlich bekloppt halten, sagte er nach einer Weile zögerlich: »James.« Ich starrte ihn dermaßen verblüfft an, dass er mich angrinste. »Ha! Damit hast du nicht gerechnet.«

»Nein, das habe ich nicht.« Mein Herz schlug merklich schneller. Mein Auto war nach Tiffany Case aus dem James-Bond-Film *Diamantenfieber* benannt, in dem sie einen roten Mustang fuhr. Damit, dass David sich das zusammenreimen würde, hatte ich wirklich nicht gerechnet.

»Die Farbe war ein guter Hinweis. Sonst wäre ich nicht darauf gekommen«, gestand er und das Grinsen ließ meine Knie ganz weich werden.

»Ich bin angemessen beeindruckt. Das ist ja kein Zufallswissen. Also guckst du die Filme auch gern?«

Wortlos klappte er das Taschenbuch zu und zeigte mir den Titel – *Leben und sterben lassen*, 1973 mit Roger Moore in der Hauptrolle verfilmt.

Langsam, aber sicher schmolz ich auf diesem Sofa dahin. Es gelang mir gerade noch, ein bemühtes Lächeln zu präsentieren, bevor ich mir die Frauenzeitung schnappte und signalisierte, dass ich sie jetzt lesen würde.

Verdammt, dieser Mann war zu gut, um wahr zu sein. Sicherlich lag ich noch immer zu Hause im Bett und träumte lediglich.

Doch selbst, wenn es kein Traum war, reichten die Probleme bis in die Unendlichkeit. David war viel zu attraktiv für mich. Ich hatte heute erst einen Mann am Altar stehen lassen und in der Heimat einen Haufen Probleme, die mit besagtem Mann zu tun hatten und auf mich warteten. Eigentlich wollte ich gerade auch keinen neuen Kerl.

Wenn ich nun so eingebildet wäre, zu denken, dass ich hübsch genug für David war, dann war da immer noch die Sache mit Torben. Wäre ich ein Mann und würde eine Frau treffen, die gerade erst einen anderen Mann sitzen gelassen hätte, wäre ich definitiv auf der Hut.

Es war also besser, wenn ich mir alle Fantasien in diese Richtung aus dem Kopf schlug.

***

Es war gar nicht so einfach, sich auf den Inhalt der Zeitschrift zu konzentrieren, wenn auf der Couch gegenüber ein dermaßen attraktiver Mann lag. Die Fantasien, wie es wäre, wenn das mein tägliches Leben wäre, kamen praktisch von alleine. Ebenso wie die Fantasien, ihm langsam sein Shirt auszuziehen und mit den Lippen ...

Verlegen räusperte ich mich und vertiefte mich wieder in die Lektüre. Die Titelseite versprach mir immerhin 15 leichte Tricks, mit denen ich mein Leben spielend in den Griff bekommen und endlich Zeit für alles finden würde – in meiner momentanen Situation war ich für jede Hilfe dankbar.

Unruhig blätterte ich weiter und hätte die Werbeanzeige für einen Herrenduft fast übersprungen. Ein großer, attraktiver Mann hatte die muskulösen Arme auf den Rand eines Swimmingpools gestemmt und hievte sich gerade aus dem Wasser. Die Tropfen glitzerten auf seinem Brustkorb und ich schluckte nur schwer. Je länger ich das Gesicht des Models studierte, desto langsamer schien mein Herz zu schlagen.

Irgendwann bekam ich keine Luft mehr und ließ die Zeitung auf meinen Schoß fallen. Das hielt ich zwei Sekunden durch, bevor ich wieder hektisch danach griff und die Hochglanzseiten bewunderte. Wenn ich es nicht besser wissen würde, wäre ich bereit zu sagen, dass das Model in etwa 1,93 Meter groß war, einen silbernen Audi fuhr und mir gegenübersaß.

»David!«, rief ich empört und er zuckte tatsächlich schuldbewusst zusammen.

»Ja?«

»Hast du nicht gesagt, dass du irgendetwas mit Investmentbanking gemacht hast?«

Seine Stirn runzelte sich. »Richtig.«

»Und der Burn-out? Kommt der daher?«

Vorsichtig, als würde er sich auf einem glatten Untergrund bewegen, wanderte sein Blick nach unten. Er bemerkte die Zeitung und murmelte nur: »Oh ...«

»Oh? OH? OH?« Aufgebracht hüpfte ich von der Couch. »Oh mein Gott! Das bist du wirklich, oder?«

»Ja, das bin ich. Und ja, das ist mein zweiter Job.«

Mir fiel gar nicht auf, dass ich in Kreisen um den Wohnzimmertisch lief, bis David meinen Arm packte. »Setz dich bitte, du machst mich ganz nervös.«

Gehorsam ließ ich mich auf die Couch fallen. »Das ist ein cooles Bild.«

Er lächelte milde, als hätte er das schon unzählige Male gehört. »Danke.«

»Ich meine es ernst. Sonst kenne ich nur sehr durchschnittliche Leute, du bist wirklich umwerfend attraktiv.«

Sein Gesichtsausdruck veränderte sich und wurde interessiert. »Ach ja?«

Das Funkeln in seinen Augen verunsicherte mich und ließ mich denken, dass er mich auf den Arm nahm.

»Ja, wirklich. Aber ich bin auch beleidigt, dass du mir das nicht erzählt hast. Aus einer Zeitschrift muss ich das erfahren! Also wirklich!« Mit einem Schnauben nahm ich das Magazin und vergrub meine Nase darin.

David lachte, erst leise, dann immer lauter. »Kat, du bist die Härte! Wir kennen uns jetzt wie lang? Zehn Stunden? Was erwartest du? Dass ich dir jedes Detail über mich erzähle?« Vergnügt schüttelte er den Kopf. »Außerdem: Wie schmierig wäre das bitte? ›Hi, mein Name ist David. Wenn ich nicht erfolgreich in einer Privatbank das Geld anderer Leute vermehre, modele ich, weil ich nun einmal großartig aussehe?‹«

Ich verzog das Gesicht. »Na gut, das lasse ich gelten. Das klingt wirklich ein bisschen überheblich. Aber ich bleibe dabei, dass ich neugierig bin und einfach alles wissen muss. Ist vermutlich eine meiner schlechten Angewohnheiten.«

Er klappte das Buch zu, in dem er bis gerade gelesen hatte, und legte es auf den Tisch. »Eine deiner schlechten Angewohnheiten? Hast du viele davon?«

Kurz dachte ich nach. »Keine Ahnung. Das hängt wohl davon ab, wen man fragt.«

»Wie meinst du das?«

»Na, wenn ich jetzt den Bräutigam fragen würde, den ich stehen gelassen habe, könnte er vermutlich viel mehr schlechte Eigenschaften aufzählen als meine beste Freundin.«

»Stimmt. Meine schlechteste Eigenschaft ist wohl, dass ich keine habe.«

Weil ich direkt losprustete, musste ich mir die Hand vor den Mund halten. Es war definitiv noch zu früh, um David anzuspucken.

Empört warf er ein Sofakissen nach mir. »Was ist daran so witzig?«

»Junge, du musst wirklich an deiner Bescheidenheit arbeiten!«

»Ach ja? Wie viele hast du denn?«

»So aus der Hüfte heraus würde ich fünf sagen.«

»Du hast genau fünf Eigenschaften?«, fragte er verwirrt.

»Nein, fünf schlechte Eigenschaften. Wovon redest du denn?«

»Na, von Eigenschaften im Allgemeinen.«

Ich winkte ab. »Jetzt übertreib mal nicht. Offensichtlich bist du ja beispielsweise ganz schön ambitioniert, wenn du so viel arbeitest. Was machst du sonst so?«

Mit krausgezogener Stirn lehnte er sich auf dem Sofa zurück und legte die langen Beine auf dem Couchtisch ab.

»Nichts«, sagte er leicht verlegen mit einem Achselzucken.

»Wie nichts? Du hast doch bestimmt Hobbys?«

»Hobbys?«

»Du weißt schon. Lesen, Filme gucken, von mir aus auch stricken.«

Nachdrücklich schüttelte er den Kopf. »Nichts davon.«

»Aber du musst doch irgendetwas machen, wenn du Zeit totzuschlagen hast.« Skeptisch verschränkte ich die Arme.

»Dann gehe ich ins Fitnessstudio.«

Oh Mann. Ich biss mir auf die Unterlippe, denn ich hätte mich um ein Haar freiwillig gemeldet, um diese Behauptung zu überprüfen.

»Mal angenommen, das Fitnessstudio hat zu. Was machst du dann?«

»Fernsehen?« Es klang eher zweifelnd, wie er das sagte.

»Vormittags? Das würde ich dir wirklich nicht empfehlen.«

»Masturbieren?«

»Klar, das würde ich ganz oben auf die Liste setzen. Kommt auch super an, wenn du mal eine Frau kennenlernst.«

Länger konnte ich mich beim besten Willen nicht beherrschen. Unter Davids strafendem Blick kicherte ich los und steigerte mich bis zu einem hysterischen Lachen.

Als ich mir schließlich die Tränen von der Wange wischte, sagte ich: »Danke. Das habe ich wirklich gebraucht. Jetzt habe ich viel bessere Laune.«

Es war eindeutig, dass er beleidigt sein wollte, es aber nicht konnte. »Gern geschehen«, knurrte er schließlich durch die Zähne, bevor er mit einem Stöhnen den Kopf nach hinten sinken ließ und sich mit beiden Händen durchs Gesicht wischte.

»Vielleicht ist es wirklich gut, dass ich dich eingesammelt habe. Das hier gibt mir eine ganz neue Perspektive auf mein Leben. Ich brauche wirklich dringend ein Hobby.«

Wie er dort so verzweifelt saß, tat er mir doch ein bisschen leid. »Was machst du denn sonst? Stehst du wirklich auf, fährst zur Arbeit, von da aus ins Fitnessstudio und danach modelst du?«

»Mehr oder weniger, die Reihenfolge ändert sich zwischendurch. Aber im Großen und Ganzen beschreibt das meine Woche.«

»Die ganze Woche? Inklusive Wochenende?«, fragte ich bestürzt und sein Achselzucken war Antwort genug. »Kein Wunder, dass du ausgebrannt bist. Ich glaube, du brauchst jemanden, der auf dich aufpasst.«

Er zog die rechte Augenbraue so hoch, dass sie förmlich unter der Decke zu schweben schien. »Aha.«

Verlegen hob ich die Schultern. »Ach ja, eine weitere meiner umwerfenden Eigenschaften: Ich mische mich gern und oft ein.«

»Wie gut, dass du nur fünf schlechte Eigenschaften hast. Dann kenne ich ja jetzt wenigstens schon einmal zwei davon.« Er legte den Kopf wieder auf die Sofalehne und wirkte, als würde er ernsthaft grübeln.

Eine Stille, die vorher noch nicht da gewesen war, breitete sich zwischen uns aus. Nach einer Weile stand ich auf. »Ich schätze, ich gehe jetzt mal schlafen. Danke, dass du mich mitgenommen hast.«

Grüne Augen musterten mich eindringlich. »Gern. Denke ich zumindest bis jetzt.«

Da ich nicht so recht wusste, was ich von seiner Antwort zu halten hatte, begnügte ich mich damit, mich umzudrehen und auf die Treppe in den ersten Stock zuzugehen.

Ich war schon fast oben, als seine Stimme mich zurückhielt. »Kat?«

»Ja?« Erwartungsvoll wirbelte ich herum, obwohl ich selbst nicht wusste, was ich mir eigentlich erhoffte.

Für einen Moment starrte er mich an. »Schlaf gut.«

Natürlich. Wie peinlich. Was hatte ich denn erwartet, was er sagen würde? »Du auch.« Damit verschwand ich in den lang gezogenen Flur.

6

Genervt strampelte ich die dünne Decke von meinen Beinen. Seit drei Stunden lag ich wach und starrte die – zugegebenermaßen sehr schöne – Zimmerdecke an. Sie war weiß getüncht und von vier großen schwarzen Balken durchzogen. Balken, die ich bestimmt schon ein paar hundertmal gezählt hatte.

Damit versuchte ich mein Gehirn von der attraktiven Frau abzulenken, die nur wenige Zimmer entfernt schlief. Als ich das erste Mal darüber nachgedacht hatte, was sie wohl trug, wenn sie ins Bett kletterte, hatte ich mich selbst befriedigt, weil ich es nicht länger aushielt.

Weil ich danach allerdings noch immer genauso schlau wie vorher war, war ein schaler Nachgeschmack zurückgeblieben. Leider hatte sich schon nach wenigen Sätzen offenbart, dass sie genau mein Typ war – nicht nur äußerlich.

Leider.

Sie war clever, selbstironisch und witzig. Am liebsten hätte ich sie geküsst. Dass sie überraschend herausgefunden hatte, dass ich nebenbei als Model arbeitete, machte es nicht besser.

Für einen Moment hatte sie mich mit dermaßen funkelnden Augen angesehen, dass ich geahnt hatte, leichtes Spiel zu haben ...

Es hatte mich alles an Disziplin gekostet, das nicht auszunutzen. Aber schon bei dem Gedanken war Bens Gesicht vor mir aufgetaucht.

All kinds of wrong, würde er dazu sagen. Ich grübelte nach dem passenden deutschen Ausdruck, aber mir fiel nichts ein. Vielleicht »Alle Facetten von falsch«? Wirklich schön klang das aber nicht.

Fakt war, dass Ben recht hatte, dabei war er nicht einmal hier. Kat hätte heute einen anderen Mann heiraten sollen, der nicht einmal wusste, wo sie gerade war. Da konnte ich sie wohl kaum verführen.

Warum war das nur leichter gesagt als getan?

Wahrscheinlich brauchte ich einfach nur einen neuen Job – oder zumindest eine Aufgabe, dann würden mein Leben wieder in geregelten Bahnen verlaufen.

Vollkommen automatisiert wanderten meine Gedanken zurück zu Kat. Ich kannte die *Kaffeetante* und hatte mir schon öfter einen Kaffee dort gekauft – meistens nur zum Mitnehmen, weil ich stets chronisch in Eile gewesen war. Von der Arbeit zum Fotoshooting und umgekehrt. Offensichtlich war meine Hektik so schlimm gewesen, dass mir nicht einmal die bezaubernde Besitzerin aufgefallen war.

Mein »Urlaub« vom Investmentbanking bestand darin, in der Karibik Fotoshootings zu absolvieren, von da aus ging es manchmal nach Japan oder Australien. Ich hatte vermutlich mehr Vielfliegermeilen als Kat Kaffeebohnen in ihrem Laden.

Ich grinste. Wie das Leben mit so einem Coffeeshop wohl war? Es klang so herrlich unaufgeregt und strukturiert. Unwillkürlich stellte ich mir vor, neben meiner schönen ungeschminkten Frau aufzuwachen und mit ihr zu schlafen, bevor wir gemeinsam den Laden aufschlossen und den ganzen Tag Leute mit Kaffee und süßem Gebäck beglückten.

Und wenn der Laden abends abgeschlossen war, könnte ich Kat auf den Tresen setzen und ...

Frustriert wälzte ich mich auf die andere Seite und widerstand der Versuchung, mir selbst ins Gesicht zu boxen – aber nur, weil ich der verführerischen Dame morgen früh nicht erklären wollte, warum ich auf einmal ein Veilchen hatte.

***

Schon beim Aufwachen bemerkte ich meine stramme Erektion und hasste mich sofort wieder selbst. Ich hatte sehr lebhafte Erinnerungen an meine Träume und fühlte mich wie gerädert.

Was konnte ich tun, damit ich nicht spätestens beim Mittagessen über Kat herfiel?

Vermutlich sollte ich mich beim Sport verausgaben. Da es draußen noch dunkel war und ich das Gelände nicht kannte, kam es nicht infrage, laufen zu gehen, denn ich wollte mir nicht zu allem Überfluss einen Knöchel brechen.

Sofort sah ich Visionen, wie ich ans Bett gefesselt von Kat gepflegt wurde. Mein Schwanz zuckte begierig.

Alles klar, ich würde jetzt eine kalte Dusche nehmen und dann eine geeignete Tür für meine Reckstange suchen.

Fündig wurde ich in der Küchentür, denn alle anderen Türen im Haus waren zu breit. Außerdem war sie weit genug von Kats Schlafzimmer entfernt. Aber es war gerade einmal halb sechs und die ersten Lichtstreifen zeigten sich am Horizont, deshalb wagte ich stark zu bezweifeln, dass sie jetzt schon aufstehen würde, immerhin befanden wir uns offiziell im Urlaub. Es fühlte sich jedoch mehr nach meiner privaten Version von Hölle an.

Genervt spannte ich die Stange in den Türrahmen und rüttelte daran. Sie saß fest.

Wie immer begann ich mit Klimmzügen. Eigentlich machte ich immer 20 Wiederholungen, aber heute war ich dermaßen aufgewühlt, dass ich mir noch weitere fünf abrang. Meine Muskeln brannten und protestierten, aber wenn ich meinen Kopf leeren wollte, musste ich mir schon Mühe geben.

Nach den Klimmzügen warf ich mich auf den Boden und absolvierte Liegestütze. Das Mitzählen vergaß ich recht bald, denn ich konzentrierte mich nur auf die Schmerzen. Meine Schultern, mein Rücken und die Brust kreischten bereits unter Protest und zitterten, als würden sie gleich aufgeben und endlich konnte ich Kats Bild aus meinem Kopf vertreiben.

Verdammt, ich hätte mein Springseil mitnehmen sollen, um mich noch besser auspowern zu können. Kritisch sah ich nach draußen – oder ich ging doch eine Runde laufen?

Aber zuerst würde ich noch etwas für den Bauch machen. Die Manschetten für die Beine lagen in Reichweite und ich hängte mich kopfüber an die Stange.

Die ersten zehn Wiederholungen klappten ohne Probleme, dann sah ich Kats nackte Beine so lebhaft vor mir, dass ich schon zu halluzinieren glaubte. Es dauerte zwei weitere Crunches, bis mir klar wurde, dass sie tatsächlich vor mir stand und nicht meiner Fantasie entsprungen war.

Wie schon gestern Abend trug sie ein ausgewaschenes Shirt, das nicht einmal bis zur Mitte ihrer Oberschenkel reichte. Machte sie das eigentlich mit Absicht? Ihre Haare waren noch zerwühlt und sahen aus, als wäre sie direkt aus dem Bett hierhergekommen, was sie vermutlich sogar war. Aber ich wusste jetzt, dass sie knapp ihre Schultern berührten, wenn Kat sie offen trug. Eine schöne Länge.

Meine protestierenden Muskeln waren vergessen, weil ich einfach nur auf die nackte Haut starrte. Es stand fest: Ich hatte mich absolut umsonst verausgabt. Gerade, als ich die Frau aus meinen Gedanken vertrieben hatte, kam sie und verlockte mich noch mehr.

Wut stieg für einen kurzen Moment in mir auf, bis eine kleine Stimme sich meldete: Wann hast du dich das letzte Mal so lebendig gefühlt?

Ich runzelte die Stirn und hörte genauer hin. Die Stimme hatte recht. Bisher hatte ich immer nur an die Arbeit und den nächsten Auftrag gedacht. Meine größte Sorge war es gewesen, hierherzukommen und an nichts anderes zu denken.

Doch seit gestern Mittag hatte ich nicht einen Gedanken daran verschwendet. Wozu auch? Ich hatte ein viel interessanteres Objekt der Begierde. Wann war das das letzte Mal passiert?

Die Frage war eigentlich irrelevant, denn es gab eine viel interessantere: Wie konnte ich diese faszinierende Frau für mich gewinnen?

Am besten, indem ich sie besser kennenlernte und anständig umwarb – auch wenn der primitive Teil in mir schrie, sie einfach an den Haaren ins nächste Schlafzimmer zu zerren.

Kat zupfte am Saum des Shirts und lenkte meine Aufmerksamkeit auf den handflächengroßen Riss auf Bauchhöhe. Sie gab sich nicht einmal Mühe, mich zu beeindrucken. Statt knapper sexy Kleidung gab sie sich betont lässig und schminkte sich nicht. Das war erfrischend und außerdem wusste ich jetzt schon, dass sie sich nicht verstecken brauchte. Auch ungeschminkt war sie um ein Vielfaches hübscher als die meisten Frauen, die ich kannte – Models eingeschlossen.

Ihre Brustwarzen zeichneten sich durch den dünnen, ausgewaschenen Stoff ab. Irgendwie war ich mir ziemlich sicher, dass ihr das nicht bewusst war. Trug sie etwa nichts unter dem Shirt? Gar nichts?

Die Möglichkeit schnürte meine Kehle zu. Ich musste mich dringend wieder hinstellen, damit das Blut aus meinem Kopf floss. Hauptsache, ich konnte es davon abhalten, direkt mit voller Kraft in meinen Penis zu rasen.

Kat räusperte sich und mit einem Mal war alles klar: Ich musste sie haben. Ich wollte neben ihr einschlafen und neben ihr aufwachen. Ich wollte sie vögeln. Ich wollte hören, wie sie meinen Namen stöhnte. Himmel! Vielleicht wollte ich sie sogar heiraten.

Dann kam mein praktisches Denken durch: Ein Kleid hatte sie immerhin schon.

7

Als ich wach wurde, lechzte mein Körper förmlich schon nach Koffein. Wie gut, dass ich Kontrollfreak meine Teekanne und den Tee höchstpersönlich eingepackt hatte.

Es war nicht einmal sieben Uhr. Mein Plan sah vor, nach unten zu schleichen, Wasser zu kochen und dann wieder in meinem Zimmer zu verschwinden, bis ich meine Morgenmuffeligkeit so weit überwunden hatte, dass ich mich unter Menschen trauen konnte.

Mit hängenden Schultern und barfuß schlurfte ich nach unten und summte eine Melodie, die in meinem Kopf festhing. Keine Ahnung, wo ich sie aufgeschnappt hatte.

Vor der Küchentür blieb ich wie angewurzelt stehen. Ich hatte nicht damit gerechnet, dass der Durchgang versperrt sein würde.

Mein »Mitbewohner« hing kopfüber an einer Stange im Türrahmen und machte Bauchmuskelübungen – verschwitzt und ohne T-Shirt, was meinen Speichelfluss erheblich anregte.

»Guten Morgen«, sagte er leicht atemlos, während ich mich darüber freute, nicht einmal eine Hose angezogen zu haben, bevor ich nach unten gegangen war.

Sofort gingen mir Torbens unzählige Ermahnungen durch den Kopf. Er hatte es immer schrecklich gefunden, wenn ich in den übergroßen Männershirts ohne passende Pyjamahose schlief.

Da stand ich nun mit nackten Schenkeln und einem Shirt mit einem gut sichtbaren Loch irgendwo am Bauch – gut, das Loch war eher ein Riss, durch den ich mühelos drei Finger stecken konnte. BH oder Höschen? Na, wo wäre denn da der Spaß geblieben?

Es lag sicherlich an dem fehlenden Koffein, dass ich einfach nur auf der Stelle blieb und David anstarrte. Bei jeder Bewegung spannten sich seine ohnehin schon beeindruckenden Bauchmuskeln an, der Schweiß glitzerte auf seiner Haut.

Mich überkam das Verlangen, meine Beine zusammenzupressen, um meine Lust zu zügeln. Da sollte noch einmal einer sagen, Frauen würden eher ihre Fantasie benutzen und nicht so stark auf visuelle Reize reagieren wie Männer.

Wenn ich persönlich einen halb nackten, attraktiven Mann sah, dann dachte ich sofort über Sex nach – es sei denn, ich war mit meinen Gedanken ganz woanders. Aber in diesem Fall würde ich besagten Mann gar nicht erst bemerken.

Und ich war mir sicher, dass ich jede einzelne meiner Freundinnen würde fragen können, sie würden das genauso sehen.

David zu übersehen, war praktisch unmöglich. Ich kam ja nicht einmal an ihm vorbei.

Verlegen strich ich meine Haare hinters Ohr und wünschte mir, dass ich sie wenigstens gekämmt hätte, bevor ich nach unten ging. Allerdings wurde diese Überlegung von der verdrängt, dass ich besser meine Arme unten lassen sollte, bevor der Saum meines Shirts nach oben wanderte.

Es dauerte eine Weile, bis er etwas sagte: »Ach, ich versperre dir den Weg, nicht wahr? Sorry.«

Ich war so auf sein Sixpack fixiert, dass ich nicht darauf achtete, wie er sich befreite, doch auf einmal stand er vor mir und ich musste mir nicht mehr das Gehirn verrenken, um mir seine Brust richtig herum vorzustellen.

»Du trinkst also Tee?«

Ein-, zweimal blinzelte ich. »Was?«

Mit dem Finger stieß er die Kanne in meiner Hand an. »Ist das keine Teekanne?«

»Doch. Richtig. Ja, ich wollte mir gerade einen Tee machen. Und ich bin kein großer Morgenmensch, wenn dir das aufgefallen sein sollte.« Eilig schob ich mich an ihm vorbei, bevor ich noch auf die Idee kam, ihn tatsächlich anzufassen.

Dabei kaute ich auf meiner Zungenspitze herum, um mich abzulenken und nicht noch irgendetwas Dummes zu sagen. Im letzten Moment erinnerte ich mich an meine halbwegs vernünftige Erziehung. »Möchtest du auch einen?«

»Nein, danke. Ich bevorzuge Kaffee. Es tut mir leid, aber für mich schmeckt Tee einfach nur nach Wasser mit irgendeinem Geschmack.«

Ich runzelte die Stirn. »Aber das ist Kaffee doch auch.«

Er schenkte mir ein dermaßen strahlendes Lächeln, dass ich Kinder von ihm wollte. »Aber Kaffee ist viel leckerer.«

Was hatte er gesagt? War eigentlich egal, ihm konnte man vermutlich ohnehin nicht böse sein.

Obwohl er nach eigener Aussage keinen Tee wollte, folgte er mir in die Küche und ließ sich, so wie er war, auf einen der Stühle sinken.

»Ich konnte nicht mehr schlafen, weil ich die ganze Zeit über das nachgedacht habe, was du gestern gesagt hast.«

Überrascht sah ich ihn an, während ich den Stecker des Wasserkochers in die Steckdose schob. »Da ich die schlechte Angewohnheit habe, wie ein Wasserfall zu reden, grenzt das nicht unbedingt ein, was du meinst. Was genau habe ich denn gesagt?«

Er grinste schief und verschränkte die Arme vor der Brust, was seinen Bizeps nur ganz unwesentlich stark betonte. Ich fuhr damit fort, auf meiner Zungenspitze herumzukauen.

»Das mit den fünf schlechten Angewohnheiten. Offenbar sind wir bei dir jetzt schon bei drei angelangt, wenn ich die beiden von gestern mitzähle. Mir ist das nicht aus dem Kopf gegangen. Seitdem meine letzte Beziehung in die Brüche gegangen ist, frage ich mich unablässig, ob es wirklich nur an mir und der Arbeit lag. Ich habe es schon ernsthaft in Betracht gezogen, mich mit Online-Dating zu beschäftigen. Vielleicht machen wir das zusammen?«

Mit gerunzelter Stirn roch in an den Teeblättern, um mir Zeit zu verschaffen. »Online-Dating? Wie meinst du das?«

»Wir erstellen uns zusammen Profile. Während der eine ausfüllt, kann der andere Tipps geben.«

Ich gab ein ersticktes Geräusch von mir, das einem Lachen ziemlich nahe kam. »Da bin ich natürlich eine wahre Fundgrube an Wissen! Mit meinem stehen gelassenen Bräutigam sollte ich Beziehungstipps verteilen.«

David grinste und winkte ab. »So meine ich das gar nicht. Wir füllen dem jeweils anderen das Profil aus und verbessern uns dabei gegenseitig – aber neutral. Vielleicht sind unsere schlechten Angewohnheiten gar nicht so übel und andere Dinge, die wir gar nicht für schlimm halten, treiben jeden normalen Menschen in den Wahnsinn. Es wäre doch cool, wenn uns jemand darauf hinweist.«

Während ich meine Haare am Hinterkopf glatt strich, dachte ich nach. »Also habe ich mir das wie gestern vorzustellen? Du schlägst ›masturbieren‹ vor und ich sage dir, dass das nicht unbedingt in einen solchen Fragebogen gehört.«

Gequält verzog er das Gesicht. »Genau. Das war zwar jetzt nicht das Beispiel, das ich hören wollte, aber im Grunde ja. So kann ich dir jetzt zum Beispiel ganz neutral sagen, dass es mich tierisch nervt, dass du dauernd an deinem T-Shirt-Saum herumzerrst.«

Ertappt starrte ich nach unten und sah, dass meine Hand tatsächlich auf dem Stoff lag. Ganz langsam kroch die Röte in meinen Kopf. Das Pfeifen des Wasserkochers erlöste mich.

Schnell drehte ich mich herum und dachte über seinen Vorschlag nach. »Tut mir leid, das ist eine schlechte Angewohnheit, weil Torben mir damit immer auf die Nerven gegangen ist.«

»Womit?«

»Er war der Meinung, dass ich in – ich zitiere: anständigen – Pyjamas schlafen sollte und nicht immer in abgerissenen Shirts. Vermutlich liegt's an meinen Schenkeln.« Die Worte prasselten einfach vor lauter Verlegenheit aus mir heraus.

Als ich mich wieder umdrehte, starrte David unübersehbar auf meine Beine. »Deine Schenkel? Wieso sollte er etwas gegen deine Schenkel haben?« Er runzelte die Stirn.

Ich hingegen spürte, wie das Blut sich verdächtig schnell in Richtung meines Kopfes bewegte. Spätestens in zwei Sekunden würde ich knallrot sein.

»Keine Ahnung. Ich schätze, sie sind ihm zu dick.« Verlegen sah ich an mir runter und zupfte schon wieder an dem dünnen Stoff. Dabei versuchte ich, Davids perfekt gemeißelten Körper zu ignorieren. Wie konnte er so früh am Morgen schon dermaßen fabelhaft aussehen? Seine Haare waren charmant zerzaust, auf eine Art, mit der jeder andere Mann wie nach einem Saufgelage ausgesehen hätte. Aber nicht mein heimlicher Retter. Nein. Er sah aus wie ... wie ein Model eben.

Genervt warf er nun die Arme in die Luft. »So ein Blödsinn! Deine Schenkel sind toll!«

Von dem unerwarteten Kompliment wurde mir fast schwindelig. Jetzt raste das Blut geradezu in meinen Kopf und ich schwieg verlegen, doch das bemerkte er nicht, denn seine Tirade ging bereits weiter: »Zu dicke Schenkel! Ich kann es nicht mehr hören! Weißt du eigentlich, wie oft Models, mit denen ich gearbeitet habe, versucht haben, mir das weiszumachen? Größe 34 und nichts dran – aber dicke Schenkel.« Er legte seine Hand über die Augen und grunzte leise.

Ob es wohl auf dieser Welt sonst noch irgendjemanden gab, der in schlichten Sportshorts so umwerfend aussah?

Plötzlich klopfte er energisch mit der Fingerspitze auf den Tisch. »Ich glaube, da ist grundsätzlich etwas mit dem weiblichen Sehnerv nicht in Ordnung. Wenn es um Schenkel geht, setzt er wohl einfach aus. Zu dicke Schenkel!«

Mit einer eleganten Geste beugte David sich vor und strich mit den Fingerspitzen über meinen Oberschenkel. Dann richtete er sich wieder auf. »Nee, alles in Ordnung. Ein ganz normaler Schenkel.«

Er sah mich an und ich betete, dass er nicht bemerkte, was seine simple Berührung in mir ausgelöst hatte. Fast hätte ich panisch nach Luft geschnappt. Stattdessen murmelte ich heiser: »Tee?«

Meine Haut brannte förmlich und ich nahm mir fest vor, zu Hause als Erstes Pyjamahosen zu kaufen.

»Na ja, ich kann es ja noch mal probieren. Vielleicht ist dein Tee irgendwie magisch und schmeckt ähnlich gut wie alles andere in deinem Café.«

Weil ich mich überhaupt nicht mehr konzentrieren konnte, musste ich erst alle Küchenschränke öffnen, bevor ich die Tassen fand. Es war überaus logisch, dass ich zuerst in dem Schrank unter der Spüle nachgesehen hatte – so sehr hatte der Mann mich aus dem Konzept gebracht.

Ich war mir sicher, seine Berührung noch immer zu spüren, und bemühte mich, ruhig zu bleiben. Das war einfach irrsinnig. Mit zitternden Händen goss ich Tee in die Kanne und setzte mich schließlich zu ihm an den Tisch, denn der Tee musste ziehen.

»Ich glaube, grundsätzlich ist diese Idee gar nicht so verkehrt. Es wäre schon nett, die männliche Perspektive zu hören, wenn ich so einen Fragebogen ausfülle. Dabei wollte ich eigentlich gar nicht daten, sondern erst einmal Single bleiben. Aber für die Zukunft ist das sicher sinnvoll.«

David nickte nur und starrte kritisch in den Teebecher, der vor ihm stand. Mit krauser Nase schnupperte er daran und wirkte nicht gerade begeistert bei der Vorstellung, ihn gleich zu trinken.

Probehalber nippte er an dem Tee und verzog sofort das Gesicht. »Nein. Immer noch ekelhaft.«

Verärgert rümpfte ich die Nase. »Dann mach dir deinen Kaffee gefälligst selber.«

»Das habe ich vor. Aber erst gehe ich duschen, denn in einer knappen Stunde werden die Lebensmittel geliefert, Kaffee inklusive, und dann wäre ich gern vorzeigbar.«

Er stand auf, schob den Stuhl an den Tisch und tippte mit dem Zeigefinger auf meine Nasenspitze. »Also machen wir das mit den Fragebögen?«

»Klar, warum nicht?«, antwortete ich so lässig wie möglich.

David stand viel zu nah vor mir. Er hätte mir das Leben einfacher gemacht, wenn er wie ein Tier müffeln würde, weil er so verschwitzt war. Stattdessen roch er einfach nur etwas würziger als normal. Und ich wusste nicht, was ich von der Berührung halten sollte.

»Gut, für dich können wir dann gleich festhalten, dass du unsagbar niedlich aussiehst, wenn du dich aufregst, wie jetzt gerade.« Er zwinkerte und spazierte aus der Küche.

Niedlich! Niedlich? War niedlich gut? Wollte man *niedlich* vögeln? Oder erinnerte *niedlich* einen an die kleine Nichte?

Frustriert ließ ich meinen Kopf auf die Tischplatte sinken. Warum hatte ich nicht einfach im Bett liegen bleiben können? So ein Mist.

Und wer ließ eigentlich Lebensmittel liefern?

Mit dem Kopf auf der Tischplatte schnaufte ich und starrte meine Beine an. Ich war mir sicher, eine hellere Stelle dort zu entdecken, wo David meinen Schenkel angefasst hatte.

»Alles in Ordnung?«

Erschrocken fuhr ich hoch und blinzelte ihn an. »Ich bin müde.« Eine bessere Ausrede brachte ich nicht zustande. »Wolltest du nicht duschen gehen?«

Wie lange musste ich mir denn sein perfektes Sixpack noch ansehen?

»Ja, aber dann ist mir eingefallen, dass ich gar nicht gefragt habe, ob du vielleicht Vegetarierin bist. Dann könnte ich versuchen, die Bestellung beim Supermarkt noch zu ändern. Oder Veganerin oder glutenfrei oder ...«

Abwehrend wedelte ich mit der Hand. »Ich esse alles. Hauptsache viel.«

Seine Augenbraue wanderte nach oben, während er mich betrachtete. »Aber sicher.«

Das klang irgendwie nicht, als würde er mir glauben. Allerdings hatte er mich auch noch nie erlebt, wenn sich eine Packung Eis im gleichen Raum befand. Spätestens heute Abend würde er nicht mehr behaupten können, dass ich ihn nicht gewarnt hatte.

Mein Magen knurrte nämlich schon, aber die eine Stunde, bis das versprochene Essen kam, würde ich wohl noch überleben. Und ich plante ebenfalls, die Stunde dafür zu nutzen, mich in einen Menschen zu verwandeln.

8

In meinem Zimmer erlaubte ich mir ein kleines Freudentänzchen. So berauscht hatte ich mich das letzte Mal gefühlt, als ich damals den riesigen Kunden an Land gezogen hatte, der für mich einen sechsstelligen Bonus bedeutet hatte. Damals war Geld noch reizvoll gewesen.

Dabei war mir die Idee ganz spontan gekommen – sie war gleichermaßen simpel und brillant. Mit Ben hatte ich mal einen solchen Fragebogen ausgefüllt, bis wir die Lust verloren und stattdessen etwas trinken gegangen waren. Aber ich konnte mich noch genau daran erinnern, wie detailliert die Fragen gewesen waren.

Danach würde ich Kat sehr viel besser kennen und ich war mir sicher, dass sie mir nur noch mehr gefallen würde. Aber wenn ich erst einmal wusste, was sie wollte und von einem Mann erwartete, würde ich ihr genau das bieten. Sie würde mir vermutlich nicht widerstehen können – hoffte ich zumindest – und ihr Profil würde niemals online gehen.

Mit einer beschwingten Bewegung kickte ich die schweißnassen Shorts zur Seite und schlenderte in die Dusche. Weil ich keine andere Möglichkeit sah, mich wieder zu beruhigen, drehte ich das Wasser eiskalt auf.

Zwei kalte Duschen an einem Tag, das war noch nie vorgekommen. Dabei war es nicht einmal acht Uhr. Vermutlich sollte ich mich nicht zu früh freuen, ich konnte nicht wissen, wo der Tag noch enden würde.

Trotzdem freuten meine Muskeln sich über den Schwung eisigen Wassers. Die Erinnerung an Kats nackte Schenkel blieb dennoch hartnäckig in meinem Kopf haften.

Diese Frau war so herrlich unkompliziert und wirkte die meiste Zeit absolut uneitel. Allerdings interessierte mich wirklich, wie dieser Torben war, den sie vor dem Altar hatte stehen lassen.

Bisher stellte ich ihn mir als Depp mit einem unvorteilhaften Haarschnitt vor. Wer warf denn einer Frau vor, dass sie leicht bekleidet schlief? Meinetwegen konnten Frauen am besten generell nackt schlafen.

Meine Gedanken nahmen schon wieder die falsche Abzweigung und mein Schwanz regte sich verdächtig. Ich musste zusehen, dass ich Kat sobald nicht wieder in ihrem Schlafshirt über den Weg lief, bevor ich Gefahr lief, zu überprüfen, was sie wirklich darunter trug.

Obwohl das kalte Wasser auf meinen Kopf prasselte, brachte es keine wirkliche Abkühlung und ich gab frustriert auf.

Ich trocknete mich ab, während ich überlegte, was ich eigentlich den ganzen Tag alleine in diesem Ferienhaus hätte machen sollen.

Die Aussicht, Kat besser kennenzulernen, war interessant und ich konnte es kaum erwarten, mit diesen Fragebögen anzufangen. Aber bei dem Gedanken, hier alleine herumzusitzen und auf die Lieferung der Lebensmittel zu warten, bekam ich eine Gänsehaut.

Genervt verließ ich die Duschkabine und trocknete mich ab. Im Moment war mir kalt, aber das sollte sich geben, und der Wetterbericht versprach für die nächsten zwei Wochen den perfekten Frühsommer.

Gestern Morgen war ich noch missmutig aufgestanden und hätte mich am liebsten vor dem selbst verordneten Zwangsurlaub gedrückt – während ich gerade gegen das Verlangen kämpfte, fröhlich pfeifend durchs Zimmer zu tänzeln.

***

In Jeans und T-Shirt verließ ich das Zimmer und hörte das Wasser laufen, als ich an Kats Raum vorbeikam. Jetzt nur nicht darüber nachdenken, dass sie nackt unter der Dusche steht, ermahnte ich mich selbst und lief die Treppe nach unten.

Der Lieferant des Supermarktes war auf die Minute pünktlich und ich nahm meine Bestellung zufrieden entgegen. Bezahlt waren die Sachen bereits, denn ich hatte sie schon bei der Buchung des Ferienhauses bestellt – ein Service des Vermieters und in meinen Augen unglaublich praktisch. Wer hatte schon Lust, entweder mit einem halben Kofferraum voller Lebensmittel loszufahren oder direkt nach der Ankunft den ersten Supermarkt zu suchen?

Jetzt war ich froh, dass ich dabei das Gefühl gehabt hatte, viel zu viel zu bestellen, denn für ein paar Tage würden die Lebensmittel auch für zwei reichen.

Ich hoffte, dass genügend Dinge dabei waren, die Kat gerne aß. *Alles, Hauptsache viel*, klang zwar nach einer einfachen Angabe – aber wenn ich mir die schmale Person so ansah, konnte ich mir kaum vorstellen, dass sie es ernst gemeint hatte.

9

Eins musste ich David lassen: Er war definitiv niemand, der zu viel versprach. Als ich eine Stunde später wieder nach unten kam, war der Tisch gedeckt und es duftete nach Kaffee. Dafür hatte ich mich aber auch regelrecht in Schale geschmissen.

Da die Temperaturen entsprechend waren und ich nicht mehr vollkommen übermüdet war, hatte ich mich in mein Sommeroutfit geworfen. Shorts, die bis zur Mitte meiner Oberschenkel reichten, und ein dunkelblaues Tanktop sollten dazu geeignet sein, David klarzumachen, dass ich mich durchaus normal anziehen konnte. Zur Feier des Tages hatte ich mir sogar die Wimpern getuscht.

Als ich in die Küche kam, die übrigens größer war als die *Kaffeetante* mit vorderem und hinterem Bereich zusammen, stand er am Kühlschrank und streckte mir seine entzückende Kehrseite entgegen.

Für einen Augenblick blieb ich stehen und genoss einfach nur die Aussicht. Damit meinte ich keinesfalls die große, parkähnliche Anlage, die sich hinter dem Fenster erstreckte, sondern den knackigen Männerpo, der mich anbettelte, ihn anzufassen.

Unwillig schüttelte ich mich, so fühlten sich bestimmt auch alte Männer, wenn sie ihre blutjungen Sekretärinnen angeilten. Ich musste wirklich aufhören, David auf sein Äußeres zu reduzieren.

Er drehte sich wieder um und erstarrte. »Nein! Wo ist denn das BMW-Shirt?«

»Wirklich amüsant.« Mit einem lauten Schnauben setzte ich mich an den Tisch und musterte die Auswahl.

»Möchtest du auch einen Kaffee?«, fragte er liebeswürdig und wir taten beide so, als würden wir nicht bemerken, dass er in meinen Ausschnitt starrte, als er sich mit der Kanne über mich beugte.

»Ja, danke. Wenn du etwas gesagt hättest, hätte ich Pancakes machen können.«

Er setzte sich mir gegenüber und winkte ab. Das simple weiße Shirt ließ seine Haut noch gebräunter wirken und seine grünen Augen strahlten. Offenbar hatte der Mann beste Laune.

»Wir sind ja noch lange genug hier. Was möchtest du heute machen?«

»Mein ursprünglicher Plan beinhaltete einen Pool und viele faule Stunden am Strand.«

David nickte. »Hier gibt es einen See und ein Sonnendeck, also fast genauso gut. Aber ich dachte, wir könnten schon mal mit den Fragebögen anfangen.«

»Auch gern. Das wird ja nicht den ganzen Tag dauern, wir könnten trotzdem das Grundstück inspizieren. Es sei denn, du möchtest lieber für dich sein.«

»Ich dachte, wir hätten schon etabliert, dass ich mich ohnehin nicht alleine beschäftigen kann.«

Grinsend sah ich ihn an. »Ach ja, richtig. Bist du eigentlich ein Einzelkind?«

Er nickte und wartete offenbar nur darauf, dass ich ihn deswegen aufzog.

»Ich auch. Vielleicht liegt es daran, dass du dich nicht beschäftigen kannst.«

»Mag sein. Hilft mir jetzt gerade nicht weiter.«

»Wir finden schon ein Hobby für dich.« Da war ich wirklich zuversichtlich. Dass er James Bond genauso mochte wie ich, war doch schon ein Anfang.

***

Zwei Stunden später hätte ich mir am liebsten die Haare gerauft. »Wieso geht das denn nicht?«, jammerte ich.

Störrisch schüttelte David den Kopf. »Du kannst unmöglich deinen richtigen Namen angeben und noch weniger die E-Mail-Adresse benutzen, in der dein Name vorkommt. Wer weiß, was sich da für Leute herumtreiben!«

»Du wolltest dich doch dort anmelden.«

»Ich bin auch ein Mann. Von mir wird erwartet, dass ich mich im Internet pervers benehme.«

Verächtlich rollte ich mit den Augen. »Du lädst ein Profilfoto hoch und dein Postfach explodiert sofort. Da kannst du auch angeben, dass du gern Babys über dem offenen Lagerfeuer röstest.«

»Als ob das bei dir anders wäre«, schoss er sofort zurück.

»Natürlich ist das bei mir anders, dafür sind meine Brüste nicht groß genug.« Verdammt! Warum tat ich das nur immer? Warum lenkte ich seine Aufmerksamkeit immer auf meine Körperteile? Hoffentlich würde es sich nicht noch im Laufe des Tages ergeben, dass wir über meine Pussy sprachen.

Natürlich senkte er seinen Blick sofort auf den betreffenden Bereich. »Unsinn«, knurrte er.

Skeptisch sah ich ebenfalls nach unten, als hätte ich vergessen, wie es unter meinem Tanktop aussah. »Ist ja auch egal! Könnten wir uns da jetzt anmelden?«

»Erst brauchst du eine neue Mail-Adresse und einen hübschen Nickname.«

Genervt strich ich meine Haare zurück und mir fiel prompt ein, warum ich sie immer zusammenband: Weil sie mir auf die Nerven gingen. Sie waren zwar lang, aber ebenso dick. »Mir fallen nie gute Namen ein.«

»Dann verpassen wir uns gegenseitig welche.«

Kritisch sah ich ihn an. »Du willst wirklich nicht, dass ich dir einen Namen gebe, glaub mir!«

»Aber ich weiß schon genau den Richtigen für dich!« Er tippte etwas auf der Tastatur und sein Lächeln wurde immer breiter.

Mist, jetzt war ich neugierig. »Welchen denn?«

»Warte«, forderte er mich auf und sah dabei hochzufrieden aus. Schließlich drehte er den Laptop um.

Meine neue E-Mail-Adresse lautete misscoffeepenny@gmail.com und ich bekam mich fast nicht mehr ein. Das war so eine niedliche Idee! Statt Miss Moneypenny hatte er die *Kaffeetante* mit in den Namen einbezogen.

Ich wusste überhaupt nicht, was ich sagen sollte. Weil ich immer länger schwieg, fragte er nach einer Weile: »Und? Okay?«

»Mehr als okay«, bekam ich mit Mühe und Not heraus. »Jetzt stehe ich total im Zugzwang, mir einen ebenso tollen Namen für dich zu überlegen.« Aufgeregt knabberte ich am Daumennagel. *Goldfinger* fiel wohl direkt aus – sich mit einem solchen Namen auf einer Internetseite anzumelden, wäre einfach ein Schuss in den Fuß.

David klatschte in die Hände und grinste spitzbübisch. »Ich hab's!«

Mit Daumen und Zeigefinger formte ich eine Pistole und zielte auf ihn. »Wenn du jetzt *Goldfinger* sagst, ersticke ich dich heute Nacht mit einem Kissen im Schlaf.«

Sein Mund klappte zu und er zog eine beleidigte Schnute. Mit verschränkten Armen balancierte er den Laptop auf seinem Schoß.

Eindringlich starrte ich ihn an. »Okay, her mit dem Laptop. Ich weiß was.«

Mit einem Schulterzucken reichte er mir das schicke silberne Gerät in Alu-Optik und ich war erstaunt, wie wenig es wog.

Meine alte Möhre schien bei jeder Benutzung etwas schwerer zu werden, weshalb ich sie nie mit mir durch die Gegend schleppte.

Aufgeregt tippte ich meinen Namensvorschlag in das vorgegebene Feld und klickte »Okay«. Das kleine Rädchen drehte sich und mein Herz schlug schneller, als das grüne Häkchen erschien. Der Name war noch frei und gehörte jetzt David.

Ich bestätigte die Auswahl und reichte David den Laptop zurück.

Er betrachtete den Bildschirm neugierig und mein Puls schoss in die Höhe. Hoffentlich fand er das jetzt nicht albern.

Nach einer Weile grinste er. Obwohl es eher ein lässiges Hochziehen eines Mundwinkels war, was mein Herz nur noch mehr aus dem Takt brachte.

»MI6-Gentleman«, las er vor. »Gentleman?« Seine Augenbraue war bedeutungsvoll hochgezogen und ich schaffte es tatsächlich, nicht rot zu werden.

Stattdessen zuckte ich mit den Schultern. »Du hast mich praktisch vom Straßenrand aufgesammelt, wenn das keinen Gentleman ausmacht, dann weiß ich auch nicht, wie da die Kriterien sind.«

»Ich werde mich hüten, dir da zu widersprechen. Also Miss Coffeepenny, dann wollen wir mal loslegen.«

»Hat ja auch lang genug gedauert«, murrte ich. Wenigstens mochte er meinen Spitznamen für ihn, die Anlehnung an den Geheimdienst, für den der beste Agent aller Zeiten arbeitete: James Bond.

10

Wenn Kat gewusst hätte, wie wenig meine Gedanken mit denen eines Gentlemans zu tun hatten, hätte sie sicherlich einen anderen Namen für mich gewählt. Wüster Lüstling beispielsweise oder Herr Nimmersatt.

Aber ich war schon froh, dass sie sich überhaupt auf meinen verrückten Plan eingelassen hatte. Sie saß mir gegenüber auf der Couch und hatte die nackten Beine untergeschlagen.

Okay, sie trug Shorts – aber der Großteil ihrer Beine war nackt.

Mein Leben wäre definitiv einfacher gewesen, wenn es Winter gewesen wäre.

»Oh«, stieß sie hervor und richtete sich auf. »Brauchen wir nicht Profilfotos?«

Langsam nickte ich und reichte ihr mein Handy. »Selfie-Zeit, würde ich sagen.«

»Was? Jetzt gleich?«

»Wieso nicht?«

Zweifelnd betrachtete sie das Handy. »Weiß ich auch nicht.«

Sie zögerte noch einen kurzen Moment, bevor sie sich auf der Couch ausstreckte, die Haare um den Kopf drapiert und aufreizend in die Kamera lächelte. Der Auslöser ertönte.

»Vielleicht solltest du noch ein etwas weniger sexuelles Bild machen.«

Ihr empörter Blick war Gold wert. »Was war denn daran sexuell?«

»Der Ausdruck in deinem Gesicht. Versuch's doch mal mit süß.«

»Süß?«, wiederholte sie angewidert. »Niemand will *süß* daten.«

»Laszive Schlampen will aber auch niemand ernsthaft daten.«

Für einen Moment sah sie aus, als würde sie mich umbringen wollen, dann zuckte sie mit den Schultern.

»Auch wieder wahr. Außerdem locke ich mit lasziv vermutlich das falsche Publikum an.«

Dieses Mal zog sie eine absolut niedliche Schnute, bevor sie mir mit einem zufriedenen Nicken das Handy zurückgab.

»Was denn? Brauchst du keine 45 Versuche, um ein absolut authentisches, nicht gestelltes Foto zu machen?«, witzelte ich.

»Nö. Hast du mich eigentlich gerade quasi als Schlampe bezeichnet? Das erste Bild kannst du übrigens löschen, habe ich vergessen.«

»Okay. So war das mit der Schlampe übrigens nicht gemeint.« Ich wollte das zweite Foto auf den Computer übertragen und öffnete das Bilderverzeichnis. Es schnürte mir fast die Kehle zu, wie umwerfend Kat auf dem ersten Bild aussah. Sie strahlte sexy in die Kamera, die Lippen spöttisch gekräuselt, mit funkelnden und regelrecht einladenden Augen. Ich würde einen Teufel tun und das Bild löschen.

Stattdessen sicherte ich es auf meiner Festplatte und schickte mir sicherheitshalber zusätzlich eine E-Mail mit dem Foto als einzigem Inhalt.

»Dann wollen wir mal loslegen.« Ich öffnete den Browser und klickte auf den Fragebogen. »Wenn du wählen könntest, wo würdest du am liebsten wohnen? In einer pulsierenden Metropole, in der Nähe einer großen Stadt, in einer Kleinstadt, auf dem Land oder spielt das gar keine Rolle?«

Kat runzelte die Stirn. »Was ist das für eine merkwürdige erste Frage? Wäre es nicht interessanter, erst einmal die harten Fakten abzufragen? Wie alt? Wie groß? Augenfarbe und solche Dinge?«

»Ich nehme an, dass wir uns erst am Ende ein Profil anlegen können. Wie alt bist du überhaupt?«

»29, aber ich werde dieses Jahr noch 30. Und du?«

»35.«

Mit einem Mal starrte Kat mich eindringlich an, bevor sie sagte: »Es ist wirklich unfair, dass es so viel schwerer ist, das Alter von Männern zu schätzen als von Frauen.«

»So viel schwerer ist es gar nicht.«

»Klar«, protestierte sie. »Ohne graue Haare oder Fältchen um die Augen herum hat man doch gar keinen Anhaltspunkt. Aber egal. Zurück zur Frage. Die Existenz der *Kaffeetante* verpflichtet mich natürlich dazu, die Metropole zu nehmen, denn auf dem Land ist mein Bedarf an Kunden wohl kaum gedeckt. Allerdings könnte ich mir vorstellen, eines Tages aufs Land zu ziehen.«

»Okay, also die Metropole. Ich brauche auf jeden Fall eine größere Stadt in der Nähe, wo man auch mal etwas unternehmen kann, wie abends weggehen oder wenigstens ein anständiges Restaurant, das nicht nur Bratkartoffeln serviert. Aber ich könnte mir ein Ferienhäuschen auf dem Land vorstellen.«

Ihre Augen funkelten und ich konnte mich des Eindrucks nicht erwehren, dass sie mich aufzog. »Natürlich, aber das sollte schon etwas größer sein als diese Bruchbude hier.«

Statt einer Antwort klickte ich zur nächsten Frage. »Aus welchem Grund, von Liebe abgesehen, suchen Sie eine Beziehung? Zu zweit ist man weniger allein, in einer Beziehung kann man unbeschwerten, regelmäßigen Sex genießen, gemeinsam altern, eine Beziehung bietet geteilte Sicherheiten und Aufgaben oder ich brauche emotionale Geborgenheit?«

Kat stöhnte leise. »Was sind das für Fragen und Antworten? Die lassen einen ja gleich total verzweifelt wirken. Abgesehen davon, dass ich eigentlich gar keine Beziehung will, finde ich die Möglichkeiten wirklich unbefriedigend.«

»Du kannst mehr als eine Antwort geben«, lenkte ich ein.

Aber sie hatte recht, ein Hauch Verzweiflung schwang schon in dem Fragebogen mit – und das war erst die zweite Frage.

»Auf keinen Fall würde ich mich emotional komplett von meinem Partner abhängig machen. Die Sache mit den geteilten Aufgaben klingt aber auch blöd – ich würde doch nicht alle meine Probleme auf den anderen abwälzen. Ehrlich gesagt spricht mich nichts davon an. Wenn ich müsste, würde ich den regelmäßigen Sex wählen.«

Diese Frau zwang mich in die Knie und wusste es gar nicht. »Aber was ist denn mit gemeinsam altern?«

Sie stieß ein belustigtes Geräusch aus. »Natürlich ist das eine schöne Vorstellung. Doch was machst du, wenn der andere morgen von einem Berglöwen gefressen wird?«

Wortlos starrte ich sie an. »Hier gibt es keine Pumas.«

»Pumas?«

»Ja, Pumas. Viele sagen Berglöwen, aber die gibt's eigentlich nicht. Außerdem sind Pumas viel näher mit der Hauskatze verwandt als mit Löwen.«

»Mit der Hauskatze?«, wiederholte sie noch einmal und lachte leise. »Ich liebe solches Trivialwissen.«

Beleidigt rümpfte ich meine Nase. »So trivial ist das Wissen gar nicht. Pumas sind hervorragende Raubtiere mit einer großen Auswahl an bevorzugter Beute.«

»Wie Männer?«, schoss sie zurück.

»Sehr witzig.«

»Ich bleib bei meiner Wahl. Wenn du hier den Romantiker heraushängen lassen willst, dann nimm doch gemeinsames Altern. Möglicherweise habe ich einfach nicht so hohe Ideale.«

Für einen Moment starrte ich sie an, bevor ich grinsend die nächste Frage aufrief.

»Was sollte auf deinen Wunschpartner am ehesten zutreffen? Möchtest du lieber die gleichen Interessen, äußerlich zusammenpassen oder seiner starken Anziehungskraft erliegen?«

»Mal ganz im Ernst: Glaubst du wirklich, dass man mithilfe dieser bescheuerten Fragen seinen Traummann findet?«

»Ich suche ja nicht nach einem Mann – aber ich stimme dir zu, dass die Antwortmöglichkeiten recht dürftig sind. Wir würden aber sicherlich schneller vorankommen, wenn du nicht jede Frage in ihre Einzelteile filetieren würdest.«

»Von mir aus. Ich schwanke zwischen den Interessen und der Anziehungskraft, ich finde nämlich, dass ich nichts von gemeinsamen Interessen habe, wenn der Mann den Sex-Appeal einer Kartoffel hat – nur reine körperliche Anziehungskraft ist auf Dauer allerdings nicht die beste Grundlage für eine Beziehung.«

»Ich nehme die Interessen aufgrund der Tatsache, dass ich glaube, Anziehungskraft kann auch dadurch entstehen, dass man die gleichen Interessen hat.«

»Guter Punkt. Dem schließe ich mich an – schon allein, weil ich sonst unglaublich oberflächlich wirke.«

Mir fiel es immer schwerer, nicht zu grinsen. »Was interessiert dich am meisten, wenn du jemanden anziehend findest? Seinen Job, seine Finanzen, seine Vitalität, seinen Charakter oder sein Aussehen.«

Kat hob abwehrend die Hände. »Dieses Mal antwortest du zuerst. Aber ist Vitalität hier eine Umschreibung für Potenz?«

»Potenz«, fragte ich fassungslos. Machte sie sich einen Spaß daraus, möglichst sexuell an die Sache ranzugehen?

»Ich meine ja nur, wenn die Fragen schon auf lauter Oberflächlichkeiten abzielen, ist das doch naheliegend, oder nicht?«

»Vermutlich ist damit eher der Gesundheitszustand gemeint. Ich nehme den Charakter – wobei die Frage wirklich schwachsinnig ist. Wenn mich jemand interessiert, dann weiß ich doch vermutlich schon, wie er oder sie aussieht.«

»Genau das meine ich ja. Ich möchte auch gar nicht den Menschen präsentiert bekommen, der genau die gleichen Antworten gibt wie ich. Davon abgesehen wähle ich auch den Charakter.« Plötzlich lachte Kat schallend. »Stell dir mal vor, jemand fragt dich auf dem ersten Date nach deiner Potenz!«

Allein bei dem Gedanken daran verzog ich das Gesicht. »Ich glaube, da möchte ich doch lieber von einem Puma gefressen werden.«

Damit brachte ich Kat zum Grinsen und war unglaublich stolz darauf. »Okay: Du bist mit deinem neuen Gefährten zu einer Hochzeit eingeladen – was beschäftigt dich am meisten? Ob ihr zusammen gut ausseht, ob das Geschenk das richtige ist, wie viele Fremde du an dem Tag treffen wirst oder die Angst, die Kleiderordnung zu missachten?«

Ihre Antwort kam wie aus der Pistole geschossen. »Das Geschenk.«

»Was? Warum?«

»Männer. Ihr kauft ja nie das Geschenk, das macht fast immer die Frau. Weißt du, wie schwer es ist, genau das Richtige zu finden? Es darf nicht zu teuer sein, sonst findet im Bekanntenkreis bis ans Ende der Zeit ein Geschenke-Wettrüsten statt, es darf aber auch nicht zu billig sein, sonst sind die Freunde beleidigt. Außerdem behauptet jeder, er würde sich über Selbstgemachtes ohnehin am meisten freuen – alles dreckige Lügner. Davon abgesehen ist es mir egal, ob irgendwelche Fremden da sind, die finden, dass mein Freund und ich gut zusammen aussehen. Ich muss doch mit ihm nach Hause gehen.«

»Also ich frage mich immer nur, ob es etwas Vernünftiges zu essen geben wird.«

»Stimmt!«, rief Kat. »Das ist immer die große Frage. Wie konnte das Thema nur bei den Antwortmöglichkeiten vernachlässigt werden?«

»Keine Ahnung. Da die Antwort aber leider nicht vorkommt, nehme ich die vielen fremden Menschen. Ich habe nichts dagegen, auf kleinen Partys eine Handvoll neue Leute kennenzulernen, aber wie man seinen Geburtstag mit seinen vierhundert engsten Freunden feiern kann, wird mir wohl für immer ein Rätsel bleiben.«

»Echt? Ich hätte jetzt gedacht, du bist das totale Partytier und stehst auf so etwas.«

»So etwas?« Meine hochgezogene Augenbraue sprach hoffentlich Bände.

»Na, Clubbing, edle Cocktailbars und hippe Konzerte von angesagten Bands.«

Was zum Teufel dachte Kat über mich?

»Es geht. Natürlich war ich dann und wann mal in Bars, aber das gehört nicht zum wöchentlichen Programm.«

Sie betrachtete mich belustigt. »So so. Du reißt deine Frauen also in edlen Cocktailbars auf und gibt's ihnen abgefahrene Getränke aus wie –« Kat brach ab, da ihr scheinbar nichts einfiel.

»Einen French 21?«

»Was ist das?« Sie setzte sich aufrecht hin und sah mich neugierig an.

»Zeige ich dir bei Gelegenheit.«

»Du gibst also zu, dass du Frauen in Bars aufreißt?«

»Ich gebe gar nichts zu, ich streite aber auch nichts ab. Willst du mir jetzt erzählen, dass du deinen letzten Freund bei einem Spaziergang im Klostergarten kennengelernt hast?«

Mit einem Mal wurde sie knallrot. »Nein, im Supermarkt an einem Samstagabend kurz vor Ladenschluss. Wir haben uns um die letzte Flasche Bacardi gestritten, die noch da war.«

Vor lauter Lachen bekam ich kaum noch Luft.

Kats Wangen nahmen eine tiefrote Farbe an. Sie strich ein paar Haarsträhnen hinters Ohr.

»Vermutlich sollte ich mich lieber nicht so weit aus dem Fenster lehnen. Wo hast du deine letzte Freundin kennengelernt?«

»Bei einem Fotoshooting, sie arbeitete in der Redaktion eines Männermagazins. Meine letzte Affäre habe ich allerdings sehr wohl in einer Cocktailbar aufgegabelt.« Ich zwinkerte ihr zu und es war deutlich zu sehen, dass es hinter ihrer Stirn arbeitete.

»Affären kenne ich nur noch vom Hörensagen«, verkündete sie bedauernd.

»Sieh's positiv: Dafür weißt du, dass Monogamie gut funktioniert.«

»Oh, wirklich toll. Komm, lies die nächste Frage vor.«

Ich wechselte auf die nächste Seite und verkündete unheilvoll: »Oha. Jetzt geht es ans Eingemachte. Warum haben deiner Einschätzung nach deine bisherigen Beziehungen nicht funktioniert?«

»Unverschämtheit! Wer sagt denn, dass sie nicht gehalten haben?«, ereiferte Kat sich.

»Ähm, die Tatsache, dass du dir gerade diesen Fragebogen anschaust?«

Sie schlug die Augen nieder und sagte kleinlaut: »Hm, das stimmt wohl. Wie sind die Antwortmöglichkeiten?«

»Zu anspruchsvoll, noch nicht reif genug gewesen, zu schüchtern, keine Zeit oder das war nur ein Versehen.«

Kat kicherte, erst leise, dann immer lauter. »Ein Versehen? Ich kann doch nicht sagen ›Oh, huch, da bin ich wohl aus Versehen in diese Beziehung gestolpert, hoppla‹.«

Widerwillig ließ ich mich von ihrem Lachen anstecken. »Könnte aber sein.«

»Klar. Da steht man an der Bushaltestelle und wartet auf den Bus, zack, zehn Jahre später sitzt du neben deiner Frau auf der Couch und weißt gar nicht, was passiert ist. Ich sage, dass ich wohl zu anspruchsvoll war.«

Nachdenklich sah ich auf den Bildschirm. »Ich glaube, bei mir ist es tatsächlich der Zeitfaktor. Wenn ich nicht immer so beschäftigt gewesen wäre, hätte ich vielleicht mehr in die Beziehungen investiert.«

»Beziehungen?« Neugierig blickten ihre braunen Augen mich an und für einen Moment verlor ich mich in ihnen.

»Na ja, das Übliche, so drei oder vier Stück.«

»Was denn jetzt? Drei oder vier?«

»Drei und eine halb lose Beziehung, in der wir beide nicht so richtig wussten, was wir eigentlich wollten. Und du?«

Jetzt war ich gespannt. Kat wirkte so bodenständig, dass ich mir fast vorstellen konnte, dass sie vor Torben wahrscheinlich nur mit der ersten großen Liebe aus der Schule zusammen gewesen war.

»Oh, warte.« Sie sah angestrengt zur Decke und kniff die Augen zusammen.

Je länger die Stille dauerte, desto ungeduldiger wurde ich. »Warum zum Teufel musst du so lange nachdenken?«

Sie warf mir einen aufreizenden Blick zu. »Definiere Beziehung.«

Verblüfft starrte ich sie an. Das war doch unter Garantie eine Fangfrage, damit sie ausloten konnte, was ich unter einer Beziehung verstand. »Na, wenn du dich mehrere Wochen oder Monate monogam mit ein und der gleichen Person getroffen hast, ihr Sex hattet und beieinander übernachtet habt.« Hatte ich irgendetwas vergessen? Wahrscheinlich nicht.

»Dann hatte ich eine richtige Beziehung.«

»Was? Warum musstest du dann so lange nachdenken?«

Ihre Wangen färbten sich zartrosa und sie biss auf ihre Unterlippe. »Wie hast du das gerade genannt? Halb lose Beziehung? Davon hatte ich dann wohl neun, früher habe ich das mit der Monogamie nicht ganz so ernst genommen. Und ich schwöre, dass meine Mutter mich viel zu früh auf viel zu viele Partys hat gehen lassen.«

»Neun?« Ich wollte gar nicht dermaßen entsetzt klingen, aber so hatte ich sie gar nicht eingeschätzt.

»Ich kann mich halt schlecht entscheiden.« Sie rieb sich über den Hinterkopf und wirkte trotz allem unglaublich unschuldig dabei.

»Aber wie bist du dann in einer festen Beziehung gelandet, die fast in einer Hochzeit geendet hätte?«

»Weil Torben gleich zu Anfang das Thema Monogamie aufgegriffen hat und ich Ja gesagt habe. Bisher hatte es niemand angesprochen, also habe ich mich nicht darum geschert.«

»Junge, Junge. Ich glaube, ich brauche erst mal ein Päuschen von den ganzen Fragen. Sollen wir uns das Sonnendeck näher ansehen?«

Kat klatschte aufgeregt in die Hände. »Auf jeden Fall! Mir wäre nach einem Mittagsschläfchen.«

Sie sprang auf und tänzelte aus dem Raum. Nachdenklich sah ich ihr hinterher. Man musste Monogamie explizit ansprechen, damit sie sich daran hielt? Wie viele Facetten würde ich an dieser Frau noch entdecken?

11

Die Tage vergingen wie im Flug und ich wurde immer entspannter. In manchen kostbaren Momenten gelang es mir sogar, den Gedanken an die geplatzte Hochzeit zu verdrängen.

Das Zusammenleben mit David gestaltete sich harmonisch und schon bald fühlte ich mich, als würden wir uns ewig kennen.

Vormittags ging ich meistens ein wenig spazieren, während David die unterschiedlichsten sportlichen Aktivitäten verfolgte. Entweder er lief Runde um Runde über das Gelände oder absolvierte kompliziert aussehende Übungsabfolgen. Das tat er meistens im Garten und ich versteckte mich immer irgendwo, um ihn ungeniert beobachten zu können.

Als Model war es kein Wunder, dass er sich fit hielt, aber verdammt – er war wirklich zum Anbeißen.

Nachmittags dösten wir entweder in der Sonne oder beantworteten im Schneckentempo weitere Fragen, um unsere Online-Dating-Profile zu vervollständigen. Wir kamen nie weit, weil wir jedes Detail diskutierten und uns über die Antworten des anderen amüsierten.

Die letzten Abende hatten wir damit verbracht, auf Davids Laptop alte James-Bond-Filme zu gucken, wozu wir recht eng auf der Couch zusammenrücken mussten. Aber das störte mich nicht einmal, ich war ihm gern nah.

»Wo bleibst du denn?«, rief er aus der Küche. Mein Mitbewohner saß am Küchentisch und trank eine Tasse Kaffee. Ich hatte nach meinem Spaziergang erst noch duschen wollen, bevor wir uns wieder an die Fragen machten.

»Ich komme ja schon. Du meine Güte!« Nachdem ich mir die Flasche Eistee aus dem Kühlschrank geholt hatte, setzte ich mich an den Tisch. Heute war ich wieder damit dran, die Fragen vorzulesen.

David trommelte ungeduldig mit den Fingern auf der Tischplatte herum. »Wird auch Zeit.«

»Such dir doch ein Hobby. Mahjong auf dem Handy spielen wird auf Dauer halt langweilig«, zischte ich böse und er funkelte mich an.

»So, wo waren wir?«, ging ich über ihn hinweg. »Angenommen, dir steht mit deiner Freundin nur eine Zweizimmerwohnung zur Verfügung, wie richtest du das ein? Getrennte Schlafzimmer oder ein gemeinsames?«

»Was für eine bescheuerte Frage! Ein gemeinsames Schlafzimmer natürlich. Wozu habe ich denn eine Freundin, wenn sie nicht in meiner Nähe sein will?«

»Na, es kann doch die unterschiedlichsten Gründe haben, warum man getrennte Betten bevorzugt.«

»Nenn mir einen«, forderte er mich auf.

»Schnarchen.«

»Noch einen.«

Jetzt musste ich schon überlegen und kam nicht weiter. »Mist. Keine Ahnung. Aber ich würde auch das gemeinsame Schlafzimmer bevorzugen.«

»Siehst du«, sagte er, als hätte er mir gerade etwas Wichtiges bewiesen.

Ich winkte ab. »Wie gehst du mit Liebeskummer um? Frustfressen, hungernder Protest oder weder noch?«

David kniff die Augen zusammen. »Was? Weder noch.«

»Ach ja? Was machst du denn?«

Seine Finger spielten mit dem Griff der Tasse. »Wenn ich das mal wüsste.«

Ein ungutes Gefühl machte sich in meiner Magengegend breit, weil ich ahnte, dass ich mich auf dünnes Eis begab. »Okay, was hast du denn beim letzten Mal gemacht, als es zwischen dir und ...« Ich ließ die bewusste Pause mit einem Fragezeichen stehen und hoffte, dass er darauf anspringen würde.

»Jennifer«, sagte er und sah mich eindringlich mit seinen grünen Augen an. Meine Kopfhaut prickelte. »Ehrlich gesagt war ich am Ende so froh, dass es vorbei war, dass ich nicht glaube, noch großartig darauf reagiert zu haben.«

Halt die Klappe, herrschte ich mich selbst innerlich an, es geht dich nichts an. Frag jetzt nur nicht nach.

»Warum?«

Hervorragend. Ein Vorbild der Selbstbeherrschung, Kat. Ganz toll.

Er hörte auf, mit der Tasse zu spielen, und straffte die Schultern. »Jennifer hat sich von einer völlig normalen Frau in eine hysterisch-eifersüchtige Furie verwandelt, die mich auf Schritt und Tritt kontrolliert hat. Obwohl sie stets betont hat, dass sie kein Problem mit dem Modeln hat, ist sie mir am Ende heimlich zu Fotoshootings gefolgt, wollte bei jeder Hotelquittung wissen, woher sie stammt, und hat mein Handy untersucht, sobald ich den Raum verlassen habe, und so weiter und so fort.«

»Oh.« Mehr fiel mir dazu nicht ein.

»Das kannst du laut sagen. Es war ziemlich schwer, das zu vermissen, nachdem sie endlich ausgezogen war.«

Meine Ohren wurden heiß, als ich sagte: »Selbst mir fällt dazu kein blöder Spruch ein, deswegen mache ich einfach übergangslos mit der nächsten Frage weiter.«

Schnell las ich die Frage, fast hätte ich gestöhnt. Wie passend. »Deine Ansicht zu sexueller Treue in einer Beziehung: Ausnahmslose Treue, man sollte sich bemühen, emotionale Treue ist wichtiger als körperliche Treue, Ausrutscher können vorkommen oder absolute Treue ist überbewertet?«

Er lächelte mich spöttisch an, lehnte den Oberkörper zurück und verschränkte die Arme hinter dem Kopf. Sein Blick brannte auf mir. »Absolute Treue – ohne Ausnahme.«

»Sehe ich genauso«, murmelte ich schnell und klickte die richtige Antwort an.

»Ha! Lügnerin!«

»Wieso?« Ich strich mir die Haare hinters Ohr.

»Du hast doch letztens von deinen losen Moralvorstellungen erzählt und den halbherzigen Beziehungen.«

»Das war früher. Es ist schon lange her, dass ich zwei Männer gleichzeitig getroffen habe.« Damals hatte ich auch noch keinen eigenen Laden, um den ich mich kümmern musste.

»Gleichzeitig?« Für einen Moment wirkte es, als würden David möglicherweise die Augen aus dem Kopf fallen. »Wie stellt man das denn an? Das ist doch unglaublich kompliziert, oder nicht?«

»Na ja, wenn man jünger ist, braucht man ja nicht so viel Schlaf. Du musst dir nur zwei Typen suchen, die möglichst unterschiedlich sind. Während du den braven Studenten triffst, der gern schmust und langsamen Sex bevorzugt, schläft der sexy Bassist der national bekannten Band noch und vögelt dich später in der Nacht hinter der Bühne.«

»Oh mein Gott! Kat!«, rief David vorwurfsvoll und rieb sich mit beiden Händen durchs Gesicht. »Bist du damit durchgekommen?«

Ich zwinkerte ihm zu, bevor ich meine ohnehin schon großen Augen weit aufriss und mit zitternder Unterlippe fragte: »Womit durchgekommen?«

»Okay, es reicht! Ab sofort traue ich dir keine zwei Meter mehr über den Weg, du Luder!«

»Entweder man kann's oder man kann's nicht.«

Er schüttelte nur den Kopf und betrachtete mich, als würde er mich zum ersten Mal sehen.

»Nächste Frage: Trinkst du Alkohol?« Ich zog die Stirn kraus und sah ihn an. »Also mal im Ernst, wie sind denn diese Fragen aufgebaut?«

»Ich trinke Alkohol«, sagte David mit einem Achselzucken. Er war offensichtlich noch dabei, mein vorheriges Geständnis zu verdauen.

»Rauchst du?«

Er lüftete eine seiner Augenbrauen. »Das wäre dir inzwischen wahrscheinlich aufgefallen.«

»Deine Hobbys?«

Gequält stöhnte David. »Gibt es die Antwortmöglichkeit: Ich arbeite daran?«

Lachend schüttelte ich den Kopf. »Nein, aber hier sind jede Menge Aktivitäten angegeben. Was hältst du denn von Sport und Filmen?«

Überrascht sah er mich an. »Hey, das klingt gar nicht so übel.«

»Auf jeden Fall besser als masturbieren.«

Grinsend verdrehte er die Augen. »Was hast du überhaupt für Hobbys?«

»Kochen, Filme, und wenn ich Zeit finde, lese ich eigentlich total gerne. Oh, die ist gut: Welche Musik hörst du bevorzugt?«

»Symphoniekonzerte«, sagte er, ohne mit der Wimper zu zucken.

Als ich ihn irritiert anstarrte, begann er zu lachen. »Nee, keine Ahnung. Gibt's irgendetwas in Richtung Rock?«

»Ähm, warte. Du hast die Wahl zwischen Rock und Pop oder Metal und Hardrock.«

Er verzog das Gesicht. »Dann eher Rock und Pop, wobei Pop mir meistens auf die Nerven geht. Was hörst du so?«

Ich blickte mich verschwörerisch um, als würde uns möglicherweise jemand belauschen. »Wenn ich viel in der *Kaffeetante* backe, also sonntags, wenn ich alleine bin, oder wenn ich zu Hause meine Wäsche mache, höre ich total gerne Reggae. Dann tanze ich aber auch dazu und singe laut und furchtbar schief mit.«

David lachte. »Wieso kann ich mir das bloß lebhaft vorstellen?«

»Nur halte ich das vor meiner Mutter geheim, weil sie sonst denkt, das wäre ihr guter Einfluss.«

»Ist er das nicht?«

»Glaub mir, meine Mutter ist die Beste, aber sie ist echt kein guter Einfluss.« Schon bei dem Gedanken musste ich den Kopf schütteln.

»Wahrscheinlich hättest du viel lieber barfuß im Sand geheiratet, im Hintergrund von Steel Drums begleitet?«

Kurz dachte ich über die Möglichkeit nach. »Nah, das ist auch übertrieben. Am liebsten wäre ich einfach nur zum Standesamt spaziert und hätte danach mit meinen besten Freunden gefeiert.«

»Du kannst vermutlich von Glück reden, dass du dir den Fuß gestoßen hast.«

»Das ist wahrscheinlich richtig. Willst du irgendwann mal heiraten?«

»Auf jeden Fall.« Seine Antwort kam schnell, er hatte nicht einmal überlegen müssen.

Langsam, aber sicher machte mich unser Frage-und-Antwort-Spielchen nervös, denn es wurde immer offensichtlicher, dass David ein umwerfender Typ war – innerlich wie äußerlich.

Ganz im Gegensatz zu Torben konnte er sich auch infrage stellen und besaß einen ausgeprägten Sinn für Ironie, den er gern auf sich selbst anwandte.

Unsere Gespräche machten mir Spaß – viel zu viel Spaß.

»Was ist mit dir?« Seine Stimme klang mit einem Mal viel dunkler. »Hast du jetzt festgestellt, dass du niemals heiraten willst?«

»Nein, das wäre übertrieben. Ich glaube, dass Torben einfach nicht der richtige Mann war. Keine Ahnung, ob der richtige Mann überhaupt auf diesem Planeten herumläuft, aber Torben ist es definitiv nicht. So ähnlich halte ich das auch mit Treue in Beziehungen. Tief in mir drin glaube ich, dass du nicht mit dem richtigen Partner zusammen bist, wenn du ständig in Versuchung gerätst, fremdzugehen. Dann muss dir irgendetwas fehlen.«

»Hm«, machte er nur, stützte die Ellenbogen auf den Tisch und faltete die Hände.

Weil ich nicht wusste, was ich mit dieser Aussage anfangen sollte, klickte ich eilig zur nächsten Seite. »Wie gehst du vor, um ein privates Ziel zu erreichen? Systematisch oder das wird sich schon ergeben oder in einem Ruck, wenn du mal in Stimmung bist?«

»Systematisch.« Sein Blick sorgte dafür, dass ich unruhig auf meinem Stuhl herumrutschte. Ich konnte es nicht genau benennen, aber der Eindruck stieg in mir auf, dass er mir irgendetwas sagen wollte. Die Unruhe ließ mich nervös mit den Fußspitzen auf den Boden trommeln.

»Langsam ist meine Geduld für die Fragen aufgebraucht. Soll ich uns mal etwas für's Abendessen machen?«

»Gern.«

Erleichtert klappte ich den Bildschirm zu und stand auf.

Noch länger hätte ich es nicht auf diesem Stuhl ausgehalten.

»Soll ich dir helfen?«

»Nein, nicht nötig. Ich mache nur ...« Einen schnellen Blick in den Kühlschrank später vervollständigte ich meinen Satz: »Rührei?«

»Liebend gern! Ich liebe alles, was mit Frühstück zu tun hat. Eigentlich könnte ich den ganzen Tag frühstücken.«

Mir lag die Entgegnung auf der Zunge, dass er dann bei mir, beziehungsweise in der *Kaffeetante,* gut aufgehoben war – aber ich ließ es bleiben. Stattdessen lächelte ich. »Höre ich da die Bitte raus, morgen früh Pancakes zu machen?«

»Oh ja!«, stieß er inbrünstig hervor und strahlte mich an.

Wer könnte da Nein sagen? Egal, was er fragte – wer könnte da Nein sagen? Ich war verloren.

12

Schon vor vierhundert Metern hatte meine Laufuhr angefangen, sich in ein hysterisches Piepen hineinzusteigern, weil mein Puls viel zu hoch war. Mein Puls war deshalb viel zu hoch, weil ich zu schnell lief und dabei an Kat dachte. Das bedingte sich irgendwie gegenseitig und ich konnte gegen keins von beidem etwas tun.

Seit einer Woche hockten wir aufeinander, seit einer Woche ging ich jeden Morgen und jeden Abend eiskalt duschen. Gestern hatten wir eine Ewigkeit darüber diskutiert, wie die perfekte Raumtemperatur war – auch eine Frage des Online-Dating-Portals.

Das Schlimme daran war: Mit Kat machte selbst eine solche Unterhaltung unglaublichen Spaß. Inzwischen hatte ich das Gefühl, sie in- und auswendig zu kennen, und begehrte sie nur noch mehr.

Ihren ehemaligen Verlobten mochte ich hingegen immer weniger. Was war das bloß für ein Typ, dass er so eine erstklassige Frau vergraulte?

Mit jedem Tag, der verstrich, fiel es mir schwerer, sie nicht in mein Bett zu zerren. Natürlich waren wir nicht überall der gleichen Meinung. Aber ich war mir sicher, dass ich mich spätestens in dem Moment hoffnungslos in sie verknallt hatte, als ich sie mir beim Tanzen in ihrer Wohnung vorgestellt hatte, während sie Reggae hörte und Wäsche zusammenlegte.

Wenn ich nicht bald langsamer lief oder an etwas anderes dachte, würde die Uhr an meinem Handgelenk wahrscheinlich explodieren.

Kat hatte mir nach einigem Zögern von ihrer kiffenden Mutter und dem unbekannten Vater erzählt, ich von meinen Eltern, wir hatten unsere Schulzeit durchgekaut und uns von unseren besten Freunden erzählt.

Mittlerweile kam es mir fast vor, als würde ich ihre Freunde selbst kennen. Zumindest Maja, die immer samstags hinter dem Tresen der *Kaffeetante* arbeitete, wenn Kat sich um ihr eigenes Leben kümmerte, kannte ich vom Sehen. Jennifer war schließlich auf Kats berühmte Pancakes scharf gewesen und der Versuch, einen Sitzplatz in der *Kaffeetante* zu bekommen, hatte zur samstäglichen Routine gehört. Irgendwie gab es mir eine riesige Genugtuung, dass ich die Pancakes jetzt jederzeit haben konnte, obwohl Jennifer sie noch mehr mochte als ich.

Auf der einen Seite wollte ich nie wieder aus diesem Ferienhaus abreisen, auf der anderen Seite wusste ich nicht, wie viel länger ich mich wirklich noch beherrschen konnte. Es machte mir nichts aus, die ganze Zeit mit Kat zu verbringen, ganz im Gegenteil: Es war eher so, dass die Versuchung einfach viel zu nah vor meiner Nase baumelte.

Abrupt blieb ich stehen, als mir endlich der rettende Gedanke kam: ein Ausflug. Das war die Idee überhaupt!

Wir konnten etwas unternehmen und hockten nicht mehr in dem Ferienhäuschen aufeinander, trotzdem wären wir aber zusammen.

Schnell ging ich in Gedanken durch, was es hier in der näheren Umgebung wohl zu sehen gab. Endlich verstummte das nervige Piepen und ich machte mich mit gemächlichen Schritten auf den Weg zurück zum Haus. Es war nicht einmal acht Uhr. Das gab mir genug Zeit für eine anständige Internetrecherche, bevor ich Kat von meinem Einfall berichtete.

***

Wenig später war meine Entscheidung gefallen: Rostock. Die Stadt war groß genug, damit die Fahrt sich lohnte, aber nicht so groß, dass wir überfordert damit sein würden, uns ein paar Stunden zu beschäftigen, weil wir gar nicht wussten, wo wir anfangen sollten.

Es gab ein paar Sehenswürdigkeiten, ein exzellentes Restaurant, in dem ich auf jeden Fall einen Tisch reservieren würde – ich war von meiner Idee sehr begeistert.

Hoffentlich sah Kat das genauso.

Als ich die Treppe nach unten lief, hörte ich bereits leises Geschirrklappern aus der Küche. Ich konnte nicht widerstehen und schlich mich an.

Kat räumte die Spülmaschine aus und stand mit dem Rücken zu mir, was es mir erlaubte, sie zu begutachten. Wie viele dieser kurzen Sommerkleidchen hatte sie eigentlich dabei?

Entweder sie trug ein flatterndes Kleidchen oder kurze Shorts und enge Tanktops. Heute war das Kleid dunkelblau und mit kleinen weißen und roten Ankern bedruckt. Ich wusste nicht einmal, was ich bevorzugen sollte, weil beide Varianten meine Fantasie beflügelten.

Obwohl ... bei den Kleidern war es definitiv schlimmer. Die schmalen Träger, der kurze Rock und der leichte Stoff ließen mich permanent darüber nachdenken, wie es wohl aussah, wenn das Kleid langsam zu Boden flatterte.

Sie beugte sich vornüber und enthüllte die Rückseite ihrer Oberschenkel, die inzwischen leicht gebräunt war, weil wir jeden Nachmittag eine oder zwei Stunden in der Sonne dösten.

Ihre Füße waren nackt und die Haare hatte sie zu einem nachlässigen Zopf gebunden, die Haarspitzen sahen aus, als würden sie ihren Nacken kitzeln.

Eigentlich hatte ich mich gar nicht für einen Chauvinisten gehalten, aber es erfüllte mich mit einer tiefen Zufriedenheit, Kat bei häuslichen Aktivitäten wie dem Spülmaschineausräumen zu beobachten. Es fühlte sich so richtig an, so nach *zu Hause*.

Sie drehte sich mit zwei Kaffeetassen in der Hand um und zuckte zusammen, als sie mich entdeckte. »Du meine Güte, musst du dich so anschleichen?«

»Sei lieber froh, dass ich nicht dazu gekommen bin, dich zu erschrecken, wie ich es eigentlich geplant hatte.« Was für eine Lüge.

Sie warf mir einen verdrossenen Blick zu und stellte die Tassen auf den Küchentisch, der schon sehr nach Frühstück aussah. »Ich habe heute Morgen deine Uhr die ganze Zeit piepen hören, bevor du von der Terrasse verschwunden bist. Ist damit alles in Ordnung oder braucht sie neue Batterien?«

Nein, ich denke nur zu viel über dich nach. »Ich glaube, ich habe da irgendetwas falsch eingestellt. Sag mal, was hältst du davon, heute nach Rostock zu fahren?«

Abrupt hielt sie inne und legte den Kopf schräg. Ihr Zopf rutschte zur Seite und der Anblick der feinen Haarspitzen drängte mir die Frage in den Kopf, ob es wohl kitzelte, wenn sie über Kats Haut strichen.

»Hm, Rostock. Warum nicht? Ein bisschen Shoppen und irgendwo Kaffee trinken klingt nicht schlecht.«

Sie drehte sich um und füllte den Wasserkocher, bevor sie mit der Dose Teeblätter zum Tisch zurückkehrte.

»Wir könnten auch essen gehen, da gibt's ein sehr gutes Restaurant.«

Ihre Augenbraue hob sich. »Aha, verstehe. Du fragst nur aus Höflichkeit, weil du eh schon alles geplant hast, nicht wahr?«

Mit einem Schulterzucken zog ich meinen Stuhl zurück und setzte mich. »Vielleicht.«

»Wenn ich ohnehin keine Wahl habe, sage ich natürlich aus freien Stücken Ja.«

»Sehr schön.«

Sie holte den Wasserkocher. »Auch einen Tee?«

Ich schnitt eine Grimasse. »Nein, immer noch nicht.«

»Dann mach dir deinen Kaffee gefälligst selber.« Sie lächelte liebenswürdig und stellte den Wasserkocher wieder weg.

Lachend stand ich auf und schaltete den Vollautomaten ein, mit dem das Ferienhaus ausgestattet war. Das Ding hatte es mir echt angetan und ich überlegte, ob ich mir das gleiche Exemplar für meine Wohnung kaufen sollte.

»Mir ist immer noch nicht klar, wieso die Besitzerin eines Ladens namens *Kaffeetante* selbst keinen Kaffee trinkt.«

Kat setzte sich und schnupperte an ihrem Tee. »Es ist nicht so, dass ich gar keinen Kaffee trinke, ich trinke nur wenig davon. Als ich damals den Laden aufgemacht habe, bin ich irgendwie nie zum Essen gekommen. Ich wollte mir immer einen Muffin zur Seite stellen und ihn später essen, aber das hat einfach nicht geklappt. Weil ich es mir nicht leisten konnte, zu viel Überschuss zu produzieren, habe ich sehr knapp kalkuliert gebacken. Glücklicherweise haben die Kunden mir das Gebäck aus den Händen gerissen, sodass nichts für mich übrig blieb.

Weil ich aber den ganzen Tag im Laden stand und natürlich Hunger hatte, habe ich jedes Mal Kaffee getrunken.«

»Und jetzt hast du ihn über und trinkst ihn nicht mehr?« Die Maschine röhrte leise, während Kat den Kopf schüttelte.

»Ich habe schlicht so viel Kaffee getrunken, dass ich Magenprobleme davon bekommen habe und förmlich mit Herzrasen durchs Leben vibriert bin. Erst nach einiger Zeit bin ich auf die Idee gekommen, mir morgens ein Brot zu schmieren und auf Tee umzusteigen. Daraufhin habe ich auch das Angebot der *Kaffeetante* um ein paar Teesorten erweitert, weil es doch erstaunlich viele Leute gibt, die gern mit ihren Freunden in Cafés sitzen, aber keinen Kaffee trinken.«

»Clever.«

Sie grinste. »Leider clever, weil eigentlich dumm.«

»Das hast du jetzt gesagt.« Mit meinem Kaffeebecher setzte ich mich wieder und reichte Kat den Korb mit dem gerösteten Toast. Wann hatte sich eigentlich diese vertraute Routine zwischen uns eingeschlichen, die ich so mochte?

Sie nahm zwei Scheiben, die sie auf ihren Teller legte. »Wann möchtest du losfahren? Ich nehme einfach mal an, dass du dir da auch schon einen Plan zurechtgelegt hast?«

»Du kennst mich einfach zu gut.« Zufrieden lächelte ich.

***

Kat folgte mir über den gekiesten Weg zur Einfahrt. »Sag mal, kann ich fahren?«

Überrascht blieb ich stehen und drehte mich um. »Den Audi?«

Sie kicherte. »Hast du noch ein anderes Auto hier irgendwo versteckt?«

Oh je. Wie kam ich aus der Nummer wieder raus? »Äh ...«

Sofort lachte sie los. »Keine Sorge, das war nur ein Scherz! Ich kann mir kaum meine eigene Autoversicherung leisten, und wenn ich mir vorstelle, was wohl nur ein Kratzer im Lack bei deinem kosten würde – da müsste ich dir wahrscheinlich die Hälfte der *Kaffeetante* überschreiben.«

Sie tänzelte an mir vorbei, weil ich wie angewurzelt auf der Stelle stand. *Dir die Hälfte der Kaffeetante überschreiben* – warum klang das so unglaublich verlockend?

Vor der Beifahrertür blieb sie stehen. »Hast du was vergessen?«

Damit riss sie mich aus meinen Gedanken. »Was?«

»Ob du was vergessen hast?«

»Nein, nein.« Eilig betätigte ich die Fernbedienung und Kat kletterte auf den Beifahrersitz.

Konnte ich mir vorstellen, einen Laden wie die *Kaffeetante* zu haben? Mit Kat gemeinsam zu führen? Nein, das war absurd. Diese Idee sollte ich mir gleich wieder aus dem Kopf schlagen.

Ich schnallte mich an und das Geräusch des startenden Motors beruhigte mich wieder. Zumindest so lange, bis ich zur Seite blickte und Kats nackte Schenkel sah, die sich deutlich von dem schwarzen Leder abhoben. Ihr Kleid war nach oben gerutscht und ich fürchtete jetzt schon, dass sie über die Länge der Strecke bis Rostock plapperte und ich unbemerkt ihre Beine anstarren würde, anstatt auf die Straße zu achten.

Das würde eine verdammt lange Fahrt werden und zusätzlich bckam ich irgendwie jeden Tag neue Themen präsentiert, über die ich besser nicht nachdenken sollte.

Kats Lächeln, ihre Schenkel, ihr Busen, ihr Sinn für Humor, die Möglichkeit eines gemeinsamen Lebens, ihr Ex-Freund – bald würde ich den Überblick über die Liste der Dinge verlieren, die mich um den Verstand brachten.

»Um uns die Fahrt zu verkürzen, habe ich noch zwei großartige Fragen notiert, über die wir uns streiten können«, teilte sie mir mit funkelnden Augen mit.

Ihre großen Augen – die kamen auch gleich mit auf die Liste der verbotenen Gedanken. Allein die Vorstellung, wie sie mich mit lustverhangenem Blick ansah, war zu viel für mich.

»Schieß los«, murmelte ich, während ich vorgab, mich vollkommen auf die Ansagen des Navigationsgerätes zu konzentrieren.

»Wenn dir ein Song besonders gut gefällt, woran liegt das dann? Am Text, Rhythmus oder der Melodie?«

»Was ist das schon wieder für eine Frage? Die Mischung aus allem natürlich.«

Sie rollte mit den Augen. »Du musst dir schon eins aussuchen.«

»Fang du an.«

»Okay. Bei mir ist es meistens der Rhythmus. Anika, meine beste Freundin, sagt immer, dass ich auf Stripper-Musik stehe.«

»Wenn du nicht gerade Reggae hörst?«, fragte ich, um mich von der Vorstellung abzulenken, wie Kat sich mit aufreizenden Bewegungen auszog.

»Das ist etwas anderes. Du weißt schon, es gibt diese Musik, die nicht zu schnell, aber auch nicht zu langsam ist und so einen eindringlichen Beat hat, dass man einfach aufstehen und tanzen möchte. Weil man sich dazu jedoch unmöglich schnell bewegen kann, sollte man einfach strippen. Anikas Worte, nicht meine.«

»Stripper-Musik.« Mein Gehirn war manchmal einfach nicht abzulenken. »Nenn mir ein Beispiel.«

»Zum Beispiel *Stripped* von Depeche Mode.«

Warum zum Teufel musste ich fragen? Weil ich es mir noch nicht deutlich genug vorstellen konnte? Wenn ich nicht bald einen Themenwechsel bewirkte, würde ich den Verstand verlieren.

»Ich glaube, bei mir hat es viel mit dem Text zu tun. Du weißt schon, wenn dir bestimmte Zeilen im Kopf hängen bleiben – und du sie immer wieder singst, obwohl du gar nicht weißt, wie der Song weitergeht.«

»Stimmt.« Kat nickte und dachte nach. »Das hatte ich das letzte Mal bei diesem Titelsong von *True Blood*.«

»Was ist das? Ein Film?«

»Eine Serie, in der es um Vampire geht. Ich habe die ersten vier Staffeln gesehen, glaube ich zumindest. Jedenfalls heißt der Titelsong *Bad Things,* und immer, wenn ich den höre, bleiben diese Zeilen für Tage in meinem Kopf.« Sie summte ein bisschen, bevor sie murmelte: »I wanna do real bad things with you.«

Machte sie das mit Absicht? Sie musste das mit Absicht machen! Oder?

13

Davids Einfall kam wie gerufen. Inzwischen spielte ich täglich mit dem Gedanken, ihn anzuspringen. Das Einzige, was mich davon abhielt, war der desaströse Zustand meiner Unterwäsche.

Heute Morgen hatte ich mich angezogen und ein leises, schnappendes Geräusch gehört. Kurz darauf war mein Höschen an meinen Oberschenkeln heruntergerutscht, weil der Gummibund seinen Dienst an den Nagel gehängt hatte.

Betroffen hatte ich an mir heruntergestarrt und überlegt, wann ich mir eigentlich das letzte Mal neue Unterwäsche gekauft hatte.

Nach einer Weile war ich zu dem Schluss gekommen, dass es definitiv zu lange her war, wenn ich mich nicht mehr daran erinnern konnte. Lange Beziehungen brachten für manche Dinge wirklich den Tod.

Ich wagte gar nicht, mir Davids Gesicht vorzustellen – für den unwahrscheinlichen Fall, dass wir irgendwann mal im Bett landen würden – wenn er mich auszog und meine Wäsche bei seiner Berührung zu Staub zerfiel. Das war nicht die Art von erotischer Fantasie, die ich bevorzugte.

Mein Plan war simpel: Ich würde mit ihm durch die Stadt bummeln, und sobald ein Wäscheladen in Sicht kam, würde ich mich abseilen.

Vermutlich war das reine Verschwendung, aber ich würde mich einfach besser fühlen.

***

Davids Gesichtsausdruck war alles andere als begeistert gewesen, als ich ihn mitten in dem Einkaufszentrum hatte stehen lassen.

Eigentlich hatte es mir sogar widerstrebt, einfach so zu gehen. Aber das Geräusch des reißenden Gummizugs hing mir noch zu deutlich in den Ohren.

Hoffentlich taugte der Laden, den ich aus dem Augenwinkel erspäht hatte, wenigstens etwas. Unter normalen Umständen hätte mich das kitschige rosafarbene Schild mit der schwer leserlichen Schrift davon abgehalten, dieses Geschäft zu betreten, aber ich brauchte nun einmal Unterwäsche.

Wenigstens die Fenster waren hübsch gestaltet – beziehungsweise wurden gerade gestaltet, denn eine schlanke Frau rangelte dort gerade mit zwei Schaufensterpuppen.

Der Laden war nicht groß und grauenvoll eingerichtet: billiges, pinkfarbenes Plastik so weit das Auge reichte. Da mein Zeitfenster allerdings knapp bemessen war, konnte ich nicht allzu wählerisch sein. Am besten, ich hielt mich an die Basics: Weiß, Schwarz und Grau.

Endlich entdeckte ich einige Kleiderbügel, an denen schwarze Höschen baumelten. Ich ging näher hin, doch die Höschen wurden nicht größer. Gerade hatte ich mir noch einreden wollen, dass die 38 so klein aussah, weil sie so weit unten hing, aber in Wahrheit war sie winzig.

Mit dem Kleiderbügel in der Hand überlegte ich, dass die Größen wohl falsch ausgeschildert sein mussten, denn ein zehnjähriges Mädchen würde seine liebe Mühe haben, sich in dieses winzige Stück Stoff zu quetschen.

Irritiert sah ich mich um, aber das ganze Glitzern und Blinken hier drin lenkte mich von meiner eigentlichen Mission ab. Um Himmels willen, war das eine Plüschtapete?

»Kann ich helfen?« Die junge Frau aus dem Fenster stand vor mir, eine grüne Federboa in der Hand.

»Äh ...« Leicht überfordert sah ich mich um. »Netter Laden«, stammelte ich und hielt ihr den Kleiderbügel unter die Nase.

Sie gab ein verächtliches Geräusch von sich. »Also bitte! Das könnte mit Abstand der hässlichste Wäscheladen sein, in dem ich jemals gewesen bin, und es ist definitiv nicht meiner. Ich bin nur hier, weil die Besitzerin die einzige autorisierte Händlerin in Deutschland ist, die Wäsche von Lucessa besorgen kann. Was brauchst du denn?«

»Das hier – nur größer.«

»Das ist Shapewear.« Mit einem prüfenden Blick sah sie an mir herunter. »Ich rate einfach mal, dass du von den ganzen Pailletten geblendet wurdest und eigentlich gar keine Shapewear wolltest?«

»Richtig«, antwortete ich erleichtert, dass mit meinen Augen alles in Ordnung war. Das erklärte natürlich, wieso die Wäsche so verdammt winzig aussah.

»Ich bin mir nicht einmal sicher, ob es hier anständige Wäsche gibt.« Angewidert blickte sie zu der Federboa in ihrer Hand. »Eigentlich wollte ich mir nur Muster ansehen und meine Bestellung aufgeben. Doch kaum war ich hier, ist die Besitzerin nur ›ganz kurz‹ verschwunden, um ein paar Besorgungen zu erledigen. Ist das zu glauben? Das würde mir in meinem Laden im Traum nicht einfallen.«

Während sie vor sich hinplapperte, lief sie im Zickzack durch den Laden und warf kritische Blicke in die einzelnen Reihen. »Ah, hier hätten wir etwas Schlichtes von Lucessa. Aber ich schätze, das liegt außerhalb deiner Preisklasse.« Sie fuhr herum. »Ist nicht böse gemeint.«

Kritisch betrachtete ich den schlichten Schlüpfer in ihrer Hand. »Wieso? Was kostet das denn?«

»298 Euro«, verkündete sie völlig gelassen, als würde sie es ernst meinen. »Hier, fühl mal. Ein Traum!«

Ich strich über den Stoff und er fühlte sich zugegebenermaßen wirklich traumhaft an – aber 298 Euro war trotzdem der reine Irrsinn.

»Und so etwas kaufen die Leute?«

Sie kicherte. »In Mengen. Aber guck mal hier.« Sie deutete auf einen Weidenkorb, der auf einem kleinen, pinkfarbenen Metalltischstand und mit billig wirkenden Stringtangas gefüllt war. Ein Schild pries die Wäsche mit Mengenrabatt an, 5 Stück für 3 Euro.

»Was ist das für ein Konzept? Luxuswaren neben billigstem Schrott?«

»Ein Schlechtes?«, schlug ich hilflos vor und sie nickte eifrig.

»Genau. Wenn ich du wäre, würde ich es zwei Straßen weiter versuchen, da ist ein kleiner Laden namens *Delicious Delicates*. Ist ein bisschen versteckt in einer kleinen Gasse hinter einem Bastelladen.«

»Dein Laden?«

Sie schüttelte den Kopf. »Nein, ich bin nicht von hier. Mein Laden heißt *Acht Lagen Spitze* und ist in Essen. Ich bin nur in Einkaufsmission unterwegs.«

»Ist das nicht dieser unverschämt teure Laden in Rüttenscheidt?« Als sie mich anblinzelte, sagte ich schnell: »Ist nicht böse gemeint.«

»Wofür? Er ist teuer, aber dafür gibt's dort auch nicht einen einzigen pinken Gartenzwerg.« Wie zur Bestätigung hielt sie ein solches Ungetüm hoch. »Ich bin Sophie.«

»Kat, mir gehört die *Kaffeetante*.«

»Interessant. Ist das nicht dieser noble Coffeeshop?« Vielsagend zog sie eine Augenbraue hoch.

»Wenigstens kostet Kaffee bei mir keine 298 Euro.«

Sophie schüttelte den Kopf. »Die Welt ist einfach zu klein.« Damit stellte sie den Gartenzwerg ab. »Na ja, angeblich gibt es ja keine Zufälle. Hier.« Sie schob die Hand in die Tasche und zog drei kleine Pappkärtchen hervor, die sie mir reichte.

Es waren Rabattkarten mit dem schicken Logo ihres Ladens, die 10 Prozent Nachlass auf den nächsten Einkauf versprachen. »Wahnsinn, dann kostet das Höschen nur noch 268,20 Euro – ein echtes Schnäppchen.«

»Ich habe auch etwas günstigere Wäsche«, erklärte Sophie mit nachsichtigem Tonfall.

»Was kostet denn das preiswerteste Teil in deinem Laden?«

Während sie nachdachte, tippte sie sich mit dem Zeigefinger an die Unterlippe. »179 Euro, glaube ich.«

»Okay, dann hebe ich die Kaffeepreise für eine Tasse schwarzen Kaffee von 1,70 Euro auf 1,79 Euro an, und wenn du mal Lust auf 100 Tassen Kaffee hast, kannst du ja mit einem schwarzen Höschen in Größe 38 vorbeikommen.«

Sophie lachte ein erstaunlich dunkles Lachen. »Aber du hast doch die Rabattkarte!«

»Gut, dann halt 90 Tassen Kaffee. Aber da fällt mir etwas ein.« Ich wühlte in der kleinen Umhängetasche, die ich dabei hatte, und zerrte mein Portemonnaie heraus. Im letzten Fach fand ich noch zwei meiner Sammelkarten und suchte nach einem Kugelschreiber. Schnell kritzelte ich in die freien Felder »Gratis Kaffee« und setzte meine Unterschrift darunter – für den Fall, dass ausgerechnet an diesem Tag Maja hinter dem Tresen stand.

»Danke, Kat.«

»Bitte, Sophie.« Ich sah mich in dem pinkfarbenen Albtraum um. »Leider muss ich jetzt los. Ich habe fast ein schlechtes Gewissen dabei, dich hier alleine zu lassen.«

»Oh, ich dekoriere einfach noch ein bisschen um. Schlimmer kann ich es kaum machen. Aber die Dame sollte innerhalb der nächsten Stunde wieder hier auftauchen. Ich muss heute Abend gegen 23 Uhr wieder in Essen sein. Der Geburtstag meiner Mitbewohnerin steht an und wir wollen ausgehen. Ich habe hoch und heilig versprochen, dass ich pünktlich wieder da bin. Aber ohne die Lucessa-Bestellung fahre ich nicht.« Sie sah vielsagend auf ihre Armbanduhr.

»Ich glaube, wenn ich wieder in Essen bin, komme ich dich mal in deinem Laden besuchen. Meine Garderobe könnte – zumindest was Unterwäsche anbelangt – eine Runderneuerung gebrauchen.«

Sie grinste nur und winkte mir zum Abschied nach.

Ich verstaute die Rabattkarten sicher in meiner Tasche und machte mich auf die Suche nach *Delicious Delicates* – denn um neue Wäsche kam ich leider wirklich nicht mehr herum.

***

David wartete schon vor dem Treffpunkt, den wir ausgemacht hatten. Von da aus wollten wir gemeinsam zum Restaurant laufen. Nach Davids Aussage hatte es einen Michelin-Stern und ich hatte mich angemessen beeindruckt gezeigt, als er es mir erzählt hatte.

»Hast du dich gut amüsiert?«, fragte ich ihn und er nickte.

Die zwei Stunden ohne ihn waren wie im Flug vergangen und ich hatte fasziniert festgestellt, dass ich ihn recht schnell vermisst hatte. Dadurch, dass wir die ganzen Tage miteinander verbracht hatten, hatte ich mich an seine ruhige Gegenwart gewöhnt.

»Ich war im Museum. Und du?«

Stolz hielt ich die Tüte von *Delicious Delicates* hoch. Ein kurzer Schatten glitt über Davids Gesicht, bevor er einfach das Thema wechselte. »Hoffentlich dauert es nicht zu lange, bis wir unser Essen bekommen, ich habe wirklich Hunger.«

Auf dem Weg hielt er mir den Arm hin und ich hakte mich ein, ohne groß darüber nachzudenken. Erst, als der Portier uns die Tür zu dem Hotel aufhielt, in dem das Restaurant die gesamte erste Etage einnahm, fiel mir auf, dass wir wahrscheinlich wie ein Pärchen wirkten.

Es störte mich nicht, kam mir nur irgendwie unrealistisch vor – aber gleichzeitig war es toll. Normalerweise aß ich im Stehen in meinem eigenen Laden, maximal in einem der hippen Lokale auf derselben Straße wie die *Kaffeetante*. Ich wusste schon gar nicht mehr, wann ich das letzte Mal in einem Restaurant gewesen war, in dem es weder Burger noch Sandwiches gab.

Wir wurden zu unserem Tisch geführt und David zog mir tatsächlich den Stuhl zurück.

Die letzte Glanzleistung, die Torben vollbracht hatte, war es gewesen, mir eine Tür ins Gesicht fallen zu lassen, als ich mit voll beladenen Händen nach Hause gekommen war. Er hatte einfach nicht hingesehen und hätte ich nicht im letzten Moment meinen Fuß ausgestreckt, wäre es sicherlich ein nettes Hörnchen auf meiner Stirn geworden, so war ich mit einem Kratzer davongekommen. Danach hatte ich ihm die Kuchenkostproben und Serviettenmuster, die ich für ihn mitgebracht hatte, vor die Füße geworfen und ein paar sehr deftige Kraftausdrücke benutzt.

David setzte sich mir gegenüber und ich musste wieder einmal bewundern, wie umwerfend er in einem schlichten weißen Hemd aussah und wie fabelhaft ihm der Dreitagebart stand, den er neuerdings trug. Warum er sich nicht mehr rasiert hatte, wusste ich nicht, möglicherweise hatte es etwas mit dem Urlaubsgefühl zu tun, das wir ausgiebig zelebrierten – aber er sah zum Anbeißen aus.

Der Kellner brachte gleich die Karte und Wasser, das wir gar nicht bestellt hatten.

Da David nichts sagte und sicherlich öfter als ich in solch noblen Häusern unterwegs war, nahm ich an, dass es wohl seine Richtigkeit hatte, und vertiefte mich in die Speisekarte.

Nach einer Weile stellte ich fest, dass David mich anstarrte.

»Was ist?«, fragte ich, während ich über den Rand meiner Karte zu ihm herübersah.

»Nichts, du machst nur irgendwie so wohlige kleine Geräusche.«

»Oh.« Meine Wangen röteten sich. »Das liegt nur daran, dass mir das Wasser im Mund zusammenläuft. Ich bin nicht einmal über die erste Seite hinaus und weiß schon nicht mehr, was ich essen soll, weil es alles so lecker klingt.«

Außerdem wollte ich, dass es sich lohnte, wenn ich schon meine halbe Urlaubskasse für ein einziges Abendessen ausgab. Die Preise hatten es in sich, aber für Gerichte wie Maronenschaumsüppchen mit Port und weißem Alba-Trüffel war ich bereit, die EC-Karte zu zücken. Hoffentlich konnte man hier überhaupt mit Karte zahlen.

Er lächelte mich an und ich schmolz wieder einmal dahin.

»Ich glaube, mir hat es die Ente angetan.«

Ich nickte und blätterte um. »Und die Hauptspeise? Weißt du schon, was du willst?« Als ich wieder hochsah, erschrak ich über die Intensität seines Blicks. Doch der Moment ging vorüber.

»Das US Beef Filet auf jeden Fall«, entschied er.

Erfreut strahlte ich ihn an. »Ich auch. Und auf dem Nachtisch mit der karamellisierten weißen Schokolade steht praktisch mein Name drauf.«

»Was möchtest du trinken?«

»Puh. Was trinkst du?«

»Wasser. Aber ich würde dir einen Rosé empfehlen. Der Weißherbst soll gut sein.«

Kritisch zog ich eine Augenbraue hoch. »Wenn du das sagst.«

David lachte. »Ja, sage ich und ich wüsste keinen Grund, warum ich dich deswegen anlügen sollte.«

»Aber ich kann mir doch jetzt nicht die Kante geben und du kutschierst mich dann durch die Gegend.«

»Fahren muss ich unabhängig davon, was du trinkst, und außerdem kann bei einem Wein zum Essen nicht unbedingt die Rede von ›Kante geben‹ sein.«

Der Kellner tauchte an unserem Tisch auf und ich wusste nicht, was ich machen sollte.

David nahm mir die Entscheidung ab, indem er für uns beide bestellte – und natürlich orderte er für mich den Wein.

»Danke«, sagte ich, als der Kellner sich entfernte. Schon wieder fühlte es sich etwas mehr wie ein richtiges Date an, so fürsorglich und zuvorkommend, wie David sich gab.

»In was für einem Museum warst du eigentlich?«

Während ich seinen Ausführungen lauschte, sah ich mich in dem edlen Restaurant um und bemerkte, dass ich mich an Davids Seite nicht einmal deplatziert fühlte. Daran konnte ich mich wirklich gewöhnen.

***

Vermutlich hätte ich David vorwarnen müssen, dass ich nicht viel vertrug. Denn schon nach der Vorspeise hatte ich einen leichten Schwips und zog es ernsthaft in Betracht, den Teller abzulecken, weil das Essen so herausragend gewesen war.

Zufrieden strahlte ich ihn an. »Köstlich.«

Er war eindeutig belustigt. »Das freut mich. Möchtest du noch ein Glas Wein?«

»Lieber nicht«, flüsterte ich leise und David schenkte mir ein Wasser ein, das ich dankbar trank.

»Du bist wirklich entzückend«, murmelte David. Bevor ich allerdings genauer erforschen konnte, wie er das meinte, kamen die Kellner mit unserer Hauptspeise. Hier wurde wirklich auf den Service geachtet, alles kam zeitgleich aus der Küche und wurde parallel serviert. Fast fühlte ich mich wie ein Mädchen vom Land, das zum ersten Mal in der großen Stadt war.

»Danke«, sagte ich artig und der Kellner deutete eine kleine Verbeugung an. Mit geschlossenen Augen verkündete ich: »Das riecht umwerfend.«

»Ich denke, es wird genauso schmecken. Guten Appetit.«

»Dir auch. Und danke, dass du dieses tolle Restaurant ausgesucht hast.«

»Gern.«

Keine Ahnung, ob es an dem Wein oder meiner beschwingten Laune lag, aber langsam hatte ich das Gefühl, irgendetwas zwischen mir und David zu fühlen. Ein Prickeln, als wäre die Luft elektrisch aufgeladen. Vermutlich lag das nur an meinem Blutalkohol – doch träumen war ja wohl noch erlaubt.

Erst jetzt fiel mir auf, dass der Kellner ungefragt das Weinglas nachgefüllt hatte. Verkommen lassen wollte ich den guten Tropfen jetzt auch nicht, deswegen nippte ich vorsichtig an dem Glas.

»Kat, probier das Fleisch – ein Traum!« David sah mich erwartungsvoll an und ich schnitt mir sofort ein Stück ab.

»Oh Gott, wie gut! Und die Süßkartoffeln erst!«

In friedlicher Eintracht genossen wir das Essen und ich war erleichtert, dass wir uns gar nicht erst bemühen mussten, irgendein verkrampftes Gespräch zu führen. Wir redeten, wenn wir es für angemessen hielten, und aßen nebenbei.

Ich war entspannt, zufrieden und leicht betrunken – ich hätte die ganze Welt umarmen können.

Mein Teller war schon leer, und während ich einen Schluck Wein trank, ließ ich meinen Blick durch das Restaurant schweifen. Die Bar im hinteren Teil des Saals war wirklich hübsch gemacht, mit diesem aufwendigen Mosaik, das dezent den Namen des Restaurants abbildete.

Eine Weile dachte ich über die Möglichkeit eines solchen Mosaiks für die *Kaffeetante* nach, als ich bemerkte, dass ich nicht nur die Bar anstarrte, sondern auch den Mann, der dort saß.

Um meine Verlegenheit zu vertuschen, lächelte ich zaghaft. Wäre ich nicht angetrunken gewesen, hätte ich vermutlich einfach nur weggeschaut, aber so lächelte ich kurz.

Der Mann lächelte erfreut zurück und hob sein Glas leicht. Mein Lächeln wurde kurz tiefer, dann sah ich doch verlegen auf den Tisch.

David runzelte die Stirn und drehte sich um, sah sich an, wo ich gerade hingeschaut hatte. Als er sich wieder umdrehte, wirkte er alles andere als erfreut. »Ernsthaft? Wir gehen essen und du flirtest mit anderen Männern?«

Fast hätte ich mich an dem Wein verschluckt und stellte das Glas sicherheitshalber weg. »Was? Das war doch kein Flirt. Ich habe lediglich gelächelt.«

»Hm. Weißt du eigentlich, was für ein zauberhaftes Lächeln du hast?«

Blut stieg in meine Wangen, rauschte in meinen Ohren. Heute würde es definitiv keinen Wein mehr für mich geben. »Es war nur ein Lächeln«, beharrte ich. »Bekanntermaßen ja das beste Mittel, um einen Mann um den Verstand zu bringen. Wer braucht schon große Brüste und einen hübschen Hintern, wenn er lächeln kann?« Eigentlich wollte ich David gar nicht verspotten, aber der Wein hatte meine Zunge gelockert.

Es war nicht zu übersehen, dass er wirklich sauer war – warum auch immer. »Willst du mich ärgern? Es wäre super, wenn du in meiner Gegenwart nicht mit anderen Männern flirten würdest. Außerdem löst ein schönes Lächeln natürlich etwas in einem Mann aus.«

Ungläubig zog ich eine Augenbraue hoch, bevor ich mich in Pose warf, ihm mein bestes Lächeln schenkte, mit den Wimpern klimperte und meine Haare gespielt kokett nach hinten strich. »Ach ja? Was löst es denn in dir aus?«

David holte tief Luft, faltete seine Serviette unnötig oft und legte sie auf den Tisch. »Ganz ehrlich?«

»Aber sicher.« Noch immer schaute ich ihn an, legte meinen besten Augenaufschlag gratis obendrauf.

Es ging so schnell, dass ich nicht einmal reagieren konnte. David erhob sich von seinem Stuhl, beugte sich über den Tisch und küsste mich.

Gleich darauf saß er wieder und grinste nur. »Du hast gefragt.«

Ich kämpfte hart damit, nicht in Ohnmacht zu fallen. Er hatte mich geküsst – ganz zart nur und auf den Mund, aber es war eindeutig ein Kuss gewesen. Schlagartig war ich vollkommen nüchtern. Es war gar nicht so leicht, meine Fassung wiederzugewinnen. »Okay, mehr lächeln, ist notiert.«

David nickte nur und starrte mich an, als würde er mir telepathisch etwas mitteilen wollen. Irgendwann hielt ich seinen intensiven Blick nicht mehr aus und sah wieder zu der eleganten Bar. Der Mann war verschwunden und ich war meinen eigenen Gefühlen hilflos ausgeliefert.

Eigentlich hätte ich das Dessert lieber übersprungen und mich in einer dunklen Ecke zusammengerollt, um über den Sinn des Lebens zu philosophieren. Vielleicht war aber gerade ein guter Zeitpunkt, um noch einmal alle Staffeln *Gilmore Girls* zu gucken – Hauptsache, ich musste nicht darüber nachdenken, dass David mich geküsst hatte und ich mir noch immer einbildete, den Druck seiner Lippen zu spüren.

Mein Herz hämmerte so hart von innen gegen meine Rippen, dass ich erwartete, gleich darauf angesprochen zu werden. Stattdessen betrachtete David mich einfach nur und lächelte leicht.

Mir brach der Schweiß aus. Vermutlich steigerte ich mich in eine Nichtigkeit hinein, die er schon längst wieder vergessen hatte. Wer wusste schon, wie viele verschiedene Frauen er in den letzten Wochen geküsst hatte – während ich in den letzten acht Jahren exakt nur einen Mann geküsst hatte. Was für eine Verschwendung!

Bevor ich weiter über mein trauriges Schicksal nachdenken konnte, wurde die Nachspeise gebracht und lenkte mich ab. Schokolade funktionierte einfach immer und weiße Schokolade war ein staatlich anerkanntes Heilmittel.

Und schon der erste Löffel lenkte mich erfolgreich ab. »Oh Gott! Ist das gut!«, stieß ich erstickt hervor und hielt mir die Hand vor den Mund, um nicht aus Versehen zu sabbern.

»Das kannst du laut sagen.« David löffelte noch eifriger als ich.

»Meinst du«, nuschelte ich zwischen zwei Bissen, »das würde als Cupcake-Frosting funktionieren?«

Er ließ den Löffel sinken und starrte mich an, als hätte ich den Heiligen Gral entdeckt. »Das klingt, als solltest du es auf jeden Fall ausprobieren.«

Wenige Minuten später sinnierte ich schon über das mögliche Verhältnis von Schokolade zu Karamell und die Stimmung war wieder wie vor ... *dem Zwischenfall.* Je mehr Zeit verstrich, desto unwahrscheinlicher erschien es mir, dass es wirklich passiert war.

Schneller, als ich damit gerechnet hatte, waren die Teller leer und wurden abgeräumt. Eine gewisse Aufbruchsstimmung breitete sich aus.

David nickte dem Kellner zu und dieser machte sich daran, unsere Rechnung vorzubereiten. Mit dem Wein lag ich sicherlich bei mehr als 90 Euro – der Wahnsinn, wenn ich darüber nachdachte, wie viele Becher Kaffee ich dafür verkaufen musste.

Ohne mich zu beachten, reichte der Kellner David den Beleg und dieser zückte sein Portemonnaie. Als ich den Mund öffnete, um zu protestieren, schenkte David mir einen dermaßen einschüchternden Blick, dass ich kein Wort hervorbrachte. Okay, ich musste ihn ja auch nicht in diesem wahnsinnig schicken Restaurant blamieren, indem ich darauf bestand, die Hälfte der Rechnung zu begleichen.

Vor der Tür traf die frische Luft mich wie ein Schlag mit dem Hammer und der Schwips kehrte zurück. Es war ein lauer Abend und ich war trotz der merkwürdigen Kuss-Situation so entspannt wie schon lange nicht mehr.

»Das war schön.«

David nickte und nahm meine Hand. »Damit du nicht stolperst.«

Obwohl ich ihm kein Wort glaubte, sagte ich nur: »Vermutlich besser so.« Die Tüte vom Unterwäscheladen knisterte leise, als sie beim Laufen gegen mein Bein stieß.

Wie brachte ich das Thema jetzt am besten auf die Rechnung?

Ich zerbrach mir den Kopf, kam aber einfach nicht darauf. Der Parkplatz, auf dem David geparkt hatte, kam bereits in Sicht und ich wusste immer noch nicht, wie ich das Thema anschneiden sollte.

Zwar war es unter der Woche, aber eigentlich noch recht früh, doch der Parkplatz lag nahezu verlassen da.

Kurz vor dem Wagen wirbelte ich herum und David lief direkt in mich hinein. Sein harter Körper prallte gegen meinen und ich strauchelte kurz. Seine Hände legten sich auf meine Schultern und hinderten mich daran, einfach umzufallen.

Für einen Moment standen wir unglaublich dicht voreinander und starrten uns an. Mein Atem klang unnatürlich laut in meinen Ohren. David senkte langsam den Kopf, als ich herausplatzte: »Du bekommst noch Geld von mir!«

Er runzelte die Stirn und richtete sich auf. »Was?«

Herzlichen Glückwunsch, Kat. Romantischer Moment *vollkommen* ruiniert!

»Für das Essen.«

David ließ meine Schultern los und wirkte irgendwie enttäuscht. »Ich dachte, es wäre klar, dass ich dich selbstverständlich einlade.«

»Das kann ich doch nicht annehmen. Das wäre ja ...« Ich brach den Satz ab, denn ich hatte sagen wollen: wie ein Date. Aber das war lächerlich und ich würde mich mit diesem absurden Gedanken bestimmt nicht seinem Spott preisgeben.

Er sah mich böse an. »Ist schon gut. Ich will dein Geld nicht.« David drehte sich um und ging auf die Fahrerseite des Autos.

Aufgeregt lief ich hinterher. »Was willst du denn?«

Warum konnte ich nicht ein einziges Mal meine Klappe halten und es einfach gut sein lassen?

David rieb sich über die Stirn und schien über irgendetwas furchtbar wütend zu sein.

Plötzlich schob er eine Hand in meinen Nacken und küsste mich.

Dieses Mal war es ganz anders als im Restaurant. Der Kuss hatte nichts Scheues oder Zurückhaltendes an sich.

Meine Lippen öffneten sich wie von alleine und seine Zunge schob sich in meinen Mund. Er schmeckte genauso nach weißer Schokolade und Karamell wie ich.

Die Unterwäschetüte rutschte aus meinen Fingern und stattdessen schlang ich die Arme um seinen Nacken. Er zog mich an sich und vertiefte den Kuss. Ich stöhnte leise an seinen Lippen und wühlte durch die seidigen Haare in seinem Nacken.

Das war zu gut, um wahr zu sein. Davids Hände lagen auf meinen Rippen, sicherlich spürte er, wie schnell mein Herz pochte. Verlangen raste durch meinen Körper und mischte sich auf eine gefährliche Weise mit dem Alkohol.

Dann war es vorbei.

David bückte sich, hob die Tüte auf und hielt sie mir hin. »Damit sind wir quitt.«

Eine eiskalte Dusche hätte mich in diesem Moment nicht schockierender treffen können. »Was? Aber du kannst doch nicht ...«

»Steig ein«, unterbrach er mich und öffnete die Fahrertür.

»Aber ...«

»Steig ein!«

Weil ich ohnehin nicht mehr wusste, was ich sagen – geschweige denn denken – sollte, eilte ich um das Auto herum und öffnete die Tür, bevor ich mich auf den Beifahrersitz sinken ließ.

Meine Finger umklammerten die Tüte des Unterwäscheladens, obwohl ich noch immer deutlich seine seidigen Haare spüren konnte. Mein Mund war trocken, meine Kehle eng und ich wagte es nicht, auch nur ein einziges Wort zu sagen. Meine Lippen fühlten sich wund an und ich musste mich bemühen, nicht zu zittern, so sehr hatte sein willkommener Überfall mich erschüttert.

David schwieg hartnäckig und wirkte so angespannt, dass ich irgendwann den Blick abwendete und aus dem Fenster sah.

14

Niemand konnte sich dermaßen erfolgreich das Leben schwer machen wie ich mir selbst. Was hatte ich mir nur dabei gedacht, Kat zu küssen? Und das gleich zweimal?

Obwohl mir der Teil mit der Selbstbeherrschung schon nach dem ersten Kuss schwergefallen war. Als sie sich dann auf dem Parkplatz so bereitwillig an mich geschmiegt hatte, wären um ein Haar alle meine Sicherungen durchgebrannt. Es wäre so verdammt leicht gewesen, ihr Kleid ein kleines Stück hochzuschieben, erst mit den Fingern in sie einzudringen, bevor ...

Schon beim bloßen Gedanken daran wurde mein Schwanz hart. Wieso hatte ich sie geküsst? Verdammt! Meine ganze Selbstbeherrschung war dafür draufgegangen, sie nicht auf diesem verlassenen Parkplatz gegen mein Auto gelehnt zu vögeln.

Jetzt war nichts mehr übrig. Es war vorbei. Ich hatte exakt keine Disziplin mehr zur Verfügung. Sollte sie sich mir anbieten – ich würde nicht mehr Nein sagen können.

Aber so wie sie sich gestern Abend benommen hatte, stand es nicht zur Debatte, dass das überhaupt passieren würde. Offenbar hatte ich mich getäuscht, als ich gedacht hatte, wir hätten einen Draht zueinander.

Selten war ich so eifersüchtig gewesen wie in dem Moment, als sie den anderen Typen angelächelt hatte. Obwohl ich dabei war. Da hatte ich leider gemerkt, dass ich mich zwar auf einem Date befand, Kat aber nicht.

Trotzdem hatten meine Eingeweide sich verkrampft.

Warum hatte ich gedacht, es wäre eine gute Idee, sie zu küssen? Ihre Lippen waren unglaublich weich und hatten sich schon im Restaurant bereitwillig unter meinen geöffnet. Es hätte nicht viel gefehlt und ich hätte sie an Ort und Stelle auf den Tisch geworfen, um sie zu nehmen.

Aber dann musste sie ja mit der getrennten Rechnung anfangen.

Natürlich war das kein Grund, sie zu küssen – aber ein angenehmer Vorwand. Jetzt hatte ich den Ärger. Das Schlimme war, dass ich das Gefühl hatte, dass sie mich unabsichtlich quälte.

Als sie alleine einkaufen gegangen war – hatte sie unbedingt Unterwäsche kaufen müssen? Ich hatte so sehr gegrübelt, was wohl in der Tüte sein könnte, dass ich mich kaum auf die Karte im Restaurant hatte konzentrieren können.

Genervt wälzte ich mich im Bett herum. Die Bettwäsche war von hoher Qualität, die Matratze eigentlich bequem und die Temperatur im Raum angenehm, aber mit meiner Laune fühlte es sich eher so an, als würde ich mich mit ein paar Lagen Zeitungen auf einer Parkbank winden.

Mir stand der Sinn gerade nicht einmal nach Sport, was für mich sehr ungewöhnlich war. Ich rieb mir mit beiden Händen durchs Gesicht.

Es half alles nichts, wenn ich mich nicht zusammenriss und mir Kat – die offensichtlich nicht an mir interessiert war – aus dem Kopf schlug, würde dieser Urlaub ein Desaster werden.

Es war wohl Zeit, endlich kühle und distanzierte Höflichkeit an den Tag zu legen. Vielleicht würde ich dann irgendwann wieder ohne eisenharte Erektion im Morgengrauen aufwachen.

***

Mein Vorsatz hielt nicht einmal bis zum Frühstück. Als ich nach unten kam, hörte ich Kat bereits in der Küche hantieren, während sie eine mir unbekannte Melodie summte.

Sie stand barfuß am Herd, die Haare auf dem Kopf zu einem Knoten zusammengebunden und machte Pancakes. Der Duft war unverkennbar.

Als sie meine Schritte hörte, drehte sie sich um und strahlte mich an. »Guten Morgen. Möchtest du Kaffee? Ich konnte nicht mehr schlafen, deswegen dachte ich, ich mache uns schon mal Frühstück. Also, ich weiß ja nicht, wie es dir geht, aber ich habe geschlafen wie ein Baby.«

Offensichtlich hatte sie das, denn sonst plapperte sie morgens nicht wie ein Wasserfall, sondern starrte missmutig in ihren Teebecher, bis sie richtig wach war.

Mehr als ein »guten Morgen« konnte ich mir nicht abringen und schenkte mir eine Tasse Kaffee ein, bevor ich mich an den Küchentisch setzte.

Wieder trug Kat eins dieser hübschen Sommerkleider, heute war es rot und mit kleinen weißen Punkten bedruckt, das Oberteil war geknöpft und hatte einen ziemlich tiefen Ausschnitt.

Der verführerische Geruch der Pancakes stieg mir in die Nase und mittlerweile war ich dermaßen darauf konditioniert, dass ich davon tatsächlich bessere Laune bekam.

Kat drehte sich schwungvoll um und präsentierte mir den Teller Pancakes, ihr Kleid schwang dabei um ihre Beine.

Mit größter Mühe rang ich mir ein Lächeln ab, als sie den Teller vor meiner Nase abstellte.

»Ist alles in Ordnung? Du bist so ruhig«, fragte sie, als sie sich setzte.

»Schlecht geschlafen«, lautete meine knappe Antwort, weil ich keine Ahnung hatte, wie ich meinen Gemütszustand hätte beschönigen sollen.

»Ach so. Das tut mir leid. Was haben wir heute vor?«

Mein Herz zog sich schmerzhaft zusammen. Wir? Bevor ich antworten konnte, holte ich tief Luft. »Das Übliche nehme ich an. Immerhin haben wir ja Urlaub.«

»Vielleicht könnten wir zur Abwechslung mal wieder an dem Fragebogen arbeiten. Ich habe so ein Gefühl, eine unheilvolle Vorahnung – möglicherweise ist das Ende der Fragen bald erreicht«, sagte sie mit übertrieben dunkler Grabesstimme.

»Nein, ich glaube, das ist ein Test vom Universum, wie lange man durchhält. Dieser Fragebogen wird nie ein Ende nehmen. Das ist von den Machern aber eigentlich ganz geschickt eingerichtet. Denn während du dich durch die 1,7 Millionen Fragen kämpfst, fällt dir gar nicht auf, dass du noch immer Single bist, denn du machst ja aktiv etwas dagegen.«

»Du bist also dabei?«

»Auf jeden Fall.«

***

Kat lag nur wenige Zentimeter von mir entfernt im Bikini auf der Sonnenliege und ihre Haut duftete nach Sonnenmilch. Es war also nicht unbedingt verwunderlich, dass es mir zunehmend schwerer fiel, den Fragen zu lauschen.

»Wie reagierst du, wenn ein guter Freund dich verärgert? Zeigst du es deutlich, bleibst du ruhig, gehst du darüber hinweg oder sagst du lieber gar nichts?«

Ich verschränkte die Hände hinter dem Kopf und sah in den wolkenlosen Himmel. »Vermutlich würde ich eher ruhig bleiben – aber das hängt wohl stark davon ab, worum es überhaupt geht.«

»Das stimmt. Die Fragen sind total beknackt formuliert. Ich denke, ich würde auch ruhig bleiben.«

Der Versuch, mein Lachen als Husten zu tarnen, scheiterte kläglich und Kat sah mich böse an. »Was soll das denn heißen?«

»Dass du überhaupt nicht ruhig bleibst. Nie. Du regst dich immer auf. Aber glücklicherweise bist du niedlich dabei. Du ziehst dann die Nase kraus, als würde es ganz penetrant stinken, und meckerst herum. Allerdings muss man dir lassen, dass du dich ebenso schnell wieder beruhigst.«

»Hmpf«, machte Kat und funkelte böse zu mir herüber. »Zu deiner Information: Frauen werden ab einem gewissen Alter nicht mehr gern als niedlich bezeichnet. Niedlich ist die kleine Schwester oder die verschrobene Großtante. Niemand möchte niedlich ficken.«

»Es ist aber niedlich, wenn du dich aufregst und nicht sexy. Sexy ist es, wenn du zu einer imaginären Melodie in deinem Kopf tanzt, weil du denkst, ich würde dich nicht sehen.«

Damit hatte sie nicht gerechnet. Ihre Wangen färbten sich rot und das hatte definitiv nichts mit den Sonnenstrahlen zu tun, die auf uns herabschienen.

»Wow, jetzt haben wir genau drei Fragen geschafft, bevor mir wieder die Lust vergangen ist. Auf diese Weise kommt man nie zum Dating-Teil.« Kat klappte den Laptop zu und vermied es, mich anzusehen.

Ich war irgendwie sehr zufrieden, dass ich sie verlegen gemacht hatte – obwohl das eigentlich lächerlich war.

»Vielleicht mache ich lieber einen Spaziergang. Ich fühle mich etwas unruhig.« Sie stand auf, nahm ihr Handtuch mit und verschwand im Haus.

Es war nicht zu leugnen, dass die Stimmung seit gestern Abend leicht angeschlagen war. Das hatte ich vermutlich verbockt, wie ich mir eingestehen musste.

Mein Blick schweifte durch den Garten, während ich immer noch glaubte, den Geruch von Kats sonnenwarmer Haut in der Nase zu haben. Vielleicht sollte ich die Gunst der Stunde nutzen und eine Runde im See schwimmen, während sie spazieren ging.

Möglicherweise konnte das kalte Wasser mein Gemüt herunterkühlen und ich konnte mich danach wieder zusammenreißen. Der Glaube versetzte ja bekanntlich Berge ...

15

Inzwischen hatte ich mir angewöhnt, jeden Tag ein bisschen spazieren zu gehen. Zu Hause würde ich so etwas nur selten tun, aber hier hatte ich Zeit und auch das Verlangen, ein wenig mit meinen Gedanken alleine zu sein.

David ging mir zwar nicht auf die Nerven – was mich erstaunte, denn mit Torben hatte es immer Probleme gegeben, wenn wir lange aufeinander hockten –, aber ich brauchte Zeit für mich.

Ich dachte über alles Mögliche nach: neue Servietten für die *Kaffeetante*, ob ich meinen Kleiderschrank aussortieren sollte, dass ich mich auf einen Mädelsabend mit Anika freute und wie wenig mich noch die Fernsehserien interessierten, die ich begeistert mit Torben geguckt hatte.

Allerdings vermied ich es heute tunlichst, über den flüchtigen Kuss nachzudenken, der zu einem viel intensiveren Kuss geführt hatte. Ich würde nämlich vermutlich den Verstand verlieren, wenn ich es tat.

Die Runde um den See dauerte knappe 45 Minuten, je nachdem, ob ich entspannt war oder mich aufregte. Ich hatte nämlich festgestellt, dass ich die Angewohnheit hatte, dann sehr viel schneller zu laufen.

Einmal hatte ich den See in nur 32 Minuten umrundet – die Erinnerung, wie Torben mich einfach der Willkür seiner Mutter überlassen hatte, saß tief und machte mich zornig.

Je näher ich dem Haus kam, desto überzeugter war ich, jemanden im See schwimmen zu sehen. Aber das war absurd, denn was laut David im Prospekt so ansprechend geklungen hatte, hatte sich als eiskaltes Gewässer entpuppt. Die meiste Zeit des Tages lag der Schatten des Hauses über dem See und verhinderte, dass das Wasser überhaupt warm wurde.

Obwohl die Temperatur bei knapp 25 Grad lag und ich ein leichtes Sommerkleid trug, dürfte der See nicht mehr als 10 oder 12 Grad haben. Das war jedenfalls meine Schätzung, nachdem ich einmal probehalber meinen großen Zeh hineingetaucht hatte.

Wir hatten uns mehr als einmal gewundert, warum man ein Haus auf diese Weise anlegte. Das Grundstück schien riesig zu sein, deshalb verwunderte es uns, dass das Haus so geplant worden war, dass der Schatten genau auf den See fiel. Wenn man schon seinen eigenen See und Steg hatte, wollte man ihn doch bestimmt auch nutzen.

Zuerst hielt ich es für eine Fata Morgana, aber es sah tatsächlich so aus, als würde David dort herumplanschen.

Nein, das bildete ich mir nicht ein. Mein Mitbewohner auf Zeit schwamm todesmutig durch den See und bemerkte gar nicht, dass ich näher kam.

Eigentlich wollte ich mich nicht anschleichen, aber ich konnte nicht widerstehen, ihn heimlich zu beobachten.

Er wirkte unglaublich konzentriert und ich fragte mich, warum er freiwillig in dem eiskalten Wasser ausharrte.

Der Steg knarzte unter meinen Schritten und David fuhr herum. Verdammt, er sah wirklich zu gut aus.

»Hi«, murmelte er. »Du bist schon zurück?«

Vorsichtig ließ ich mich am Ende nieder und steckte probehalber einen Fuß ins Wasser. »Um Himmels willen! Ist dir irgendwie warm?«

Für einen kurzen Moment hatte ich den Eindruck, dass David ein Stück vor mir zurückwich, dabei hätte ich mein Bein schon wirklich weit ausstrecken müssen, um ihn berühren zu können.

»So in etwa. Aber ich wollte jetzt sowieso rauskommen.«

Ich zog meinen schon fast erfrorenen Fuß aus dem Wasser und schlug die Beine unter. »Cool. Sollen wir den Fragebögen noch eine letzte Chance geben, bevor wir endgültig das Handtuch schmeißen?«

David sah konzentriert an mir vorbei in die Ferne. »Warum nicht? Geh ruhig schon vor.«

Es war ziemlich offensichtlich, dass er mich wegschickte. Ein kleiner Teil von mir war zwar gekränkt, aber ich stand auf und machte mich auf den Weg zum Haus. »Okay, bis gleich.«

Vielleicht hatte er wirklich nur schlechte Laune, weil er nicht gut geschlafen hatte. Oder er hatte eine unerfreuliche Nachricht bekommen. Vermutlich sollte ich das gar nicht auf mich beziehen, immerhin war ich einfach nur anwesend. Was sollte es schon mit mir zu tun haben?

Der gestrige Kuss drängte sich in meinen Kopf und schrie lautstark, dass er vielleicht etwas mit Davids Laune zu tun haben könnte.

Widerwillig blätterte ich zum wiederholten Male in der Frauenzeitung, die ich schon fast auswendig kannte, während ich es mir auf der Couch gemütlich machte. Warum hatte ich mir eigentlich nicht mehr als eine Zeitschrift für den Flug gekauft?

Die Tür im hinteren Teil des Hauses fiel ins Schloss und ich hörte anhand von Davids Schritten, dass er die Treppe nach oben ging.

Als er schließlich frisch geduscht auftauchte, konnte ich unser beider Horoskop auswendig aufsagen, weil ich wirklich nichts Besseres zu tun gehabt hatte.

Zwar lächelte er, aber irgendwie konnte ich ihn durchschauen. Seine Laune war keinen Deut besser als gerade. Er versuchte zwar, mich zu täuschen, aber ich konnte es ihm an der Nasenspitze ansehen.

Bevor ich ihm sagen konnte, dass wir die ganze Sache mit den Fragen einfach lassen konnten, klappte er den Laptop auf, den ich zuvor auf dem Wohnzimmertisch abgestellt hatte, und las stumm etwas auf seinem Bildschirm.

Er hob seinen Kopf und begegnete direkt meinem neugierigen Blick. Wieder sah er nach unten und täuschte Konzentration vor, die ich ihm nicht abnahm.

Schließlich sagte er zerknirscht: »Die Fragen werden immer bescheuerter!«

»Na komm, lass hören!«

Böse funkelte er mich an, bevor er auf den Bildschirm stierte, als würde er ihn nur durch seine Gedankenkraft zum Versagen zwingen wollen.

»Wie wichtig ist Sex in einer Beziehung für dich?«

Ich spitzte die Lippen. »Sind keine Antwortmöglichkeiten vorgegeben?«

»Nein, nur schon wieder diese Skala von 1 bis 10. 1 steht für ›Ich lege keinen Wert drauf‹ bis 10 ›Extrem wichtig.« David klang von Minute zu Minute griesgrämiger.

»Puh, das ist gar nicht so leicht. Also ich bin jetzt kein Kaninchen, aber Sex ist schon eine feine Sache. Ich denke irgendwo zwischen 7 und 8, was sagst du?«

»8«, presste David durch die Zähne und tippte sehr energisch auf seinem Trackpad umher.

Da nur er den Bildschirm sehen konnte, hatte er natürlich den Wissensvorsprung, weil er vor mir die nächste Frage lesen konnte. Doch jetzt presste er die Lippen zusammen und seine Pupillen bewegten sich einige Male von links nach rechts, während er die Frage mehrfach las.

Seine Laune schien noch weiter einzubrechen und beinahe widerwillig begann er: »Wenn du deine sexuellen Vorlieben benennst …«

Mit einem Mal brach er ab, klappte den Laptop zu und stand auf. Den Computer stellte er auf den Wohnzimmertisch, starrte noch einen Moment darauf. »Ich kann das nicht.«

Damit stiefelte er aus dem Raum und ließ mich völlig verblüfft zurück. Wenn er keine Lust mehr auf den Fragebogen hatte, hätte er es doch einfach sagen können. Ich sah ihm nach und fragte mich, ob ich ihm hinterhergehen sollte oder ob er seine Ruhe brauchte.

Vielleicht war es ihm etwas zu viel geworden, dass ich den ganzen Tag in seinem wohlverdienten Urlaub herumsaß. Das schlechte Gewissen meldete sich in meinem Hinterkopf. Warum hatte ich mich auch aufdrängen müssen?

Irritiert griff ich nach dem Laptop, weil ich wenigstens wissen wollte, welche Frage das Fass jetzt zum Überlaufen gebracht hatte. Davids Schritte erklangen im Flur, wo er aufgebracht hin und her marschierte.

Bevor ich den Bildschirm ganz aufgeklappt hatte, kam er wieder ins Zimmer. »Es tut mir leid. Ich kann das nicht weitermachen.«

Unsicher sah ich ihn an. »Soll ich fahren?«

Er schüttelte mit einer knappen Bewegung den Kopf, als würde er nicht verstehen, wovon ich redete. »Warum? Was hat das damit zu tun?«

»Womit denn?« Ich konnte dem Gespräch beim besten Willen nicht folgen.

»Mit dem Fragebogen!« Aufgebracht fuchtelte David mit den Händen in der Luft herum und sah dabei sehr niedlich aus.

»Okay, wir müssen das auch nicht machen.« Jetzt war ich wirklich neugierig und klappte den Laptop auf.

Auf dem Bildschirm stand: »Wenn du deine sexuellen Vorlieben benennst, welche sind dir am wichtigsten?« Die Antwortmöglichkeiten beinhalteten von Rollenspielen über Swingerpartys bis hin zu Licht aus und Missionarsstellung so ziemlich alles, was ich mir im Bett vorstellen konnte. Allerdings war ich irritiert, denn ich verstand nicht, warum David sich darüber so aufregte. So schlimm fand ich die Frage nicht und bisher war er mir nicht sonderlich verklemmt vorgekommen.

»Ich kann nicht«, verkündete er zum zweiten Mal und stiefelte zum zweiten Mal in den Flur. Dieses Mal kam er jedoch gleich zurück, sein Mund klappte auf, klappte zu, dann ging er wieder.

Ich hatte nicht die geringste Ahnung, was ich dazu sagen sollte.

Doch ich brauchte nicht einmal darüber nachdenken, denn David lief sich offenbar nur in Rage. Er kam zurück, hektische rote Flecken auf den Wangen und verkündete: »Das war eine total bescheuerte Idee! Ich war bestimmt nicht in dem beschissen kalten See, weil ich das so erfrischend fand. Du bist umwerfend und ich werde jetzt sicherlich nicht mit dir über deine sexuellen Vorlieben diskutieren! Das ist pervers und masochistisch! Wenn ich jetzt noch mehr über deine Vorlieben erfahren muss, kann ich für gar nichts mehr garantieren. Ich hätte deine Schenkel nicht anfassen sollen! Deine Nase auch nicht, aber deine Schenkel noch weniger. Von dem Kuss ganz zu schweigen!«

Offenbar neigte er dazu, rot zu werden, wenn er sich aufregte, aber ich fand es einfach nur süß. So viel zum

Thema, dass er ruhig bleiben würde, wenn er sich über etwas ärgerte.

Außerdem hatte mein Gehirn abgeschaltet, nachdem es die Information verarbeitet hatte, dass David mich sexy fand.

Mich, die Kaffeeverkäuferin, die definitiv nicht wie ein Model aussah.

Aufgebracht stand er vor mir und sah schwer atmend auf mich hinunter.

Weil mir die richtigen Worte fehlten, nickte ich verständnisvoll. David stand auf mich und war deswegen zur Abkühlung in dem unfassbar kalten See schwimmen gegangen.

Das kam meiner Version von Romantik ziemlich nah und ich wusste nicht, ob ich mich in meinem Leben schon einmal dermaßen geschmeichelt gefühlt hatte. Das Stimmchen, das mir prognostizierte, dass ich ihn nur als Lückenbüßer benutzte, ignorierte ich getrost, während ich das Oberteil meines Kleides aufknöpfte.

David ließ seine Hände sinken, mit denen er gerade noch aufgebracht gestikuliert hatte, und fragte mit belegter Stimme: »Was machst du da?«

»Wir sind doch beide mündige Erwachsene, oder nicht?«

16

Oh Scheiße! Das war das Erste, was ich dachte. Noch immer wollte ich Kat nicht ausnutzen, aber streng genommen hatte sie ziemlich gute Argumente. Denn wir waren beide erwachsen.

Außerdem zog sie sich gerade aus und meine gute Erziehung verbot es mir förmlich, sie jetzt auflaufen zu lassen – außerdem wäre es auch toll, zu Abwechslung einmal wieder warm zu duschen. Das fehlte mir schon ein bisschen.

»Ja«, antwortete ich vorsichtig, weil ich noch ein wenig austesten wollte, dass es ihr mit dieser Entscheidung wirklich gut ging.

Der eine Träger ihres Kleides rutschte über die Schulter und gab die Sicht auf ihre nackte Haut frei. Eigentlich hätte darunter ein BH zum Vorschein kommen müssen, aber ich sah nur die bloße Haut ihrer Schulter.

»Also«, sagte sie und nur ein Idiot hätte die Aufforderung in ihrer Stimme überhört. Sie kam auf mich zu, schlang die Arme um meinen Nacken und stellte sich auf die Zehenspitzen.

Mein Herz machte einen Satz, mein Puls jagte durch die Decke. Es war zu gut, um wahr zu sein. Schnell umfasste ich ihre Taille und beugte mich vor. Obwohl ich mich noch sehr gut daran erinnerte, wie ihre Lippen sich angefühlten, war es wieder eine Überraschung, wie weich sie wirklich waren. Sie öffnete ihre Lippen und meine Zunge schlüpfte dazwischen. Kat presste sich an mich und ich strich über ihre Seiten nach oben. Meine Finger streiften die Träger nach unten, kurz blieb der Stoff an ihren harten Nippeln hängen, bevor er zu Boden flatterte. Sie trug einen schlichten Slip aus grauem Stoff und ich konnte es nicht erwarten, ihr diesen auch auszuziehen.

Sie knabberte an meiner Unterlippe, während ihre Finger sich durch die Haare in meinem Nacken wühlten. Ich schätze, hinter »leidenschaftlich« konnte ich ebenfalls einen Haken machen. Kat kam ziemlich nah an die perfekte Frau heran – die perfekte Frau für mich.

Meine Stimme klang belegt, als ich sagte: »Ich wäre ehrlich gesagt dafür, dass wir nach oben gehen. Ich will dich in meinem Bett.«

Ihre Augen funkelten und ich konnte nicht widerstehen. Meine Hände packten ihren üppigen Po und ich zog sie hoch. Als hätten wir das schon tausendmal getan, schlang sie ihre Beine um meine Hüften. Ihre Scham drückte gegen meinen Schwanz und ich keuchte leise auf.

Sie lehnte ihre Stirn gegen meine. »Bring mich in dein Bett! Darauf warte ich schon viel zu lange.«

Mir wurde schwindelig, als ich das hörte. Sie wartete darauf? Wie wäre es mit einer dezenten Andeutung gewesen? Und ich zerbrach mir den Kopf, ob ich ihr möglicherweise zu nahe trat. Frauen!

Mit einem Schnauben ging ich zur Treppe. Sie schmiegte sich an mich, ihre Nippel drückten durch den Stoff meines Shirts und sorgten dafür, dass ich es kaum erwarten konnte, selbst nackt zu sein.

Der Flur erschien mir endlos lang und im selben Moment viel zu kurz. Ich wollte jede Sekunde auskosten, die ich mit Kat verbringen konnte. Sie knabberte an meiner Unterlippe, was ohne Umschweife direkt in meinen Penis fuhr.

Mit dem Fuß stieß ich die Zimmertür auf und legte Kat auf dem Bett ab, sie stützte sich auf den Ellenbogen ab, den Kopf leicht nach hinten gelegt und verkündete mit heiserer Stimme: »Ich finde, du solltest dich ausziehen.«

Wer wollte schon eine schöne Frau verärgern? Außerdem hatte ich viel zu lange gewartet. Hektisch zerrte ich mein Shirt über meinen Kopf und öffnete meine Jeans, als Kat die Finger unter ihr Höschen gleiten ließ und sich auf ziemlich eindeutige Weise berührte.

Mein Herz begann zu rasen. Als ich endlich nackt war, legte ich mich zu ihr aufs Bett und zog ihr das letzte bisschen störenden Stoff aus. Sie umfasste meine Wangen und küsste mich atemlos, während ich ihren Körper erforschte. Einfach überall war ihre Haut seidig-glatt und leicht erhitzt, sie war so weich und anschmiegsam, presste sich an mich.

Ich konnte ihre Brust genau mit meiner Hand umfassen, der harte Nippel bohrte sich in meine Handfläche, und als ich mich vorbeugte und darüberleckte, stöhnte Kat kehlig auf.

Sie strich von meiner Brust über den Bauch immer weiter nach unten und ich presste die Augen zusammen, als ihre Finger sich um meinen Schaft legten.

Das würde auf keinen Fall die lange, zärtliche Variante werden, die ich mir in meiner Idealvorstellung ausgemalt hatte – dafür hatte ich mich zu lange zurückgehalten.

Aber Kat schien ebenfalls keine Geduld zu haben, denn sie nahm meine Hand und führte sie zielstrebig zwischen ihre Schenkel. Ich legte meine Finger auf ihre Spalte, spürte die feuchte Hitze und wie sie mir ihr Becken entgegenhob.

»Bitte«, flüsterte sie und ich wäre ein Unmensch gewesen, sie nicht zu erhören. Vorsichtig, weil ich nicht wusste, was sie mochte, und gleichzeitig gehetzt, weil ich es nicht erwarten konnte, erforschte ich ihre Pussy, strich über ihre Klit, zeichnete die Konturen nach und ließ zwei Finger in sie gleiten. Kat presste ihre Stirn gegen meine Brust, hielt sich an mir fest und keuchte hörbar.

Neben dem Bett stand ein kleiner Nachttisch, in dessen Schublade ich die Kondome gelegt hatte.

Obwohl Kat protestierte, löste ich mich von ihr und holte eins der Kondome. Sie bedeckte meinen Unterkiefer, Hals und die Brust mit kleinen Küssen, während ich versuchte, mich nicht wie ein tollpatschiger Schuljunge anzustellen.

Endlich konnte ich das Kondom abrollen und kniete mich zwischen Kats Beine, ihr einladendes Lächeln brachte mich beinahe um den Verstand.

Vorsichtig stützte ich mein Gewicht auf den Unterarmen ab und wollte langsam in sie eindringen, als Kat nach meinem Schwanz griff und ihn in sich einführte. Mit nur einem Stoß war ich ganz in ihr und holte erschüttert Luft.

Sie sah mich aus ihren großen, braunen Augen an und nahm meine Unterlippe zwischen ihre Zähne. Als sie zu fest knabberte, hob ich unwillig den Kopf und begann endlich, mich in ihr zu bewegen.

Mit jedem Stoß keuchte sie ein bisschen lauter, bis sie ihre Hand zwischen unsere Körper schob und sich selbst berührte. Ich hörte das leise Schmatzen, als ihre Finger sich bewegten, und wusste, dass ich mich nicht mehr sehr viel länger würde beherrschen können.

Meine Stöße wurden härter, schneller und Kats Finger glitten ebenso schnell über ihre Klit. Sie drückte den Rücken durch, und als sie kam, zog ihre Pussy sich so eng um meinen Schaft zusammen, dass ich ebenfalls den Höhepunkt erreichte.

Kat blinzelte mich an und leckte sich kurz über die Unterlippe. »Das kam unerwartet«, verkündete sie atemlos. Für einen Moment fürchtete ich, dass sie mir jetzt mitteilen würde, dass wir einen schrecklichen Fehler begangen hatten, aber mit einem Lächeln streichelte sie meinen Nacken. »Aber es ist auf jeden Fall sehr viel besser als dieser beknackte Fragebogen.«

Erleichtert lachte ich und zog mich aus ihr zurück. Schnell beugte sie sich vor und gab mir einen Kuss auf die Stirn. Ihr warmes Lächeln brachte etwas in mir zum Klingen, über das ich besser gar nicht nachdenken wollte.

17

David schlief friedlich und ich schlich mich aus dem Schlafzimmer.

Seit gefühlten Stunden starrte ich an die Zimmerdecke und grübelte – hauptsächlich über das Leben, das ich in der Heimat zurückgelassen hatte. Obwohl zurücklassen vielleicht das falsche Wort war. Wohl eher hatte ich für eine Weile die Pausetaste gedrückt.

Außerdem fragte ich mich, ob es ein Fehler gewesen war, mit David Sex zu haben. Es war mehr als befriedigend gewesen, aber eigentlich hatte ich das so nicht geplant.

Doch das schien das Motto der letzten Wochen zu sein. »Das war so nicht geplant«, murmelte ich leise und setzte mich auf das weiche Chesterfield-Sofa im Wohnzimmer. Blasses Mondlicht fiel durch die hohen Fenster und meine Haut wirkte gespenstisch hell.

Mein Handy hatte ich auf die Tischplatte gelegt und ich starrte darauf.

Mit David zu schlafen hatte mir irgendwie in Erinnerung gerufen, dass es da draußen, außerhalb dieses luxuriösen Ferienhauses noch eine Welt gab, in der meine Handlungen Konsequenzen hatten.

Bald war mein Aufenthalt hier vorbei und dann waren wir nur noch zwei Erwachsene, die nun einmal einer gewissen Anziehungskraft erlegen waren. Nicht mehr, aber auch nicht weniger.

Konnten Männer und Frauen überhaupt einfach befreundet sein oder wurde es sofort kompliziert, wenn auch nur der leiseste Hauch Anziehung sich einschlich?

Bevor ich jetzt den wirklich philosophischen Fragen nachgehen konnte, schaltete ich lieber mein Handy an und schaute nach, wie groß das Drama wirklich war.

Leider hatte ich vergessen, das Handy lautlos zu schalten, bevor ich es ausgemacht hatte, und so ertönte nun eine helle Melodie und zerriss die schlafende Stille des Hauses.

Nur wenig später erklangen Schritte auf der Treppe und David kam näher. Obwohl er sich nicht übermäßig einparfümierte, konnte ich ihn irgendwie schon erschnuppern, bevor er bei mir war.

Er setzte sich neben mich und legte eine Hand auf meinen Rücken. Unwillkürlich erschauerte ich. Man, ich wurde wirklich gern von ihm angefasst.

»Konntest du nicht schlafen?«

Langsam schüttelte ich den Kopf. »Entschuldige, falls ich dich geweckt habe. Mich hat die Frage nicht losgelassen, wie schlimm es wohl ist.«

Mit zittrigen Fingern tippte ich den Pincode ein und nur wenige Sekunden später ertönten unzählige Pieptöne.

David und ich sahen zu, wie der Bildschirm sich langsam füllte. Endlich verstummt das Gerät und ich presste die Lippen fest aufeinander.

127 entgangene Anrufe

85 Textnachrichten

3 Sprachnachrichten

Seufzend legte ich das Handy auf den Wohnzimmertisch. »Vielleicht kann ich mich doch noch nicht damit auseinandersetzen.«

Er legte den Arm um mich, zog mich an sich und küsste meine Schläfe. »Das musst du auch nicht.«

Dankbar schloss ich die Augen und genoss seine Nähe. Dann kam mir eine Idee. »Vielleicht kannst du nachgucken, von wem die Nachrichten sind, und ich entscheide, welche ich lesen will.«

»Klar«, stimmte er zu. »Wenn du das möchtest.«

Zweifelnd sah ich zu dem kleinen Gerät. »Nein, eigentlich nicht. Ich glaube, das hat noch Zeit bis morgen. Vielleicht gehen wir wieder ins Bett.«

David schenkte mir ein eindeutiges Lächeln. »Das ist eine exzellente Idee.«

Im Schlafzimmer sah ich vom Bett zur Badezimmertür. »Eigentlich würde ich ja gern duschen gehen.«

Seine Augen leuchteten auf. »Eine noch viel bessere Idee!«

Ich starrte ihn kurz an, bis ich verstand. »Oh. Einverstanden.«

Er lachte. »Ich habe gar nicht gefragt.«

Spitz erwiderte ich: »Weiß ich. Aber ich erlaube es dir trotzdem.«

Mein Mitbewohner streckte die Arme aus und zog mich an sich. »Das habe ich mir ehrlich gesagt schon ziemlich lange vorgestellt.«

»Ach ja? Wie denn?«

Das musste ich ihn nicht zweimal fragen. Mit sanften Berührungen schälte David erst mich, dann sich – dabei etwas schneller – aus der Kleidung und führte mich dann ins Bad.

Als das warme Wasser auf unsere Körper prasselte, erschauerte ich wohlig und lehnte mich näher an David. Mit den Fingern zog ich die Konturen seiner Muskeln nach und überhäufte seine breite Brust mit unzähligen Küssen.

Er massierte meinen Kopf, den Nacken und die Schultern, bevor er mir gekonnt die Haare aufschäumte. Ich war dermaßen wohlig entspannt, dass meine Knie weich wurden und ich mich sicherheitshalber an der Wand hinter mir abstützte.

Seine Hände legten sich auf meine Brüste, bevor er sich vorbeugte und an meinen harten Nippeln saugte.

Heißer Wasserdampf füllte die enge Kabine und ich spürte gar nicht mehr, wie kalt die Kacheln in meinem Rücken waren, als seine Hand meine Schenkel teilte und seine Finger zielsicher meine Klit fanden.

Innerhalb weniger Minuten zitterte mein ganzer Körper und ich biss in seine Schulter, um nicht das Haus zusammenzuschreien. Nicht, dass außer uns jemand da gewesen wäre ...

Meine Beine zuckten unter mir und ich war froh, dass die Wand gleich hinter mir war, obwohl David mich mit seinen starken Händen festhielt.

Welle für Welle schlug über mir zusammen und ich spürte nichts anderes mehr als die geschickten Finger, die mir Lust bereiteten.

Ich zuckte noch eine ganze Weile, meine Pussy zog sich vor Verlangen zusammen, bis er endlich aufhörte, auf mir zu spielen wie auf einem Instrument. Völlig außer Atem zog ich sein Gesicht zu mir und küsste ihn, während er die Arme um mich schlang und mich an sich presste.

***

Länger konnte ich mich kaum noch davor drücken, die Nachrichten zu lesen. Mit einer großen Tasse Tee zur Stärkung hatte ich mich an den Küchentisch gesetzt und bereitete mich nun seelisch darauf vor, sehr viele Mitteilungen zu verarbeiten.

David saß mir gegenüber und gähnte verschlafen. Seine Haare waren vollkommen durcheinander und er wirkte, als hätte er zum ersten Mal so richtig gut geschlafen, seit wir in dem Ferienhaus angekommen waren.

»Ich kann sie auch gerne für dich lesen, wenn du magst.«

»Nein, aber danke. Jetzt im Tageslicht habe ich festgestellt, dass ich es doch selbst machen muss.« Ich nahm einen großen Schluck Tee, dann öffnete ich den Nachrichteneingang. Tatsächlich war es ein überschaubares Unterfangen, nur eine Handvoll Nachrichten war von meiner Mutter und meinen Freunden, der Rest stammte von Torben.

Bei den Anrufen sah es ähnlich aus. Maja und Anika hatten an dem Morgen mehrmals bei mir angerufen, als ich eigentlich in der Kirche hätte sein müssen, danach hörten ihre Anrufe schlagartig auf. Sie hatten lediglich beide im Laufe des Tages noch jeweils eine Nachricht geschrieben, dass ich mich melden sollte, wenn mir danach war.

Meine Mutter hatte mir lediglich mitgeteilt, dass sich inzwischen alles beruhigt hatte, und ich mir so viel Zeit nehmen sollte, wie ich brauchte.

»Und?«, fragte David nach einer Weile. »Du bist so ruhig.«

»Es ist ein bisschen überwältigend, das plötzlich so schwarz auf weiß zu sehen. Bisher konnte ich ganz gut die Augen verschließen und so tun, als wäre alles total normal.«

Meine Finger kreisten über der Tastatur und ich formulierte in Gedanken bereits die Nachrichten an meine

Freundinnen und Mutter. Letztlich schrieb ich ihnen nur, dass es mir gut ging und ich in wenigen Tagen nach Hause zurückkehren würde. Außerdem wollte ich von Maja wissen, wie sie sich bei der alleinigen Herrschaft über die *Kaffeetante* schlug. Obwohl sie fast jeden Samstag den Laden alleine warf, hatte ich ein mulmiges Gefühl dabei, mein Baby so lange in fremden Händen zu wissen.

Als Nächstes ging ich die Nachrichten durch, die entferntere Bekannte mir geschickt hatten. Die meisten waren wohl auf der geplatzten Hochzeit gewesen und wollten ihr Mitgefühl oder wahlweise ihren Unmut zum Ausdruck bringen. Nichts davon berührte mich sonderlich.

Ich öffnete nur jede zweite Nachricht von Torben und schon dabei fing ich schnell an, mich zu langweilen, weil er immer den gleichen Ton draufhatte: die perfekte Mischung aus Vorwurf und Selbstmitleid, die nur er so makellos beherrschte.

Er vermisste mich, er wollte wissen, ob es mir gut ging, er war sauer auf mich, weil die schöne Hochzeit geplatzt war, die seine Mutter mit so viel Liebe geplant hatte. Dieser Inhalt wechselte sich immer wieder schön ab, doch der Wortlaut war stets der gleiche, weshalb ich davon ausging, dass er die Nachrichten lediglich immer wieder kopiert und eingefügt hatte.

Auf halber Strecke durch Torbens Mitteilungen stieß ich plötzlich auf eine Nachricht von Lisa, was überaus merkwürdig war.

Lisa war eine Arbeitskollegin von Torben, die mit ihm gemeinsam in der großen Kanzlei von Torbens Vater arbeitete. Ich hatte nicht einmal gewusst, dass Lisa meine Nummer hatte.

Wir hatten uns ein paar Mal auf den alljährlichen Firmenfeiern gesehen und sie kaufte jeden Tag einen Kaffee zum Mitnehmen in der *Kaffeetante,* meist Cappuccino – es sei denn, sie machte eine Diät, dann bestellte sie immer Espresso.

Sie war nett und oberflächlich konnte ich mich gut mit ihr unterhalten. Da sie aber nicht zur Hochzeit eingeladen worden war, wunderte ich mich, was sie von mir wollte.

»Katharina, es geht mich nichts an, aber du solltest wissen, dass Torben mit Svenja in eure Flitterwochen geflogen ist. LG Lisa«

Verwirrt blinzelte ich und hob den Kopf. David sah mich fragend an. »Was ist los?«

»Torben war mit einer anderen Frau in unseren Flitterwochen«, stellte ich fest und wusste nicht einmal, wie ich mich dabei fühlen sollte. Und was für eine Frau! Svenja war unglaublich klein und besaß dafür gigantische künstliche Brüste, mehr als einmal hatte Torben darüber gelästert, dass es ihm wie ein Wunder der Natur erschien, dass sie beim Laufen nicht vornüber kippte.

Gab es für solche Situationen eventuell ein Handbuch?

David stand auf, trat hinter meinen Stuhl und begann ungefragt damit, meinen Nacken zu massieren. Erleichtert schloss ich die Augen.

»Wie geht es dir damit?«

»Ich habe nicht die geringste Ahnung. Mein Kopf sagt mir, dass ich bestürzt oder beleidigt sein sollte, aber da ist einfach nichts. Ganz im Gegenteil. Ein gemeiner Teil von mir hat festgestellt, dass er meine Flucht scheinbar gut verkraftet hat, wenn er schon am Morgen danach mit einer anderen Frau ins Flugzeug steigen konnte.«

»Da ist was dran.« Er beugte sich vor, küsste meine Nacken und zog mich vom Stuhl hoch. Dabei wand er sanft das Handy aus meinen Fingern und schaltete es aus. »Meinst du nicht, für den Moment hast du dich genug damit beschäftigt?«

»Vermutlich. Hast du eine andere Idee?«, ging ich bereitwillig auf sein Angebot ein.

»Und ob.« Er packte meinen Po und setzte mich auf den Küchentisch, sodass er zwischen meinen gespreizten Beinen stand. »Die habe ich in der Tat.«

18

Zufrieden beobachtete ich, wie die Sonne aufging. Heute war unser letzter Tag im Ferienhaus, aber ich war guter Dinge.

Ich hatte ganz vergessen, wie schön ein solch harmonisches Zusammenleben sein konnte. Mit Jennifer war am Ende alles ein von Misstrauen und Eifersucht zerfressener Kampf gewesen, sodass ich mich fast nicht mehr an die schönen Zeiten erinnern konnte.

Kat war ganz anders, sie nahm alles mit einem Schulterzucken und machte nie einen großen Aufstand um irgendetwas.

Natürlich erinnerte sie mich äußerlich an Jennifer, aber sobald sie mich anlächelte oder den Mund aufmachte, war jede unangenehme Erinnerung an meine Ex wie weggeblasen.

Unsere Tage waren praktisch immer gleich abgelaufen und ich hätte noch ewig so weitermachen können. Inzwischen schlief sie bereitwillig in meinem Bett, wir standen auf, sonnten uns, gingen spazieren, machten gemeinsam Essen, hatten Sex, hatten noch mehr Sex und guckten eine Menge James-Bond-Filme.

Inzwischen war von meiner ausgebrannten, deprimierten Stimmung nichts mehr übrig. Ganz im Gegenteil – ich hatte unzählige Pläne für die Zukunft, die viel mit der Frau neben mir zu tun hatten.

Noch hatte ich aber keinen Grund dazu, sie damit zu bedrängen. Ich drehte mich auf die andere Seite und sah Kat beim Schlafen zu.

Sie wirkte im Schlaf viel verletzlicher. Ihre braunen Augen waren geschlossen und die Wimpern warfen lange Schatten auf die Wangen.

Jennifers Augen hatten immer hilfsbedürftig gewirkt, selbst wenn sie wütend herumgeschrien hatte. Bei Kat war das ganz anders – selbst wenn sie Hilfe brauchte, strahlte sie es nicht aus und konnte sich auch nicht wirklich gut helfen lassen.

Ihre Haare waren wild auf dem Kissen verteilt und verliehen ihr eine Art dunklen Heiligenschein, der gar nicht so recht zu ihr passen wollte. Die linke Hand hatte sie unter ihr Gesicht geschoben, die rechte Hand war zur Faust geballt.

Ich fragte mich, ob das ein Zufall war oder ob ihr Unterbewusstsein sich mit irgendetwas beschäftigte, das sie wütend machte. Die Decke war fast vollkommen heruntergerutscht, der Großteil davon klemmte zwischen Kats Knien. Sie war eine sehr lebhafte Schläferin und bewegte sich nachts viel.

Allerdings störte es mich nicht. Es war purer Zufall, dass ich vor ihr wach geworden war und sie ganz ungeniert studieren konnte.

Natürlich hatte ich ein wenig Sorge, was morgen früh sein würde, wenn wir in mein Auto stiegen und nach Hause fuhren. Ich hatte mich innerhalb relativ kurzer Zeit sehr an ihre Gegenwart gewöhnt und eigentlich auch keine Absicht, das wieder zu ändern.

Allerdings wusste ich nicht, wie weit ich Kat bei diesem Thema bedrängen durfte, denn letztlich sollte ich wohl nicht vergessen, was dem letzten Mann passiert war, der sie bedrängt hatte.

***

»Wow«, murmelte Kat und zog den Kopf aus dem Kühlschrank hervor. »Die wahnsinnige Ausbeute beinhaltet ein angefangenes Glas Oliven, ein Stück Käse und diese Packung Schinken.«

»Dann sollten wir es wie alle guten Deutschen machen und das Ganze einfach Tapas nennen.«

»Hm. Soll ich noch schnell ein Brot backen oder so?«

»Schnell?«, fragte ich erstaunt. »Dauert das nicht ewig?«

Sie warf mir einen verächtlichen Blick zu. »Nein. Tut es nicht.«

»Für mich brauchst du dir die Mühe nicht zu machen, es wäre doch eh nur noch für das letzte Abendessen. Außerdem reicht allein der Käse für eine Großfamilie.«

»Du vergisst, wie viel ich essen kann.«

Kopfschüttelnd entgegnete ich: »Du vergisst, dass du immer nur behauptest, du würdest viel essen. Und jetzt setz dich endlich, du machst mich ganz verrückt.«

Schuldbewusst sah sie mich an und ließ sich artig auf den Stuhl sinken. »Ich bin einfach nur nervös, weil es morgen zurück in die Realität geht.«

Das konnte ich verstehen, aber der Begriff Realität störte mich. Denn für mich fühlte sich auch hier alles sehr real an und ein wenig nagte die Angst an mir, dass sie es vielleicht anders sah.

»Lass es einfach auf dich zukommen. Alles andere bringt sowieso nichts.«

Sie warf mir einen Blick zu, der besagte, dass sie mich nicht sonderlich hilfreich fand. Schon den ganzen Tag wirkte sie sehr angespannt und schien permanent zu grübeln. Ich war klug genug, mich nicht einzumischen. Wenn ich bisher eins über Kat gelernt hatte, dann, dass sie von selbst fragen würde, wenn sie etwas wollte.

Später an diesem Abend sahen wir uns gemeinsam einen weiteren James-Bond-Film an. Plötzlich rollte Kat sich neben mir zusammen und legte ihren Kopf in meinen Schoß. Etwas irritiert streichelte ich über ihr Haar und fragte mich, was es zu bedeuten hatte, dass sie so ungewohnt anschmiegsam war.

Mein Magen krampfte sich zusammen und ich versuchte mir selbst zu versichern, dass alles in Ordnung war. Es bestand sicherlich kein Grund zur Sorge. Sie hatte selbst gesagt, dass sie aufgeregt aufgrund der Heimkehr sei – das hatte rein gar nichts mit mir zu tun. Bestimmt nicht.

19

Die Kilometer rasten nur so am Fenster vorbei. Kurz nachdem wir losgefahren waren, hatte ich mich schlafend gestellt, damit David nicht meine Gedanken erriet.

Je näher wir der Heimat kamen, desto mehr zweifelte ich daran, dass es eine gute Idee war, unser Verhältnis fortzuführen. Es war eine Laune außerhalb der Realität gewesen und besser ich beendete es jetzt und konzentrierte mich auf die *Kaffeetante*, als früher oder später von einem gelangweilten Model das Herz gebrochen zu bekommen.

So plötzlich, dass ich leicht zusammenzuckte, sagte er: »Keine Ahnung, ob du mich für einen Idioten hältst, aber ich weiß, dass du nicht schläfst. Außerdem denkst du gerade dermaßen laut, dass ich dein Gehirn praktisch bis hier rattern hören kann.«

Frustriert richtete ich mich auf. So viel zu meinem fabelhaften Plan.

David warf mir einen strafenden Blick zu, den ich prompt ignorierte. Ich strich meine Haare nach hinten und überlegte, wie ich meine Bedenken formulieren konnte.

Mir fiel wieder ein, was ich vor unserem ersten Sex gesagt hatte: Wir waren beide mündige Erwachsene, also sollte ich diese Entscheidung wie ein solcher treffen.

»Ich glaube nicht, dass es eine gute Idee ist, wenn wir uns weiterhin sehen.«

Eine ganze Weile sagte David nichts, der Motor dröhnte gleichmäßig und die Straßenmarkierungen flogen vorbei. In weniger als 80 Kilometern würden wir die Grenze des Ruhrgebiets erreichen.

»Definiere ›sehen‹.«

Überrascht sah ich ihn von der Seite an. »Was gibt es daran nicht zu verstehen?«

»Meinst du damit, dass wir uns verhalten sollten, als würden wir uns gar nicht kennen?«

»Nein.«

Er sah weiter auf die Straße. »Dann möchtest du, dass wir uns zwar kennen, aber keinen Sex haben und uns nicht treffen.«

»Genau.« Erleichtert, dass er mich verstanden hatte, lehnte ich mich im Sitz zurück.

»Warum?«

Die knappe Frage brachte mich aus dem Konzept. »Darum.«

David lachte leise. »Das lasse ich nicht gelten. Wir verstehen uns gut, wir haben die gleichen Interessen und der Sex ist süchtig machend. Da brauche ich schon einen besseren Grund als ›darum‹.« Sein höhnischer Tonfall verspottete mich. »Ich gebe dir Zeit für wenigstens fünf gute Gründe, bis wir zu Hause sind.«

Es war gleichermaßen lächerlich wie fair. Ich konnte verstehen, dass er sich nicht so abspeisen lassen wollte – aber gleich fünf Gründe? Er machte es mir nicht leicht. Wenigstens hatte ich noch 80 Kilometer.

David blinkte, scherte auf die freie linke Spur aus und mir schwante Übles, als ich das Schild zur Aufhebung des Tempolimits sah. Die 560 PS knurrten noch beeindruckender, als er das Gaspedal durchdrückte. Ruckzuck fuhr der Audi 180 – und mir gingen zwei Dinge durch den Kopf: Zum einen war ich neidisch, dass ich es nicht mein Auto war, und zum anderen kämpfte David mit ganz schön harten Bandagen.

Die Kilometer bis nach Hause verrannen schneller, als ich denken konnte. »Das ist unfair!«, rief ich.

»Nein. Unfair ist es, mich zu verführen und mir danach zu erzählen, dass ich für zu Hause nicht gut genug bin.«

»Das habe ich nie gesagt und lenk mich nicht ab! Außerdem habe ich dich nicht verführt.«

»Ach? Komisch, denn in meiner Erinnerung hast du dich einfach ausgezogen.«

»Männer!«, schnaubte ich und verschränkte die Arme. Die linke Spur lag einsam und verlassen vor uns und der Tacho kletterte auf 200 Stundenkilometer. Wer konnte bei so einem Tempo noch denken?

»Also guter Grund Nummer 1: Ich habe einen Bräutigam, mit dem ich mich aussprechen müsste.«

»Was hat das mit mir zu tun?«

Das war eine berechtigte Frage. »Na, das kann ich wohl schlecht, wenn ich direkt den nächsten Mann im Schlepptau habe. Da könnte ich genauso gut ein Shirt mit der Aufschrift Schlampe tragen.«

»Übertreib mal nicht. Du musst ihm ja nicht auf die Nase binden, dass du jemanden gefunden hast.«

»Wenn, dann hast du mich wohl eher gefunden.«

Er grinste zufrieden. »Das stimmt. Der erste Grund ist offiziell vom Hohen Gericht abgelehnt.«

»Einspruch! Das Gericht ist befangen!«

»Lächerlich«, verkündete David.

Aus dem Augenwinkel sah ich ein weiteres Schild vorbeifliegen. Nur noch 50 Kilometer, mein Blick wanderte zum Tacho. 220 Stundenkilometer, und ich fühlte mich kein bisschen nervös oder hatte Angst, weil er so schnell fuhr.

»Zweiter Grund: Ich brauche Zeit für mich.«

»Abgelehnt. Niemand hat davon gesprochen, dass ich 24 Stunden am Tag auf deinem Kopf sitzen will.«

Ich ballte meine Fäuste und konzentrierte mich darauf, meine Atmung zu verlangsamen, denn ich regte mich immer mehr auf. »Du setzt mich unter Druck.«

Der Wagen wurde merklich langsamer und David ging auf die rechte Spur. »Das liegt daran, dass du keine guten Argumente hast.«

Schweigend heftete ich meinen Blick auf die Fahrbahn und überlegte, ob er recht hatte. Mir war das einfach für den Moment etwas zu viel.

Zuerst musste ich mich um das Chaos kümmern, das ich mit meiner Flucht angerichtet hatte. Dabei konnte ich keinen neuen Mann gebrauchen. Überhaupt wollte ich erst einmal mein Single-Dasein genießen. Torben hatte in letzter Zeit so viel an mir herumgemäkelt und merkwürdige Vorschriften eingeführt, dass ich mich auf die Aussicht freute, endlich wieder mein eigener Boss zu sein – und zwar in allen Belangen.

In das Bild, das ich mir zurechtgelegt hatte, passte einfach kein Mann.

Aber eins ließ mir keine Ruhe. »Findest du wirklich, dass ich dich verführt habe?«

»Mit welchem Zweck hast du dich denn bitte ausgezogen?«

»Okay, da ist was dran. Ich hätte nur nicht gedacht, dass es wirklich so einfach funktioniert.«

»Warum nicht? Und jetzt komm mir nicht wieder mit deinen Schenkeln.«

Ertappt wurde ich rot und sah aus dem Fenster. Verdammt, wir waren schon an der richtigen Abfahrt. Wie hatte die Zeit nur so schnell verfliegen können? Es kam mir überhaupt nicht so vor, als wäre ich zwei Wochen fort gewesen.

Morgen früh würde ich wieder die *Kaffeetante* aufschließen, die jetzt eine Woche geschlossen gewesen war, weil ich Maja nicht mehr als eine Woche hatte zumuten wollen, in der sie den Laden alleine geschmissen hatte.

Zwar zweifelte ich nicht daran, dass mein Fleißiges Lieschen das hinbekommen hätte, aber sie sollte nicht aufgrund meines Urlaubs ihr Studium vernachlässigen. Immerhin war sie fast fertig und brauchte jede Minute für ihre Abschlussarbeit.

Morgen früh musste ich Torben, meine Mutter und Anika anrufen und mich mit den Konsequenzen einer geplatzten Hochzeit beschäftigen. Obwohl – gab es außer offenen Rechnungen eigentlich welche?

Nicht morgen früh, aber irgendwann würde ich außerdem Anika bei einem Glas Wein von David, dem Model, erzählen.

Morgen früh hatte ich definitiv keine Zeit für einen Mann, so einfach war das. Den Stich des Bedauerns in meiner Magengegend ließ ich außer acht.

Das Navigationssystem lotste David bis zu dem Haus, in dem ich wohnte, ohne dass ich noch ein weiteres Wort sagen musste.

Die Atmosphäre im Wagen war ungemütlich geworden und es war nicht zu übersehen, dass David schlechte Laune hatte.

Eigentlich war er ein ziemlich einfacher Mann, wenn man ihn ein bisschen kannte. Ich konnte ihm seine Stimmung an der Stirn ablesen.

Torben hatte oft wochenlang aufgrund von Kleinigkeiten vor sich hingekocht und war dann ohne Vorwarnung explodiert. Da fand ich Davids Art wesentlich berechenbarer und angenehmer.

Er durfte schlechte Laune haben und sie zeigen – es tat mir nur leid, dass ich der Grund dafür war. Doch das konnte ich gerade nicht ändern.

Ohne zu fragen, fuhr er auf den Hof hinterm Haus und parkte den Wagen. Zu spät fiel mir ein, dass ich ihm davon erzählt hatte.

Die Hände aufs Lenkrad gelegt drehte er sich zu mir. »Ich trage dir noch die Tasche hoch.«

Zum ersten Mal, seit wir uns kannten, ließ der Ton in seiner Stimme keinen Widerspruch zu und ich nickte ergeben. Er musterte mich und schüttelte den Kopf, bevor ich ausstieg.

In diesem Moment hätte ich nur zu gern seine Gedanken gelesen. Die Tür fiel hinter ihm zu und erinnerte mich daran, dass ich besser ebenfalls aussteigen sollte.

Die Kofferraumklappe öffnete sich langsam und er holte meine Tasche heraus. Das Auto würde ich vermissen – so ein wunderschöner Wagen.

Mein Haustürschlüssel befand sich im Seitenfach, David hielt die Tasche geduldig, als ich ihn herausholte. Dabei stieg mir wieder Davids Parfüm in die Nase, das ich inzwischen liebte. Aber ich hatte ihn bewusst nicht gefragt, was es eigentlich war, damit ich gar nicht erst wehmütig werden konnte, wenn ich eine Werbung oder Anzeige für den betreffenden Duft sah.

Meine Knie waren für meinen Geschmack einen Hauch zu weich, als ich vor ihm die Treppe hinaufstieg. Die Eingangstür hatte ich wie immer nur aufdrücken müssen. Das Schloss war kaputt und ich wusste gar nicht mehr, wie oft ich mich darüber schon beim Vermieter beschwert hatte, dass jeder einfach so ins Haus marschieren konnte. Wann er das allerdings reparieren lassen würde, stand in den Sternen.

Oben vor meiner Wohnung blieb ich stehen und drehte mich um. »Danke«, murmelte ich und streckte die Hand nach der Tasche aus.

Ich fürchtete, dass er noch irgendetwas sagen würde, das mir den Abschied erschwerte, doch er beugte sich nur vor, um mir einen Kuss zu geben. Leider drehte ich den Kopf, weil ich es zu spät erkannte, und der Kuss landete merkwürdig unentschlossen zwischen Mundwinkel und Wange.

David sagte nichts mehr, sondern stieg direkt die Treppe hinab. Mit einem komischen Gefühl in der Magengrube schloss ich die Tür auf und ging hinein.

Es roch frisch gelüftet und die wenigen Blumen, die ich hatte, waren gegossen worden. Vermutlich hatten sich Anika und meine Mutter darum gekümmert.

Ich stellte die Tasche ab und drehte eine kleine Runde durch die Wohnung. Dabei machte ich mir eine Notiz im Kopf, dass Torben natürlich auch noch einen Schlüssel hatte. Den musste ich wohl zurückfordern.

Energisch hämmerte es gegen die Tür. Ich zuckte zusammen und lief hin. Als ich die Tür öffnete, starrte ich geradewegs auf Davids breite Brust. Langsam hob ich den Blick und sah in seine grünen Augen. Seine Haare waren zerzaust, als wäre er mehrfach mit der Hand hindurchgefahren.

Zusammen mit seinem Gesichtsausdruck wirkte das ein wenig verzweifelt.

»Ich habe beschlossen, dass ich nicht gehen will.«

20

Sie sah nicht aus, als würde ihr gefallen, was ich gesagt hatte. Doch bevor sie noch mehr Zeit bekam, sich passende Ausreden für ihren idiotischen Plan einfallen zu lassen, küsste ich sie.

Möglicherweise war ich etwas härter als nötig, aber ich war auch verdammt wütend. Sie konnte mich doch nicht einfach so abspeisen.

Kat war so überrumpelt, dass es leicht war, sie in meine Arme zu ziehen und sie sofort in ihre Wohnung zu schieben. Die Tür stieß ich mit dem Fuß hinter mir zu. Es kam nur aus einem Zimmer Licht, also steuerte ich dorthin.

Weil sie ihre Fersen in den Boden stemmte und mich am Weitergehen hindern wollte, hob ich sie hoch.

»Ich habe nicht zugestimmt«, klärte sie mich atemlos auf.

Ich konnte nicht einmal sagen, wie das Wohnzimmer aussah, weil ich nur auf das breite Sofa achtete. Kat keuchte auf, als ich sie unsanft darauf fallen ließ. »Das ist mir total egal.«

Ihr Mund klappte auf, ungläubig starrte sie mich an. Dabei verspürte ich nicht mal Gewissensbisse, als ich mich über sie beugte, ihre Handgelenke über ihrem Kopf festhielt und mein Knie zwischen ihre Schenkel schob.

Obwohl ihr überhaupt nicht passte, dass ich mit so billigen Bandagen kämpfte, spreizte sie ihre Beine weiter.

»Darüber reden wir noch!«, versuchte sie ihre Kapitulation zu schmälern, öffnete aber im gleichen Moment den Mund einladend.

»Hm«, machte ich, bevor ich sie hart küsste. Sie rieb ihren Unterleib an meinem Bein und spielte aufreizend mit meiner Zunge.

Es war vermutlich nicht immer die beste Taktik, aber manchmal schien es zu helfen, Kat einfach auf diese Weise vom Gegenteil zu überzeugen.

Mit den Lippen fuhr ich über ihren Hals, sie wimmerte leise und ihre Nippel richteten sich auf. Ihre Handgelenke waren im Vergleich zu meinen Händen so klein, dass ich nur eine brauchte, um beide festzuhalten. Mit den anderen Fingern strich ich über die harten Brustwarzen.

Ihr leises Stöhnen fuhr ohne Umwege in meinen Unterleib. Sanft umkreiste ich die Spitze und Kat drückte den Rücken durch.

»Ich bleibe über Nacht.«

Sie funkelte mich böse an, die Lippen zusammengepresst. Also nahm ich den Finger weg und hielt sie einfach nur fest.

Mein Blick bohrte sich in ihren. Irgendwann sah sie zur Seite, die Wangen leicht gerötet. »Okay. Mein Schlafzimmer ist da drüben.«

Mit dem Kinn nickte sie in die Richtung hinter meinem Rücken, doch es war mir egal.

»Hm.« Durch den Stoff ihres Tops saugte ich ihren Nippel zwischen die Lippen. Kat zerrte an ihren Händen, aber es machte mir keine Mühe, sie festzuhalten.

Selbst mit einer Hand konnte ich den Knopf ihrer Shorts spielend leicht öffnen und zerrte den störenden Stoff nach unten. Ihr Slip nahm den gleichen Weg.

Als hätte ich es geahnt – und das hatte ich irgendwie auch – hatte ich heute Morgen ein Kondom in meine Hosentasche geschoben. Ich ließ Kat los, richtete mich auf und öffnete meine Hose.

Ich machte mir nicht die Mühe, mich auszuziehen, sondern streifte das Kondom direkt über meine Latte.

Kat spreizte die Beine und lächelte mich einladend an. Mit beiden Händen packte ich ihre Taille und zog sie direkt vor meinen Schwanz.

Mit nur einem Stoß drang ich tief in sie ein und sie schnappte nach Luft.

»Oh Gott«, wisperte sie und riss die Augen auf.

Es war wunderbar, sie einfach hart zu vögeln. Meine Lippen suchten ihre und sie schlang die Beine um meine Hüften, ihre Finger krallten sich in meine Schultern.

Ihre weichen Lippen waren so nah vor meinem Mund, dass ich an ihrer Unterlippe saugte, bevor ich sanft daran knabberte. Kat gab diese ganz speziellen kleinen Laute von sich, die ich so liebte – irgendwo zwischen Stöhnen und Wimmern.

Eine Hand unter ihren Po geschoben hob ich ihr Becken an und konnte noch besser in sie dringen. Ihr Atem strich über meine Haut, ihre Nägel zerkratzten meine Schultern.

Sie spannte sich unter mir an, begann ganz leicht zu zittern, ihre Brust hob und senkte sich schnell.

Mit einem lauten Keuchen kam sie und verbarg ihr Gesicht an meinem Hals. Ich packte ihren Po fester und stieß tiefer in sie hinein, bis auch ich merkte, wie der Höhepunkt sich anbahnte.

Kat ließ meine Schultern los und umfasste mit beiden Händen mein Gesicht und küsste mich. Als ihre Zunge meine berührte, kam ich in ihr.

***

Kat räusperte sich und strich die Haare zurück, die ihr wild um den Kopf standen. Zufrieden, dass ich für den Frisch-Gefickt-Look verantwortlich war, lehnte ich mich auf der Couch zurück.

Sie suchte nach den passenden Worten, bevor sie die Hände in die Luft warf. »Du bist unmöglich!«

»Und du bist praktisch sofort gekommen.« Ich grinste nur, während die Röte in ihre Wangen kroch.

»Darum geht es nicht. Ich habe dich gebeten, mir Zeit zu geben.«

»Zeit zu geben?«, wiederholte ich verblüfft. »Du hast ein unnachahmliches Talent, Fakten zu verdrehen. Du hast mich abserviert.«

»Wenn ich dich abserviert habe, warum sitzt du dann auf meiner Couch?«

»Weil ich mich nicht ohne guten Grund abservieren lasse.«

»Abservieren ist ein hartes Wort.« Sie verzog das Gesicht.

Ich hob vielsagend meine Augenbraue. »Wie würdest du es denn jetzt in diesem Moment formulieren?« Mit verschränkten Armen wartete ich auf ihre Antwort.

Ihre Augen flackerten nervös. »Vielleicht sollte ich dir das Schlafzimmer zeigen.«

Es gab auf diesem Planeten sicherlich nichts Schöneres als eine kapitulierende Kat. »Vielleicht solltest du das tun.«

Sie hob mahnend den Zeigefinger. »Trotzdem müssen wir morgen darüber reden.«

»Wir können auch jetzt schon darüber reden.«

Nachdrücklich schüttelte sie den Kopf und stand auf. Nur mit dem Tanktop bekleidet ging sie in Richtung des Raums. Ihre nackten Pobacken wogten bei jedem Schritt verführerisch und ich beschloss, dass das Gespräch auch noch bis morgen warten konnte.

21

»Katharina?«

Unwillig wollte ich mich auf die andere Seite drehen und David sagen, dass er die Klappe halten sollte, als ich gegen einen harten Körper prallte.

Erschrocken riss ich die Augen auf und sah, dass David direkt neben mir lag. Damit konnte er unmöglich zur gleichen Zeit durch mein Wohnzimmer laufen und mit dem Schlüssel klimpern.

Peinlich berührt stellte ich fest, dass ich nicht einmal die Stimme von Torben erkannt hatte – was für eine Voraussetzung für eine Ehe. Gut, dass die Trauung nicht stattgefunden hatte.

Ich sprang aus dem Bett und zerrte mein Schlafshirt unter dem Kopfkissen hervor.

Bis gerade hatte ich offensichtlich nackt geschlafen und warf das Shirt über, bevor ich ins Wohnzimmer eilte.

Da ich Torben nirgendwo entdecken konnte, lief ich weiter und fand ihn schließlich im Flur.

»Du bist wieder da!«, verkündete er und betrachtete mich mit einem weichen Gesichtsausdruck, der mich in höchste Alarmbereitschaft versetzte.

»Ja, und ich bin noch nicht einmal richtig wach. Ich weiß, dass wir reden müssen. Kannst du vielleicht später in die *Kaffeetante* kommen und wir besprechen alles?«

Torben nickte versöhnlich und kam langsam auf mich zu. Der liebevolle Gesichtsausdruck verunsicherte mich extrem, denn ich hatte eigentlich damit gerechnet, dass er vor Wut toben und ich einen Schutzhelm für unser Gespräch brauchen würde. Glücklicherweise war er kein Typ, der handgreiflich wurde.

Inzwischen stand er dicht vor mir und beugte sich vor, weil er mich offensichtlich küssen wollte. Erschrocken sprang ich nach hinten und stieß dabei mit den nackten Zehen gegen die schiefe Fußleiste an meinem Schuhschrank.

Es tat verdammt weh und ich schrie auf. Verdammt! Wie oft hatte ich diese Leiste jetzt wieder annageln wollen und machte es doch nie!

»Siehst du! Deswegen habe ich dir hundertmal gesagt, du sollst dir angewöhnen, vernünftige Hausschuhe zu tragen und nicht immer barfuß zu laufen. Außerdem solltest du echt nicht in diesen heruntergekommenen Shirts schlafen. Man könnte wirklich meinen, dass du am Hungertuch nagst, so wie du dich kleidest«, lamentierte Torben und erinnerte mich daran, warum ich die Flucht ergriffen hatte.

Fassungslos stand ich auf einem Bein, hielt meinen anderen Fuß umklammert und blinzelte ihn an.

»Was ist hier los?« David tauchte in der Wohnzimmertür auf und sah mich an. Sein Blick wanderte von meinem Fuß hinüber zu Torben und seine Miene verdunkelte sich.

»Wer ist das?«, keifte Torben und deutete auf David, als könnte ich ein 1,93 Meter großes Model, das nur mit Boxershorts bekleidet war, irgendwie übersehen.

Ich drehte mich zu meinem Besuch, der eigentlich gar nicht hätte bleiben sollen – schon gar nicht über Nacht. »Würdest du bitte wieder ins Schlafzimmer gehen?«

David zog vielsagend eine Augenbraue hoch, bevor er wieder zu Torben schaute. Man brauchte kein Genie zu sein, um zu verstehen, dass er nicht plante, mich mit meinem ehemaligen Verlobten allein zu lassen.

Torben blickte zwischen mir und David hin und her. Allerdings schien der Groschen beängstigend langsam zu fallen.

Erst als er von meinen nackten Beinen zu Davids ebenso nackter Brust sah, schien die Erkenntnis, dass da möglicherweise sexuelle Handlungen stattgefunden haben könnten, bei ihm anzukommen, und er öffnete den Mund.

»Kathi«, sagte Torben anklagend und deutete mit der ausgestreckten Hand auf David, als wäre er lediglich eine große Spinne, die zu beseitigen er mich gebeten hatte.

»Hör zu – warum reden wir nicht später?«

»Wer ist das?« Torben wurde merklich lauter, was David immer finsterer dreinblicken ließ. Gerade, als er aussah, als würde er es tatsächlich in Betracht ziehen, Torben zu eröffnen, wer er war, packte ich seine Hand.

»Kann ich kurz mit dir reden?«

David ließ sich von mir ins Schlafzimmer ziehen und ich warf erleichtert die Tür zu. »Verdammt! Genau deswegen wollte ich, dass du nicht hierbleibst. So ein Chaos! Was erzähle ich ihm denn jetzt?«

»Die Wahrheit?«, schlug David vor und hob sein T-Shirt vom Boden auf. Er faltete es ordentlich und legte es aufs Bett. Der Mann hatte die Ruhe weg! Mein Privatleben lag in Scherben und er sortierte Wäsche.

»Die Wahrheit? Ich weiß nicht einmal, was die Wahrheit ist, denn wir haben noch nicht darüber geredet.«

»Ich kann gern rausgehen und es ihm an deiner Stelle erklären.« David machte einen Schritt auf mich zu und ich warf mich panisch vor die Tür, um ihn daran zu hindern, den Raum zu verlassen.

»Auf keinen Fall! Ich hatte, wir hatten uns darauf geeinigt, dass sich einmischen zu meinen schlechten Angewohnheiten gehört und nicht zu deinen.«

»Es gibt Ausnahmen«, klärte er mich auf und verschränkte seine Arme, während er eindrucksvoll mit seinen Augen auf mich hinabfunkelte. »Dazu gehören die Momente, wenn man den Ex seiner neuen Freundin trifft.«

Den Ex seiner neuen Freundin ... Da explodierte die Bombe direkt neben meinem Ohr. Das Verlangen, in panische Schnappatmung zu verfallen, stieg alles andere als diskret in mir auf. »Deine neue Freundin? Ich bin mir ziemlich sicher, dass ich gestern Abend das genaue Gegenteil von mir gegeben habe.«

Das hatte David offenbar nicht hören wollen, denn sein Gesichtsausdruck wurde noch wütender. »Ach ja?«

Langsam kam er näher, da ich die Tür bereits im Rücken hatte, konnte ich nicht einmal weiter zurücktreten. Er stützte die Hände rechts und links neben meinem Kopf auf das Holz, sein Blick bohrte sich in meinen. »Ich habe das so verstanden, dass du nachgegeben hast, als du zugestimmt hast, mich hier übernachten zu lassen.«

»Deswegen sind wir jetzt automatisch zusammen?«, fragte ich trotzig.

Er dachte kurz nach, wich dabei aber keinen Millimeter zurück. »Ja«, stellte er schließlich fest. »Deswegen sind wir jetzt zusammen.«

»Vielleicht habe ich zu dem Thema auch noch etwas zu sagen.«

David schob die Hände näher zusammen, immer weiter auf meinen Kopf zu, bevor er sie langsam sinken ließ. Schwer lagen sie auf meinen Schultern, drückten mich sanft, aber eindringlich gegen die Tür. »Wir können das gern ausgiebig diskutieren. Aber ich sage dir besser gleich, dass ich dich nicht aus diesem Zimmer lasse, bis du mir zustimmst. Es ist also absolut deine Entscheidung, wie lange du deinen Ex-Freund warten lassen möchtest.«

Shit! Ich hatte Torben total vergessen. »Das ist unfair!«

»Nein, unfair wäre es, wenn ich darauf bestehen würde, den Disput mit Sex zu klären. Immerhin weißt du sicherlich, dass du ganz schön laut bist.« Seine grünen Augen glitzerten schon fast böse, als er mich genüsslich über diese Tatsache informierte.

Verdammt, ich hatte mich ins Abseits manövriert – und das nicht nur, weil ich die sprichwörtliche Wand direkt im Rücken hatte. Aus der Nummer kam ich nicht raus, ohne nachzugeben. Aber das letzte Wort war sicherlich noch nicht gesprochen.

»In Ordnung«, lenkte ich ein.

»Sehr gut«, murmelte David, seine Lippen bereits dicht vor meinen.

Dann küsste er mich und ließ seine Hände nach unten gleiten, umfasste meine Brüste.

Nach Luft schnappend machte ich mich los und bohrte meinen Zeigefinger in seine Brust. »Siehst du? Das meinte ich gestern, als ich gesagt habe, dass ich den Schlamassel erst in Ordnung bringen muss, bevor ich eine neue Beziehung anfange.«

»Klar, mach du mal. Ich warte hier solange.« Vollkommen entspannt setzte er sich auf die Bettkante und machte es sich gemütlich.

»Mistkerl«, zischte ich, wofür ich lediglich ein hinreißendes Lächeln erntete.

Mit einem unguten Gefühl in der Magengegend verließ ich das Schlafzimmer und fand Torben im Wohnzimmer, wo er mit verschränkten Armen auf und ab marschierte.

Als ich hereinkam, blieb er abrupt stehen, funkelte mich böse an und legte mit seiner Tirade los. »Wer ist das? Warum ist er in deinem Schlafzimmer? Wieso läufst du so herum, wenn ein anderer Mann in deiner Wohnung ist? Warum ist er überhaupt in deiner Wohnung?« Seine Stimme überschlug sich am Ende der letzten Frage und ich ahnte jetzt schon, dass ich keine einzige befriedigende Antwort für ihn hatte.

»Torben, hör zu. Es tut mir leid, dass ich davongelaufen bin und dich mit dem Chaos zurückgelassen habe, aber ich hatte noch keine Zeit in Ruhe nachzudenken. Wir müssen reden, können wir das nicht – wie gerade abgemacht – später in der *Kaffeetante* machen?«

Mein ehemaliger Bräutigam fuchtelte mit dem Arm durch die Luft. »Du hast keine meiner Fragen beantwortet!«

»Du gehst jetzt besser. Ich habe dir angeboten, heute Abend mit dir zu reden, du wirst dich an die Öffnungszeiten der *Kaffeetante* sicherlich noch erinnern. Dann erkläre ich dir alles.«

Torben schnaubte, nickte aber schließlich. »Trotzdem würde ich es gern sehen, wenn du den Typen vorher rausschmeißen würdest.«

Ich ignorierte ihn und ging in den Flur, in der Hoffnung, dass er mir folgen würde.

Das tat er auch, allerdings packte er meinen Oberarm und sah mich flehend an. »Kathi. Wer ist der Kerl? Warum wirfst du ihn nicht raus? Soll ich das für dich machen?«

Wütend entriss ich ihm meinen Arm. »Dazu hast du überhaupt kein Recht! Du hast kein Recht, mir vorzuschreiben, wer sich in meiner Wohnung aufhalten darf und wer nicht. Das hättest du vielleicht, wenn du dir irgendwann einmal die Mühe gemacht hättest, mit mir zusammenzuziehen!«

Eigentlich hatte ich gar nicht brüllen wollen, es passierte einfach. Mir war bis jetzt nicht einmal bewusst gewesen, dass es mich offensichtlich doch gestört hatte, nicht mit meinem Freund zusammenzuwohnen.

Nachdem ich mich in Rage geredet hatte, konnte ich mich leider nicht mehr bremsen. »Außerdem hast du es nötig, dermaßen scheinheilig zu tun. Erinnerst du dich an deine Kollegin Lisa, die jeden Morgen einen Cappuccino to go in meinem Laden kauft? Ihr ist es irgendwie merkwürdig vorgekommen, dass du mit eurer Vorzimmerdame Svenja in unsere Flitterwochen geflogen bist, deswegen hat sie mir eine SMS geschrieben. Spar dir also deine Vorträge. Selbst wenn ich gerade 20 Männer in meinem Schlafzimmer hätte, würde es dich exakt gar nichts angehen.«

Ich riss die Wohnungstür auf. »Gib mir deinen Schlüssel.«

»Aber ... Aber ...« Torben stand stocksteif auf der Stelle und bewegte sich nicht, sein Mund stand offen. »Ich konnte doch den teuren Urlaub nicht verfallen lassen.«

»Schlüssel!« Auffordernd hielt ich ihm die Hand hin.

Umständlich fummelte er den Schlüssel zu meiner Wohnung von seinem ordentlich sortierten Bund und reichte ihn mir widerwillig.

»Und jetzt raus! Wir sehen uns heute Abend!« Entnervt warf ich ihm die Tür vor der Nase zu.

Um mich wieder zu beruhigen, zählte ich langsam bis zehn und ballte bei jedem Atemzug meine Fäuste und entspannte sie anschließend.

Als ich mich halbwegs gefangen hatte, ging ich ins Schlafzimmer. David saß noch immer auf der Bettkante, aber ich war bereit, ein Monatsgehalt darauf zu verwetten, dass er an der Tür gelauscht hatte. Dafür allein sprach schon die Tatsache, dass er sich inzwischen angezogen hatte.

Ich presste die Finger gegen die Schläfe, als ich hereinkam. »Nimm mir das nicht übel, aber ich würde es gut finden, wenn du jetzt gehen würdest. Ich hätte gern zehn Minuten für mich.«

»Klar.« Er stand auf und ich erwartete fast, dass er die Flucht ergreifen würde, doch stattdessen nahm er mich in den Arm.

Im ersten Moment war ich auf Abwehr eingestellt, doch dann ließ ich mich gegen ihn sinken und schnupperte seinen Duft. Für ein paar kostbare Sekunden erlaubte ich mir den Luxus, die Augen zu schließen und so zu tun, als wäre alles in bester Ordnung.

Dieser Tag würde lang und ätzend werden, das ahnte ich schon.

David ließ mich los, beugte sich vor und küsste mich auf den Mund. »Kommst du heute Abend zu mir?«

»Was? Eigentlich hatte ich das nicht vor.«

»Gut, dann komme ich zu dir.«

Genervt stöhnte ich auf. »Ist das irgendwie verhandelbar?«

Er dachte kurz nach, bevor er den Kopf schüttelte. »Nein. Keine Chance. Bei mir oder bei dir?«

Ich dachte an die Schmutzwäsche, die sich hier stapeln würde, wenn ich erst einmal meinen Koffer ausgeräumt hatte, an die Möglichkeit, dass Torben nach unserem Gespräch noch einmal vorbeikam, und daran, dass meine Mutter mich eventuell besuchte, außerdem war der Kühlschrank leer.

»Okay, bei dir. Aber ich muss mich um so viel kümmern, vor 21 Uhr brauchst du nicht mit mir zu rechnen. Und ich bleibe nicht lange«, fügte ich sicherheitshalber hinzu.

David schenkte mir ein Lächeln, das besagte, dass er mir nicht ein Wort glaubte. Aber das würden wir ja sehen. Ich würde heute Nacht auf jeden Fall in meinem Bett schlafen, nachdem ich ein paar Dinge klargestellt hatte, doch dazu fehlte mir jetzt die Kraft.

»Bis später, Miss Coffeepenny.« Er streichelte meine Wange und verließ das Schlafzimmer. Ich sah ihm hinterher und mit einem Mal fühlte ich mich todmüde. Trotzdem folgte ich ihm in den Flur und schloss die Tür hinter ihm ab.

Jetzt brauchte ich erst einmal eine Dusche.

***

Als Maja kam, war ich zumindest für ein Gespräch mit ihr gewappnet. Erstaunlicherweise verhielt sie sich aber, als wäre nichts passiert. Ich bekam eine Umarmung, dann band sie ihre Schürze um.

»Ich habe alles bestellt, was bestellt werden muss, brav jeden Abend Kasse gemacht und auch immer schön die Maschine gesäubert.« Dazu salutierte sie und ich musste lachen.

»Danke. Ich meine es ernst. Danke.«

»Kein Problem.«

Die ersten Kunden kamen herein und Maja schielte zur Tür. »Ich mache mich dann mal an die Arbeit. Die Abrechnungen habe ich in dein Fach gelegt, du kannst sie dir direkt ansehen.«

»Okay.« Verwundert drehte ich mich um und Maja rief mir hinterher: »Boss?«

»Ja?«

»Glaub ja nicht, dass ich nicht irgendwann fragen werde, falls du es mir nicht von dir aus erzählst.«

Erleichtert lachte ich. »Selbstverständlich nicht. Wo kämen wir auch hin, wenn ich ein Recht auf Privatsphäre hätte?«

Ich ging nach hinten in meine Backstube, die noch wie vor meiner Abreise aussah. Irgendwie war es lächerlich, aber ich hatte fast erwartet, dass alles anders wäre. Dabei hatte die Erde sich ganz normal weitergedreht. Vielleicht hatten manche Entscheidungen doch gar nicht so schwerwiegende Konsequenzen, wie man vorher annahm.

***

Die letzten Kunden waren schon lange weg, als ich mich an den niedrigen Tisch mit den Plüschsesseln setzte und an meinem Tee nippte.

Anfangs war es eher Not als eine Tugend gewesen, dass der Laden mit zusammengewürfelten Möbeln bestückt war. Ich hatte vorgehabt, nach und nach schicke, moderne Möbel zu kaufen, doch viele Kunden hatte durchscheinen lassen, dass sie das Ambiente gemütlich fanden. Außerdem verliehen die unterschiedlichen Möbel den Sitzgruppen mehr Intimität, gerade so als würde man in einem anderen Café sitzen als die Leute am Nebentisch. Ich schlug die Beine übereinander und fragte mich, was mich wohl erwartete. Heute Morgen war Torben ziemlich aufgelöst abgezogen, aber inzwischen würde er sich bestimmt gefangen haben.

Besser, ich machte mich auf eine lange Liste mit Vorwürfen gefasst.

Als das Glöckchen über der Tür endlich klingelte, war ich bereits sehr angespannt.

Torben schien allerdings schon wieder vergessen zu haben, warum wir uns trafen, denn er strahlte mich breit an.

»Möchtest du etwas trinken?«, fragte ich aus Pflichtgefühl.

Er schüttelte den Kopf und ließ sich auf den Sessel mir gegenüber fallen. Ich hasste es, wenn er das tat. Die meisten der Möbel waren schon älter und wollten pfleglich behandelt werden. Er war ein erwachsener Mann und kein unerzogener 6-Jähriger – konnte er sich nicht dementsprechend hinsetzen? Eines Tages würde einer der Sessel unter ihm zusammenbrechen, da war ich mir sicher.

»Ich muss sagen, dass ich gar nicht erstaunt war, dass du nicht zur Hochzeit gekommen bist.«

»Aha, interessant. Dann wusstest du das wohl vor mir.« Wieder einmal typisch Torben, keine Ahnung von gar nichts, aber im Nachhinein immer behaupten, dass er es geahnt habe.

»Wo warst du eigentlich?«

»Spielt das eine Rolle?«, fragte ich scharf.

»Eigentlich nicht. Ich war am Ende jeden Tag in deiner Wohnung und habe mich gefragt, ob du überhaupt noch wiederkommst.«

»Du warst in meiner Wohnung, obwohl ich nicht da war?«

Er nickte nur und faltete die Hände. »So, du wolltest reden?«

Das wollte ich in der Tat, allerdings drohte meine Laune ziemlich einzubrechen. »Ja, immerhin schulde ich dir eine Entschuldigung.«

Nachdrücklich schüttelte er den Kopf und hob die Hände. »Vergeben und vergessen.«

»Was?« Ich sah ihn an, als könnte ich so ergründen, was hinter seiner Stirn vor sich ging.

»Es ist blöd gelaufen, aber vorbei. Warum sollten wir uns jetzt darüber den Kopf zerbrechen? Wichtig ist, dass wir uns aussprechen, und dann gemeinsam nach vorne sehen.«

Ich räusperte mich. »Siehst du, da fängt es irgendwie schon an. Es gibt kein *wir* mehr und es wird zwischen uns auch kein *wir* mehr geben.«

Es war erschreckend, wie erschüttert er aussah – als hätte er *damit* absolut nicht gerechnet. »Aber wieso?«

»Weil ich keine Gefühle mehr für dich habe, es tut mir leid. Ist dir das nicht klar geworden, als ich nicht in der Kirche aufgetaucht bin?«

Sein Schulterzucken wirkte bekümmert. »Ich dachte, wir bräuchten einfach nur ein bisschen Abstand zueinander. Das war ja auch alles viel mit der Hochzeit und den ganzen Vorbereitungen. Du hast dich amüsiert, ich habe mich amüsiert und nun blicken wir gemeinsam in die Zukunft.«

Am liebsten hätte ich ihn erwürgt. Für einen Moment fragte ich mich, was mich eigentlich noch auf meinem Platz hielt, es wäre sicherlich gar nicht so schwer, ihn einfach umzubringen. Er hatte doch alle Entscheidungen und Aufgaben auf mich abgewälzt. Nicht einmal seinen Anzug hatte er selbst ausgesucht, das hatte seine Mutter getan.

»Ich nehme an, unter Amüsieren verstehst du den Urlaub mit Svenja.«

»Ja«, gab er ganz offen zu.

»Hm. Hm. Weißt du was? Ich glaube, du gehst jetzt besser. Such bitte alle Rechnungen zusammen, die mit der Hochzeit zu tun haben, und dann teilen wir sie auf. Ich zahle die Hälfte von allem. Hier ist der Schlüssel zu deiner Wohnung.« Ich hielt den Schlüssel kurz hoch, bevor ich ihn über den Tisch schob. Zu diesem Zeitpunkt wollte ich es nur noch hinter mich bringen, so kurz und schmerzlos wie möglich.

Mit einem nachsichtigen Seufzen nahm Torben den Schlüssel. »Wir können ja demnächst noch mal miteinander reden, wenn du noch Zeit brauchst.«

Wovon zum Teufel sprach er da? Irgendwie schien die Botschaft bei ihm nicht anzukommen. »Such einfach die Rechnungen zusammen und melde dich bei mir, okay?«

Er nickte und stand auf. Damit er gar nicht erst auf die Idee kam, mir einen Kuss zum Abschied zu geben, hielt ich genügend Abstand, als ich ihn zur Tür brachte.

Nachdem ich hinter ihm abgeschlossen hatte, lehnte ich die Stirn gegen die kühle Glasscheibe. Es war gleichermaßen besser und schlimmer als erwartet geworden.

22

»Shit«, sagte mein bester Kumpel, bevor er mit seinem breiten amerikanischen Akzent fortfuhr: »Das musst du ihr sagen.«

Unwillig nahm ich ihm das Handy weg und ließ Kats Foto vom Bildschirm verschwinden.

Doch Ben blieb hart. »You have to tell her!«, beharrte er, bis ich schließlich nickte.

Ich streifte die Schuhe von den Füßen und legte sie auf den Couchtisch, Ben tat es mir gleich. Wir schwiegen und ich betrachtete mein Wohnzimmer nachdenklich. Den halben Tag hatte ich damit verbracht, die tadellose Wohnung aufzuräumen, weil Kat eingewilligt hatte, heute Abend hierherzukommen.

Doch wem machte ich etwas vor? Es war nicht so, als hätte ich etwas Besseres zu tun. Ich war zwar immer noch nicht schlauer, was ich mit meinem Leben anfangen sollte, aber immerhin wusste ich mittlerweile, dass ich keine Lust mehr auf meine alten Jobs hatte.

Glücklicherweise bedeutete jahrelange, doppelte Belastung auch jahrelanges, doppeltes Gehalt und ich musste mich nicht allzu schnell für eine Alternative entscheiden.

»Aber sie ist hübsch.« Ben grinste breit und enthüllte seine strahlenden Zähne.

»Ja, ist sie. Und deswegen lässt du schön die Finger von ihr.«

Mein Freund zog eine Augenbraue hoch und hob seine Flasche, genervt stöhnte ich.

Denn in seiner Sprache bedeutete das, dass er trotzdem auf Teufel komm raus mit ihr flirten würde. Zwar nicht bis zum Letzten, aber er liebte es eben nicht nur, mir das Leben schwer zu machen, er liebte auch schöne Frauen – wenn er zwei Fliegen mit einer Klappe schlagen konnte, umso besser!

Das Letzte, was ich brauchte, war den attraktiven Amerikaner mit seiner eigenen Bar, der um meine

Freundin herumtänzelte, die nicht einmal eingestehen wollte, dass sie meine Freundin war.

»Dude, seriously. Du musst ihr das sagen. Unbedingt.«

Gereizt rieb ich mir über das Gesicht. »Ja, mache ich schon noch. Ich habe doch gesagt, dass ich den richtigen Zeitpunkt dafür suche.«

Ben lachte. »Der wird nie kommen.«

Das wusste ich selber und nahm einen Schluck aus der Bierflasche, um mir die Antwort zu ersparen.

Ben schüttelte den Kopf und beugte sich vor. Er stellte die Flasche ab und griff stattdessen nach den Xbox-Controllern. »FIFA?«

Bereitwillig nahm ich ihn entgegen. »Wenn du verlieren willst.«

Er lachte sein bestes verächtliches Lachen und startete das Spiel.

***

Als Kat kam, sah sie gleichzeitig neugierig und müde aus. »Wir müssen über dein Verhalten reden«, sagte sie ohne Umschweife und ohne Begrüßung.

Deswegen zog ich sie in meine Arme und küsste sie. Erbost stemmte sie die Hände gegen meine Brust und machte sich los.

»Siehst du? Das meine ich!«

»Und du sagst nicht einmal ›hallo‹.«

Verblüfft sah sie mich an und wurde sofort rot. »Okay, das war mir nicht klar. Sorry.« Ihre Hände lagen noch immer auf meinem Oberkörper, sie stellte sich auf Zehenspitzen und hauchte einen Kuss auf meine Lippen. »Hallo.«

Zufrieden nickte ich. »Hallo.«

Ihre Augen funkelten und sie schenkte mir ein hinreißendes Lächeln. »Wir müssen über dein Verhalten reden.«

Sie erntete ein schiefes Grinsen von mir. »Kann ich dir vorher die Wohnung zeigen oder möchtest du dich direkt streiten?«

Zum ersten Mal schielte sie an mir vorbei und kaute

dabei auf ihrer Unterlippe herum. »Sag nicht streiten dazu. Ich möchte mich nur unterhalten.«

Damit sie sich besser umsehen konnte, trat ich zur Seite. »Richtig, aber ich finde mein Verhalten vollkommen in Ordnung. Deswegen bin ich mir ziemlich sicher, dass es Streit geben wird.«

Ihr Blick hätte mich vermutlich töten müssen, stattdessen fand ich die aufflackernde Wut in ihren Augen regelrecht ... verlockend. Ja, verlockend war wohl das passende Wort dafür.

Kat atmete tief durch und marschierte durch den großen Eingangsbereich. »Irgendwie habe ich gedacht, du wohnst anders.«

Sie wollte also doch zuerst die Hausführung. Das wertete ich als gutes Zeichen. Solange sie selbst offensichtlich nicht genau wusste, was sie wollte, hatte ich leichtes Spiel. Sie blieb stehen und legte den Kopf in den Nacken.

Warum ich mich damals ausgerechnet in diese alte, umgebaute Fabrikhalle verliebt hatte, wusste ich selbst nicht. Im Grunde war die Wohnfläche ein Loft, in das nachträglich Wände eingezogen worden waren.

Ich liebte diese Optik und deshalb waren die meisten Wände nur frisch verputzt, aber weder tapeziert oder gestrichen.

Sie wanderte langsam durch den großen Raum, der im Grunde mein Wohnzimmer darstellte, abgesehen von der Couch und dem Fernsehtisch aber leer war. Manchmal wusste ich nicht einmal, ob ich einen minimalen Einrichtungsstil bevorzugte oder einfach nur keine Ahnung hatte, was ich mir kaufen sollte. Es gab eine große, dreibeinige Stehlampe, die abends charmantes Licht spendete, wenn mir nicht danach war, die Deckenbeleuchtung einzuschalten.

Die große Fensterfront zeigte mehrere Hektar unbebaubares Forstgebiet, ich schaute direkt in den Wald – wenn ich denn mal zu Hause war.

»Hast du schon mal von Bildern oder Teppichen gehört?«, murmelte Kat und strebte auf den Durchgang zur Küche und Esszimmer zu. Türen gab es keine, nur Öffnungen in den Wänden, die jeweils so nach rechts und links versetzt waren, dass man nicht von einem Ende der Wohnung in das andere gucken konnte.

Beim Anblick der großen Kücheninsel gab Kat ein ersticktes Geräusch von sich. Amüsiert beobachtete ich, wie sie die gesamte Küche inspizierte und nach und nach in alle Schränke guckte, den Kühlschrank eingeschlossen.

Sofort runzelte sie die Stirn. »Kochst du nie?«

»Selten. Meistens mache ich mir Salat oder esse unterwegs.« Zufrieden sah ich zu, wie sie die vorhandenen Pfannen begutachtete. Wusste sie eigentlich, dass sie schon wirkte, als würde sie davon träumen, hier zu kochen?

»Hm. Ist ja dann gar keine Verschwendung, sich so eine teure Prachtküche hier hinzustellen. Du hast nicht einmal eine anständige Pfanne, um Pancakes zu machen.«

Widerstrebend gab ich zu: »Die Küche war eher ein Wunsch der Ex-Freundin.«

Bens Drängen, reinen Tisch zu machen, kam mir in den Sinn, ich schob den Gedanken beiseite.

Kat ließ ihre Finger über die Arbeitsplatte wandern, fragte nicht weiter nach. Stattdessen sah sie nach draußen und betrachtete die Aussicht. »Es ist schön hier.«

Zufrieden lächelte ich. Ihr musste inzwischen aufgefallen sein, dass es hier mehr als genug Platz gab. Außerdem war das obere Geschoss noch immer frei, sollte sie den Wunsch nach noch mehr Platz verspüren. Vielleicht für Kinder – aber das behielt ich sicherheitshalber für mich.

»Aber du brauchst wirklich etwas Wärme. Wenigstens einen Teppich oder so.« Mit einem Kopfschütteln steuerte sie auf den nächsten Durchgang zu, der sie in das etwas schmalere Arbeitszimmer brachte.

Ein Schreibtisch, ein Laptop, eine Schreibtischlampe und eine breite Schlafcouch – mehr war hier nicht zu finden. Kat warf mir einen Blick zu, bevor sie den Kopf schüttelte. Der letzte Raum war – neben den Bädern – der einzige, der eine Art Tür besaß. Es war eigentlich mehr ein deckenhohes Brett, das sich auf einer Schiene in beide Richtungen schieben ließ.

Beim Schlafzimmer fand ich eine Tür natürlich notwendig, das schien Kat sich auch zusammenreimen zu können.

Das große Bett dominierte den Raum und damit war die Führung im Grunde zu Ende, denn abgesehen davon war mein Schlafzimmer leer. Es gab rechts und links noch zwei Durchgänge, einen ohne Tür in den begehbaren Kleiderschrank, einen mit Tür in das angrenzende Badezimmer.

Erst in diesem Moment fiel mir ein, dass ich Kat das Gäste-WC im Eingangsbereich gar nicht gezeigt hatte. Zu sehr war ich darauf aus gewesen, dass sie endlich in diesem Raum war. In meinem Schlafzimmer.

Neugierig sah sie sich in meinem Kleiderschrank um. »Das ist vermutlich der Traum einer jeden Frau.«

Ich schenkte ihr ein Lächeln, das hoffentlich besagte, dass es ihr absolut freistand, diesen Kleiderschrank mitzubenutzen. Die Art, wie sie meinem Blick auswich, sagte mir, dass sie mich genau verstand.

Sie deutete auf die Badezimmertür und ich nickte. Es war zu absolut jeder Zeit ernst gemeint gewesen, dass ich rein gar nichts zu verbergen hatte. Was auch?

Kat zog die Tür auf und holte tief Luft. »Okay, jetzt bin ich wirklich neidisch.«

Das überraschte mich nicht, Frauen liebten dieses Bad, da machte selbst meine Mutter keine Ausnahme. Keine Ahnung, ob es an der großen Badewanne, den beiden Waschbecken oder der geräumigen Dusche lag – doch seitdem ich hier wohnte, war es manchmal leichter gewesen, eine Frau aus meinem Bett als aus meinem Bad zu bekommen.

Wie sie dort in der Tür stand und den Hals streckte, überkam mich das Verlangen, ihren Nacken zu küssen, der in dieser Position einfach nur verführerisch wirkte. »Du kannst gern hineingehen.«

Sie seufzte leise und das Geräusch jagte einen wohligen Schauer über meinen Rücken. »Ich fürchte, dann komme ich nicht mehr heraus.«

Wunderbar, dachte ich und näherte mich ihr geräuschlos, denn genau wie Kat lief ich zu Hause immer barfuß herum.

Das Objekt meiner Begierde zuckte zusammen, als ich die Hände auf ihre Schultern legte. Meine Daumen glitten unter die schmalen Träger des Kleides, das sie trug.

Kat schloss für einen kurzen Moment die Augen, dann wand sie sich aus meiner Berührung. »Nein. Wir müssen reden.« Ihr Tonfall war aber schon längst nicht mehr so abwehrend wie bei ihrer Ankunft.

Ich wusste nicht, ob sie Abstand zwischen uns bringen wollte oder ob sie sich lediglich selbst nicht traute, aber sie trat zwei Schritte nach hinten. Damit war sie gleichzeitig zwei Schritte näher an meinem Bett – also da, wo ich sie ohnehin haben wollte.

»Dann rede mit mir«, forderte ich sie auf.

Nervös strich sie ihre Haare zurück, die sie heute wieder einmal offen trug. »Also, ich finde ...« Sie brach ab, weil ich auf sie zukam.

Sofort wich sie weiter zurück. »Bleib stehen!« Ihre Augen funkelten jedoch.

Abwehrend hob ich meine Arme und zeigte ihr meine Handflächen, als würde sie mit einer Waffe auf mich zielen. »Warum? Was ist denn?«

»Du weißt genau, was ist. Wir müssen endlich reden!«

»Machen wir doch.« Damit ging ich noch einen Schritt auf sie zu.

Sie reagierte absolut irrational. Manchmal glaubte ich, dass ihr Unterbewusstsein ihr diktierte, was sie tun sollte. Wäre sie einfach nach links gegangen, hätte sie den Raum verlassen könnten, stattdessen hatte sie das Bett umrundet.

Vermutlich hatte sie das als Möglichkeit gesehen, mehr Abstand zwischen uns zu bringen. In Wahrheit stand sie nun mit dem Rücken zur Wand. Zwar waren es bis zur Wand noch gute zwei Meter – aber für ihren Wunsch nach einem Gespräch wäre es wirklich sinnvoller gewesen, das Schlafzimmer zu verlassen.

Kat wurde blass, als ich um das Bett herumging und sie langsam, aber sicher in die Ecke trieb. Vermutlich wurde ihr der Fehler bewusst, denn sie verschränkte trotzig die Arme. »Auf keinen Fall«, murrte sie trotzig.

Dicht vor ihr blieb ich stehen. »Was ist auf keinen Fall?«

Wütend funkelte sie mich an und leckte sich nervös über die Unterlippe. »Wir werden jetzt auf keinen Fall Sex haben!«

Hätte ihre Stimme nicht so atemlos geklungen, hätte ich ihr bestimmt geglaubt.

»Warum nicht? Verbietest du es mir?« Ich gab mir wirklich Mühe, die Belustigung in meiner Stimme zu verbergen. Ihre Brust hob und senkte sich schnell und ich konnte sehen, dass sie ebenso wie ich über die Möglichkeiten nachdachte, die das breite Bett bot.

»Ja!« Sie hob ihr Kinn an und sah mich fest an. »Genau das tue ich. Oder zumindest versuche ich es.«

Zufrieden machte ich einen Schritt nach vorne, weil ich allerdings so nah vor ihr stand, dass ich in sie hineingelaufen wäre, stolperte Kat mit einem leisen Fluch nach hinten.

»Ich mag Herausforderungen.«

Ihre Augen wurden groß, als sie mit dem Rücken an die Wand stieß. »Das war keine Herausforderung!« Sie legte ihre Finger auf meinen Oberkörper und malte kleine Kreise, ihre Brust hob und senkte sich schnell.

»Natürlich nicht.« Ich stützte die Hände rechts und links neben ihrem Kopf ab und beugte mich vor. »Küss mich.«

Verwirrt blinzelte sie mich an. »Was?«

»Küss mich.«

»Warum?« Ihr Gesichtsausdruck war bestenfalls als argwöhnisch zu bezeichnen. Das clevere Mädchen traute mir keinen Meter weit über den Weg. Trotzdem hatte sie schon weitaus abgeneigter geklungen. Ehrlich gesagt war ich mir sicher, dass sie eigentlich gar nicht reden wollte.

»Erstens: Weil ich es will. Zweitens: Danach können wir gerne reden. Drittens: Dann kannst du nicht wieder behaupten, ich hätte angefangen.«

»Und wenn ich es einfach nicht mache?«

Ich zuckte mit den Achseln. »Dann habe ich eben angefangen. Auch kein Problem.« Mit einer Bewegung umfasste ich ihre Taille und hob sie hoch. Kat strampelte aufgeregt und stemmte sich auf meine Schultern.

»Nein!«, rief sie aufgeregt. »Ich habe Nein gesagt!« Ihr leises Lachen wurde zu einem Keuchen, als ich sie auf das Bett fallen ließ.

»Wenn du das wirklich ernst meinst, solltest du nicht immer diese kleinen Kleidchen tragen, wenn wir uns treffen.« Ich legte eine Hand auf ihren Bauch, um sie daran zu hindern, wieder aufzustehen, und schob sie etwas weiter in die Bettmitte, damit ich mich neben sie knien konnte.

Frustriert schlug Kat mit der Handfläche auf die Matratze. »Ich kann bei den Temperaturen wohl kaum einen Schneeanzug tragen, damit du dich zusammenreißt.«

Mit einem Lächeln sagte ich: »Dann musst du halt mit den Konsequenzen leben.«

Meine Hand legte sich auf ihren Oberschenkeln und wanderte langsam nach oben. Sie wollte sich aufrichten, aber meine andere Hand presste sie nach wie vor nach unten. Ihre Schenkel waren warm und weich, schnell fand ich ihren Slip und zerrte ihn hinunter.

Kat gab ein ersticktes Geräusch von sich, das einem Stöhnen recht ähnlich klang. »Hör sofort auf.«

»Ich denke nicht einmal daran.«

Ihr Höschen landete auf dem Boden und ich schlug das Unterteil des Kleids nach unten, bis meine Traumfrau mit entblößtem Unterkörper vor mir lag.

Ich nahm die Hand von ihrem Bauch und packte sofort ihre Oberschenkel. Spätestens als sie meinen Atem spürte, wusste sie, was ich vorhatte, und quiekte ganz entzückend auf.

»Nein! Nein! Nein!«

»Doch! Doch! Doch!«, erwiderte ich gelassen und küsste die Innenseite ihrer Schenkel. Mit kleinen Küssen und zarten Bissen näherte ich mich ihrer verlockenden Pussy, die eine verdächtige Hitze ausstrahlte.

Kat wimmerte leise und wollte die Beine zusammenpressen. Für einen kurzen Moment verstärkte ich meinen Griff.

»Au!«

»Dann halt einfach still.«

Es passte ihr nicht, aber sie folgte meinem Rat.

Mit der Zungenspitze strich ich sacht über ihre Klit, bevor ich meine Zunge einmal in ihre Pussy gleiten ließ. Kat holte zitternd Luft, wehrte sich aber nicht mehr. Ganz im Gegenteil, ihre Finger wühlten sich in meine Haare und sie presste meinen Kopf fester an sich.

Ich fuhr die Konturen ihrer Spalte nach und genoss die kleinen wohligen Geräusche, die sie von sich gab. Ihr leises Ächzen steigerte sich schnell zu einem Stöhnen, als ich ihre Klit zwischen die Lippen nahm und sanft saugte.

Ihr erster Höhepunkt baute sich ganz allmählich auf und ich ließ mir Zeit dabei, sie zu verwöhnen. Immer wieder umkreiste ich die Knospe, bis Kat die Beherrschung verlor und meinen Mund ganz eng an sich heranzog.

Als ich dieses Mal saugte, kam sie praktisch sofort und hob mir ihr Becken entgegen. Sie zitterte und wühlte durch meine Haare – ein durchaus erregendes Gefühl.

Atemlos sank sie zusammen, aber ich dachte gar nicht daran, aufzuhören. Wieder leckte ich über ihre Klit, kostete ihren süßen Geschmack und streichelte sie mit meiner Zunge.

Im ersten Moment wollte sie die Beine zusammenpressen, aber meine Schultern waren direkt dazwischen, sodass sie es nicht konnte.

»Nicht ...« Der halbherzige Protest ging in einem überraschten Keuchen unter, als ich mit zwei Fingern in sie eindrang.

Mit der Zungenspitze strich ich immer und immer wieder sacht über ihre Klit, bis Kat mich mit einem heiseren Stöhnen bat: »Fester!«

Meine Lippen schlossen sich um die Knospe und ich saugte so fest, dass ich fast Angst hatte, ihr wehzutun. Kat bäumte sich auf und stemmte die Fersen in die Matratze, als das Zittern zum zweiten Mal einsetzte. Ihre inneren Muskeln umklammerten meine Finger und ich konnte es kaum erwarten, sie durch meinen harten Schwanz zu ersetzen, der bereits ungeduldig zuckte.

Kat biss sich auf die Unterlippe und sah empört zu mir hoch. »Ich habe Nein gesagt.«

Ich lachte nur und stand auf, um ein Kondom zu holen. Als ich mich wieder umdrehte, kniete meine Traumfrau auf allen vieren vor mir und warf mir einen aufreizenden Blick über die Schulter zu. »Du brauchst ganz schön lange.«

»Meinst du, du solltest mich jetzt wirklich provozieren?«, fragte ich und nahm erstaunt zur Kenntnis, dass meine Finger tatsächlich leicht zitterten, als ich das Kondom überstreifte.

»Auf jeden Fall!« Dazu wackelte sie mit ihrem entzückenden Hinterteil.

Selbst wenn ich gewollt hätte, wäre ich in diesem Moment nicht mehr in der Lage gewesen, mich zu beherrschen. Ich packte ihre Hüften und rammte mich förmlich in sie.

»Schon besser«, keuchte sie und ließ ihr Becken kreisen.

Ihre Pussy zog sich eng um meinen Schaft zusammen und ich sah fasziniert nach unten, zu der Stelle, an der mein Schwanz immer wieder in ihr verschwand. Ich liebte es einfach, in ihr zu sein. Durch die Höhepunkte war sie unglaublich feucht und zugänglich.

Als ich sah, wie sie ihre Finger ins Laken krallte und sich mir entgegenpresste, konnte ich mich nicht länger beherrschen und kam zuckend tief in ihr.

Atemlos sank ich über ihr zusammen und hauchte einen Kuss zwischen ihre Schulterblätter. Ihre Haut war weich und roch unglaublich gut nach ihr und Sex. Zufrieden lehnte ich meine Stirn an ihre Schulter und schloss die Augen.

***

Als ich aus dem Bad kam, hatte Kat sich schon auf der rechten Bettseite zusammengerollt und sah aus dem Fenster, obwohl sie die Augen kaum noch offen halten konnte.

»Du bist die genaue Definition eines Schufts.« Ihr Murmeln war kaum zu verstehen.

»Ein Schuft?« Ich dachte kurz nach. »Nein, ich glaube, so bin ich noch nie genannt worden.«

»Du gibst dich so wohlerzogen und höflich, aber in Wahrheit bist du unmöglich.«

Mit einem Lachen legte ich mich zu ihr ins Bett. Ich hob ihre Decke an und schmiegte mich mit ihr darunter. Ihr warmer Rücken passte perfekt zu meinem Körper.

»Ich finde mich sehr höflich.«

»Warum?«

»Weil du immer zuerst kommst.« Damit presste ich einen Kuss auf ihre Schulter.

»Schuft!« Dann wurde ihr Atmen immer tiefer und gleichmäßiger.

Es hatte eine ausgesprochen hypnotische Wirkung und ich schlief kurz darauf ein – mit der Frau, die ich liebte, im Arm, mit mir und der Welt zufrieden. Es gab kein besseres Gefühl auf der Welt.

***

Mitten in der Nacht wachte ich auf, weil jemand unablässig auf meine Schulter schlug. Als ich mit einem Knurren die Augen öffnete, sah ich im Mondschein, dass Kat aufrecht mit verschränkten Armen neben mir saß.

»Oh, wie schön, du bist wach.« Ihr süßlicher Tonfall jagte einen Schauer über meinen Rücken – allerdings keinen angenehmen.

»So ungefähr.« Ich drehte mich auf den Rücken und stopfte das Kissen unter meinen Kopf. »Warum bist du wach?«

»Weil wir reden müssen.«

Meine Augen fielen bereits wieder zu. »Hat das nicht Zeit bis morgen früh?«

»Nein, denn dann willst du wieder vögeln, und lenkst mich ab.«

Mit geschlossenen Augen grinste ich leicht. »Das ist vermutlich richtig. Ich vögele gern morgens.«

Kat bohrte ihren Zeigefinger in meine Seite, um zu verhindern, dass ich einschlief. Mit einem Keuchen richtete ich mich auf, das Adrenalin sorgte für unangenehmes Herzrasen.

»Ich vögele auch gern morgens«, gab sie widerstrebend zu. »Aber darum geht's grad nicht. Wir müssen über das hier reden.« Mit der Hand deutete sie zwischen uns hin und her.

»Was ist das hier denn deiner Meinung nach?« Ich ahmte ihre Gestik nach.

Sie wandte den Blick ab und starrte konzentriert nach draußen. »Keine Ahnung.«

»Okay. Was fühlst du denn?«, bohrte ich nach.

»Keine Ahnung«, stieß sie hervor, dieses Mal schärfer.

Ich ließ mich wieder auf das Bett sinken und zog sie mit mir. Erst wehrte sie sich, doch dann gab sie auf und kuschelte ihren Kopf bereitwillig an meine Brust. »Kat, ich mag dich. Sehr. So sehr, dass mir das Wort mit L auf der Zunge liegt.« Sie versteifte sich und ich sprach einfach weiter. »Alles zwischen uns funktioniert wunderbar, deswegen verstehe ich nicht ganz, was eigentlich dein Problem ist, außer dass es scheinbar so ein Prinzipiending ist.«

»Das Problem ist ...«, fing sie an, aber offenbar wusste sie wirklich selbst nicht, was ihre Bedenken waren. »Ach Scheiße!« Sie atmete schwer und ich konnte beinahe körperlich spüren, wie aufgewühlt sie war. Eine ganze Weile sagte sie gar nichts mehr, bis sie gestand: »Ich mag dich auch.«

»Dann ist doch alles super.«

»Nichts ist super«, murrte die Frau. »Absolut nichts ist super.«

»Gut, dann ist halt alles scheiße. Darf ich trotzdem weiter an dir herumbaggern?«

Widerwillig lachte sie. »Was machst du denn, wenn ich jetzt Nein sage?«

Ich küsste ihren Scheitel. »Die wirklich schweren Geschütze auffahren.«

»Was? Das sind noch nicht die schweren Geschütze?« Nachdrücklich schüttelte ich den Kopf und sie seufzte. »Wenn das so ist, ergebe ich mich vermutlich lieber.«

Mein Herzschlag beschleunigte sich. »Und das heißt was genau?«

»Du darfst um mich werben«, beschloss sie großzügig.

»Werben?« Die Belustigung in meiner Stimme konnte ich beim besten Willen nicht unterdrücken.

»Wie würdest du es denn nennen?«

»So, wie ich es von Anfang an genannt habe: Du bist meine Freundin. Werben!« Ich schnalzte mit der Zunge. »Das klingt ja, als hättest du eine Horde Männer, die alle um dich werben dürfen.«

Sie lachte leise und ihr Atem strich über meine nackte Brust. »Vielleicht habe ich die ja. Da gibt's schon ein paar Stammkunden, die sich bestimmt freuen, zu hören, dass ich wieder Single bin.«

Mit einem wütenden Geräusch drehte ich uns beide so um, dass ich über Kat lag, mein Bein zwischen ihre Schenkel geschoben, ihre Handgelenke über dem Kopf in die Matratze gepresst, küsste ich sie hart. »Zu schade, dass du vergeben bist.«

»Oha«, flötete sie. »Wer hätte gedacht, dass du der eifersüchtige Typ bist.«

»Ich bin nicht eifersüchtig«, klärte ich sie auf. »Ich bin nur ...« Doch ich wusste es nicht einmal genau. Wenn es um Kat ging, wurde ich neugierig, besitzergreifend und rechthaberisch. So kannte ich mich eigentlich gar nicht, bei Jennifer war das nie ein Problem gewesen.

Kat zog vielsagend eine Augenbraue hoch und lächelte verführerisch. »Interessant.«

Statt einer Antwort presste ich meine Lippen auf ihre und schob meine Zunge in ihren Mund. Wie immer war es ein elektrisierendes Gefühl, als unsere Zungen sich berührten. Kat bäumte sich unter mir auf.

Mein Schwanz war längst hart, und als ich ihre Handgelenke freigab, wollte ich aufstehen, um ein Kondom zu holen. Kat schlang die Beine um meine Hüften, meine Latte begann beinahe schmerzhaft zu pulsieren, als ich ihre nasse Begierde an meiner Haut spürte.

»Nicht. Ich nehme die Pille.« Sie holte leicht zitternd Luft und legte die Finger auf meine Brust. »Du bist mein fester Freund und ich vertraue dir.« Bevor ich etwas sagen konnte, legte sie eine Hand auf meinen Mund. »Sag jetzt nichts. Schon gar nicht irgendetwas Gefühlvolles oder Romantisches! Fick mich einfach nur!«

Das hatte ich zwar gar nicht vorgehabt, aber der Wunsch der Lady war mir Befehl. Mit der Hand öffnete ich Kats Pussy für mich und drang in sie ein. Langsam schob ich mich Zentimeter für Zentimeter in sie und genoss das Gefühl, sie endlich ganz zu spüren.

Heiß umklammerte sie meinen Schaft und verbarg das Gesicht an meiner Schulter. Als ich mich in ihr bewegte, wurde mir bewusst, dass ich nun alles hatte, was ich wollte.

»Oh Gott, David!«, flüsterte Kat an meinem Ohr und spornte mich an, mich schneller zu bewegen.

Willig kam sie mir entgegen, Haut schlug gegen Haut, sie legte die Hände um meinen Nacken, zog meinen Kopf herunter, um mich zu küssen. Ihr Mund war ebenso weich und verlockend wie ihre Pussy, immer härter stieß ich in sie hinein.

Kat wimmerte und ihr Unterleib zuckte um meinen Schwanz. Es erstaunte mich jedes Mal wieder, wie leicht erregbar sie war, wie schnell sie zum Höhepunkt kommen konnte. Ihre Finger glitten über meinen Rücken nach unten, verschwanden zwischen unseren Körpern und sie streichelte ihre Klit.

Es machte mich fast verrückt, ihre Fingerspitzen an meinem Penis zu spüren, wenn ich mich in ihr versenkte.

»Hör nicht auf«, wimmerte sie, bevor sie kam. Ihre Pussy zog sich so eng um meinen Schaft zusammen, dass ich mich nicht länger beherrschen konnte. Tief in ihr vergraben kam ich und hörte mein eigenes Keuchen, das sich mit ihrem vermischte. Sie hatte die Beine noch immer um meine Hüften geschlungen und zog meinen Oberkörper auf sich hinunter.

Eigentlich wollte ich gar nicht mein ganzes Gewicht auf ihr abladen, aber sie ließ mir praktisch keine andere Wahl.

Von Kopf bis Fuß aneinandergeschmiegt und noch immer in ihr, lauschte ich ihrem wilden Herzschlag, der sich langsam normalisierte.

»Ich hoffe, du bist jetzt zufrieden.«

Auf die Unterarme gestützt sah ich sie an. »Ziemlich, ja. Du etwa nicht?«

Sie machte nur trotzig: »Hmpf.«

Mein Lachen übertrug sich auf sie und vibrierte durch ihren Körper.

»Du bleibst trotzdem ein Schuft.«

»Aber ein erfolgreicher Schuft.«

23

Als ich im Lager die neu gelieferten Kaffeesorten sortierte, hörte ich plötzlich ein Kichern, das ich in dieser Form noch nicht gehört hatte.

Ich wusste, dass es Maja sein musste, aber warum klang sie so ... Es war nicht einmal leicht, das Wort zu beschreiben – wäre ich gemein, hätte ich vermutlich paarungsbereit dazu gesagt. Vielleicht war Frank da und besuchte sie.

Mit der Ladeliste ging ich nach vorne und hakte im Gehen die einzelnen Posten ab. »Ist alles da. Aber kann es sein, dass wir noch mehr Zucker brauchen? Es sind zwar 20 Pakete, doch irgendwie kommt mir das Regal so leer vor.«

Es kam keine Antwort, und als ich aufblickte, stand Maja mit knallrotem Kopf hinter dem Tresen und machte große Kuhaugen – besser ließ sich das wirklich nicht beschreiben. Leider war die Glasvitrine im Weg, in der Muffins, Cupcakes und Zimtschnecken aufbewahrt wurden, doch als ich zwei Schritte weiterging, sah ich David.

Er stützte sich lässig auf den Tresen und erzählte Maja etwas, die wie ein Schulmädchen kicherte.

Mit einem Seufzen umfasste ich das Klemmbrett fest und verschränkte die Arme vor der Brust, das Brett wirkte dabei wie ein kleiner Schutzpanzer.

»Hi«, sagte ich und Maja zuckte zusammen, stieß mit dem Ellenbogen fast einen der großen gläsernen Zuckerspender vom Tresen, fing ihn aber mit einer hektischen Bewegung im letzten Moment auf.

Ihr Kopf leuchtete jetzt dunkelrot und wirkte wie kurz vor der Detonation. »Hi Kat«, rief sie schrill. »Das ist David.«

David lachte sein leises, verdammt charmantes Lachen. »Ich glaube, sie weiß, wer ich bin.«

»Ach ja, richtig.«

Eindringlich sah ich meine Mitarbeiterin an. »Wärst du so lieb, vielleicht noch einmal den Zucker nachzuzählen?« Das Klemmbrett legte ich in ein Fach unter dem Tresen.

Sie nickte eifrig, bewegte sich aber nicht einen Millimeter von der Stelle.

»Ähm, Maja?«

»Ja?«

»Jetzt?«

»Natürlich.« Verlegen stolperte sie hinter dem Tresen hervor und verschwand in den hinteren Teil des Ladens. Ich hoffte nur, dass sie sich unterwegs nicht noch den Kopf anstieß.

Als ich mich zu David drehte, wurden meine Augen schmal. »Was hast du zu ihr gesagt?«

»Nichts Besonderes.« Er richtete sich zu seiner imposanten Größe auf und schob die Hände lässig in die Taschen seiner dunklen Jeans.

Die junge Mutter, die auf der niedrigen Couch im Cafébereich saß, vergaß vor lauter Aufregung, ihr Baby zu füttern.

Die Flasche schwebte wenige Zentimeter vor dem Mund des Säuglings, der verzweifelt versuchte, die offenbar dringend benötigte Nahrung zu erreichen. Ihr Blick war fest auf David gerichtet und sie rutschte nervös auf der Sitzfläche umher.

»Lügner«, zischte ich.

Er lächelte nur, beugte sich vor und gab mir einen Kuss. Ohne Vorwarnung! In der Öffentlichkeit! In meinem eigenen Laden!

Und nicht nur irgendeinen Kuss – oh nein! So einen widerwärtigen Hollywood-Kuss voller Gefühl, bei dem er mein Gesicht mit beiden Händen umfasste und mich zärtlich küsste.

Erbost machte ich mich los, schnappte mir das Geschirrtuch und schlug damit nach ihm. »Ich weiß genau, was du tust. Du willst mich mürbe machen! Du hast dich bei Maja eingeschleimt, um sie auf deine Seite zu ziehen.«

David grinste mich verschmitzt an. »Auf die dunkle Seite der Macht.«

Er sah über meine Schulter, und als ich seinem Blick folgte, sah ich Maja mit offenem Mund in der Tür stehen.

Ganz großartig, wirklich! Es war also ausgeschlossen, dass sie den Kuss nicht mitbekommen hatte.

»Was willst du eigentlich hier?«

David zuckte mit den Achseln. »Einen Kaffee?«

»Ist aus.«

»Ich nehme auch noch einen Kuss.«

»Ein schwarzer Kaffee, kommt sofort.« Ich flüchtete mich hinter die Theke und Maja näherte sich von hinten.

Noch immer strahlte sie David an, der sich wenigstens jetzt einen Platz suchte. Dabei lächelte er höflich die junge Mutter an, die in diesem Moment vermutlich zum zweiten Mal schwanger wurde.

Genervt drehte ich mich zur Kaffeemaschine und stand Maja gegenüber, die mich neugierig ansah.

»Das ist dein neuer Freund?«, wisperte sie und trotzdem glaubte ich, dass man es im ganzen Laden und wahrscheinlich auch auf der Straße hören konnte.

»Hat er das gesagt? Ich bringe ihn um!« Fast hätte ich die Tasse zu voll gemacht, Maja nahm im letzten Moment die Kanne aus meiner Hand.

»Nein, das hat er nicht. Er hat nur gefragt, wo du bist und ob ich Maja sei, weil du schon so viel von mir erzählt hättest.«

Dieser geschickte Mistkerl! Dieser – dieser Schuft! Jetzt stand ich im Zugzwang, zu erklären, wer er war, aber dass wir uns etwas besser kannten, war klar, sonst hätte ich ihm wohl kaum von Maja erzählt. Ich suchte nach den passenden Worten.

»Jetzt komm mir nicht mit irgendeiner Ausrede, das war eindeutig kein harmloser Bussi unter Freunden. Außerdem hast du ganz rosige Wangen und du lächelst.«

»Als ob ich sonst nie lächeln würde!« Trotzig verschränkte ich meine Arme.

»Vor der Hochzeit hast du nicht unbedingt viel gelächelt.« Maja hielt meinem Blick tapfer stand.

Seufzend gab ich meine trotzige Haltung auf. »Ach Mensch.«

Sie stieß mich mit dem Ellenbogen an. »Ich freu mich doch nur für dich.«

»Ist es nicht merkwürdig, dass ich so schnell nach der geplatzten Hochzeit einen anderen Mann habe?«

Es war einfach nur großartig, wie talentiert ich um die Bezeichnung »fester Freund« herumtänzeln konnte, als würde ich mich sonst verbrennen.

Maja schielte vorsichtig zu David. »Nö, ich hätte ihn nach zehn Minuten angesprungen. Hast du schon mit Torben gesprochen?«

»Ja, er klang nicht zufrieden.«

»Hm.« Maja schnappte sich das Geschirrtuch und faltete es ordentlicher als nötig. »Es geht mich ja nichts an, aber als ich letzte Woche den Laden wieder aufgemacht habe, war er einige Mal hier und wollte von mir wissen, wo du bist. Aber irgendwie habe ich ihm die Rolle des trauernden Bräutigams nicht abgenommen. Und das sage ich nicht, weil ich ihn viel besser in der Rolle des Bräutigams finden würde.« Verstohlen deutete sie auf David, der es sich inzwischen gemütlich gemacht hatte.

»Außerdem habe ich ihn am Samstag mit einer Blondine vor dem Kino gesehen.«

»Ziemlich klein, die Blondine, so knappe 1,50 Meter?«

Maja nickte eifrig. »Genau.«

»Danke für die Info. Bringst du Prince Charming den Kaffee? Ich muss ein bisschen nachdenken.«

»Klar.« Maja schnappte sich die Tasse und stolzierte mit einem Hüftschwung hinter der Theke hervor, den ich noch nie bei ihr gesehen hatte. Während die beiden redeten, verzog ich mich unauffällig in die Backstube, um meine Gefühle zu sortieren.

***

Natürlich konnte ich keinen klaren Gedanken fassen, und bevor ich wusste, was ich tat, lenkte mein Gehirn mich erfolgreich ab. Statt mir darüber klar zu werden, was ich wollte und ob Platz für David in diesem Konzept war, probierte ich mich daran, ein Frosting aus weißer Schokolade und Karamell zu kreieren.

Meine Hände bewegten sich fast von alleine und ich musste an überhaupt nichts mehr denken. Einfach mal nicht zu grübeln, hatte auch seine schönen Seiten.

Ich tunkte den Finger in den dritten Versuch und leckte ihn ab. Das war schon mal sehr nah dran und verdammt lecker.

»Was machst du?«

Erschrocken zuckte ich zusammen und wirbelte herum. »Musst du mich so erschrecken?«

David stand in der Tür und grinste frech. »Maja ist schon nach Hause gegangen. Soll ich mal den Laden abschließen?«

Er kam näher und schielte über meine Schulter. »Was ist das? Das riecht himmlisch.«

Mein Blick glitt zur Uhr – schon 18.30 Uhr, eigentlich hätte ich vor einer halben Stunde bereits dichtmachen sollen.

Wie ich zuvor probierte David einen Finger von meinem neuen Frosting und starrte mich dann an. »Das ist grandios!«

»Ja, nicht wahr?«

»Das schmeckt wirklich fast genauso wie das Dessert in Rostock.«

Stolz nickte ich. »Ich glaube, dazu passend werde ich noch Cupcakes backen und mit ins Angebot der *Kaffeetante* aufnehmen.« Meine Finger wischte ich am Küchentuch ab.

»Wie willst du sie denn nennen?« David naschte schon wieder aus der großen Schüssel und ich brachte sie eilig aus seiner Reichweite, indem ich sie in den Kühlschrank stellte.

»Mir erscheint *Weißer Kuss* ganz passend.«

Ich konnte ihm an der Nasenspitze ablesen, dass er ebenso an unseren Kuss in Rostock dachte wie ich, als ich den Geschmack des Frostings das erste Mal auf der Zunge hatte.

»Das ist ein ganz schön cooler Name«, sagte er und lächelte unanständig. Mir wurde heiß und ich flüchtete mich eilig in den vorderen Teil des Ladens, wo ich die Tür abschloss.

Entweder Maja oder David hatte die Stühle bereits auf die Tische gestellt und alles sauber gewischt. Offenbar hatte ich in der Küche vollkommen die Zeit vergessen.

Vor dem Tresen blieb ich stehen und fragte: »Was würdest du jetzt gern machen?«

»Ich liebe es, dass du immer die richtigen Fragen stellst.« David umfasste meine Taille und setzte mich auf den Tresen. Das Metall fühlte sich kühl unter meinen Beinen an.

»Hey!«, protestierte ich, aber er schob seine Hände schon an meinen Oberschenkeln hoch.

»Davon habe ich schon geträumt, seit du das erste Mal deinen Laden erwähnt hast«, murmelte er vor meinen Lippen und küsste mich.

Es war wie eine kleine Reise in die Vergangenheit, als ich die Mischung aus Schokolade und Karamell auf seiner Zunge schmeckte.

Meine Hände legten sich in seinen Nacken, ich schlang die Beine um seine Hüften, zog ihn näher an mich heran.

Es wäre der perfekte Moment geworden, wenn es nicht an der Tür geklopft hätte. David löste sich schwer atmend von mir und sah nach draußen.

Torben stand dort, rüttelte an der Tür und hämmerte gleichzeitig an die Scheibe.

»Ich dachte, du hättest mit ihm gesprochen.« Davids Stimme klang belegt und ein irritierter Unterton schwang darin mit.«

»Habe ich auch und ich bin mir sogar ziemlich sicher, dass ich mich deutlich ausgedrückt habe.«

»Na ja, wenigstens musst du ihm jetzt nicht mehr erklären, wer ich bin.« Widerwillig trat er zurück und half mir vom Tresen. Ich wischte meine Haare nach hinten und überlegte, wie ich es formulieren sollte, als er von sich aus sagte: »Du möchtest sicher in Ruhe mit ihm reden. Ich gehe also am besten. Rufst du mich nachher an?«

Seine verständnisvolle Art sorgte dafür, dass mein Magen sich verkrampfte. Konnte er nicht einmal weniger perfekt reagieren?

»Mache ich.«

Er folgte mir zur Tür und schlüpfte hinaus, gleich nachdem Torben in den Laden gestürmt war, als würde es hier drinnen brennen. Eigentlich hatte ich mich noch bedanken wollen, aber David drehte sich nicht noch einmal um.

Obwohl wir vereinbart hatten, uns erneut zu treffen, war ich erstaunt, Torben so schnell schon wiederzusehen.

»Hi, was kann ich für dich tun?«, fragte ich so unbefangen wie möglich und schob die Hände in die Taschen meiner Shorts. Eigentlich hatten wir uns darauf geeinigt, beim nächsten Treffen möglichen ausstehenden Papierkram zu erledigen, doch Torben hatte nichts in der Art dabei.

»Ich wollte mich entschuldigen«, fing er ohne Umschweife an. »Niemals hätte ich Mutter erlauben sollen, so mit dir umzuspringen. Ich vermisse dich wirklich sehr.«

Maja hatte recht – er wirkte nicht im Mindesten glaubwürdig.

»Tut mir leid. Aber zwischen uns ist nichts mehr, Torben. Und es wird auch nie wieder etwas werden.«

»Das sagst du doch nur wegen ihm.« Torben machte eine hektische Kopfbewegung in die Richtung, wo David verschwunden war.

»Nein, das sage ich, weil mir in der Zeit, in der wir getrennt waren, klar geworden ist, dass wir nicht zusammenpassen.«

»Ich ändere mich«, stieß er eilig hervor.

»Das ist doch Unsinn.«

Langsam wurde ich ungeduldig. »Torben, was willst du hier? Hast du die Rechnungen mitgebracht, um die ich dich gebeten habe, damit ich die Hälfte der Hochzeit bezahlen kann?«

»Hast du mit ihm geschlafen?«

Verärgert rieb ich mir über die Nasenwurzel und riss mich zusammen, um nicht zu schreien.

Doch bevor ich ihn für seine anmaßende Frage anmeckern konnte, ergriff er plötzlich meine Hände und tätschelte sie. »Weißt du was, ich will es gar nicht wissen. Tob dich aus, nimm dir so viel Zeit, wie du brauchst, und dann holen wir die Hochzeit nach. Dieses Mal hält meine Mutter sich auch garantiert raus, das verspreche ich dir.«

»Sag mal, spinnst du? Es wird keinen Nachholtermin geben. Ich werde dich unter keinen Umständen heiraten. Und nur damit du es weißt: Ich habe mit David geschlafen und es ist großartig! Ich darf sogar den ganzen Tag barfuß herumlaufen – und jetzt raus hier!«

Eigentlich hatte ich gar nicht brüllen wollen, aber irgendwie hatte Torben neuerdings etwas an sich, das meine Sicherungen durchbrennen ließ.

»Aber ich liebe dich doch!«

»RAUS!«

Torben starrte mich noch einen Moment lang an, dann knickte er sichtlich ein und trottete aus dem Laden. In der Tür warf er noch einen Blick über die Schulter, der ihn wie einen geprügelten Hund aussehen ließ.

Hektisch schloss ich ab, bevor er es sich möglicherweise anders überlegte und noch einmal zurückkam, um mich weiter zu nerven.

So, wie er sich benahm, fühlte es sich fast so an, als hätte er mich vor dem Altar stehen gelassen und nicht umgekehrt. Erst jetzt bemerkte ich, dass ich auf meiner Unterlippe herumkaute. Mit einer energischen Kopfbewegung schüttelte ich die Gedanken von mir und beschloss, dass ich nach Hause musste. Ich brauchte Zeit zum Nachdenken.

24

Das Bier war warm und schal geworden, aber ich verspürte keine Lust, aufzustehen und mir ein neues zu holen.

Ich hatte die Couch zum Fenster gedreht und starrte hinaus. Das Fenster war offen, doch die Nacht war heiß und es war kein Lufthauch zu spüren.

Vielleicht hatte ich schon zu viel getrunken, aber es war so still, dass es sich anfühlte, als hätte jemand die Pause-Taste gedrückt und alles angehalten.

Zum hundertsten Mal kontrollierte ich mein Handy. 00:24 Uhr und noch immer keine Nachricht von Kat. Ein kaltes Gefühl breitete sich in meinem Inneren aus – Angst.

Zwar konnte ich nur raten, warum sie sich noch nicht gemeldet hatte, aber ich hoffte, dass es nichts mit ihrem Ex zu tun hatte. Es hatte mir überhaupt nicht gefallen, sie mit ihm alleine zu lassen. Aber Kat war ein großes und starkes Mädchen und wäre nur wütend geworden, wenn ich mich aufgedrängt hätte. Sie konnte ihre Probleme alleine lösen – das hatte sie wahrscheinlich auch schon immer getan.

Ich wollte sie lediglich in eine Richtung führen, in der sie erkannte, dass sie ihre Probleme nicht alleine lösen musste, ich würde ihr jederzeit helfen.

Allerdings war Torben die Art von Problem, die ich am liebsten im nächsten Wald verscharren würde. Vermutlich hatte der Idiot jetzt endlich erkannt, was er verloren hatte, und kroch zu ihren Füßen, damit sie zu ihm zurückkam.

Würde Kat ihn erhören? Ich hoffte nicht.

Möglicherweise hatte ich Glück und es war mir bereits schon gelungen, mich in ihr Herz zu stehlen – oder wenigstens ein kleines Stück davon in Beschlag zu nehmen, sodass sie mich ihm vorzog.

Aber warum meldete sie sich dann nicht? Auf einen Tastendruck hin flammte das Display auf. 00:26 Uhr.

Wenn ich so weitermachte, würde es eine ganz schön lange Nacht werden. Ich hatte versucht zu schlafen, doch ohne Kat war mein Bett so leer.

Es jagte mir Angst ein, wie schnell man sich an diese ganzen kleinen Dinge gewöhnte. Das Geräusch, das ihre Füße machten, wenn sie morgens unwillig ins Bad schlurfte. Der Duft, wenn der Hauch ihres Shampoos noch in meiner Dusche hing. Das Bettlaken, das jetzt neuerdings auf beiden Bettseiten gleichmäßig zerknittert war.

Angewidert von meinen eigenen Gefühlen nippte ich an dem warmen Bier und ließ die Flasche fast fallen, als ein lautes Klopfen die surreale Stille zerriss.

Obwohl es eigentlich nur sie sein konnte, starrte ich Kat verblüfft an, als ich die Tür öffnete. Ihr Blick war herausfordernd, aber ich war zu klug, auf ihre wortlose Provokation einzugehen.

Sie war freiwillig hier, immerhin hatte ich sie nicht explizit gebeten zu kommen, und trotzdem schien sie mit ihrer eigenen Wahl nicht ganz zufrieden zu sein.

»Ich hoffe, du bist nicht gekommen, um mich zu verprügeln?«, fragte ich und deutete auf die Bratpfanne in ihrer Hand.

»Nein, ich bin gekommen, um dir Pancakes zu machen.« Mein Herz schlug schneller, als sie leise und mit einem eindeutigen Unterton hinzufügte: »Aber erst morgen früh.«

Kat ging mit zügigen Schritten an mir vorbei und direkt ins Schlafzimmer, nur die Pfanne stellte sie unterwegs ab.

In der Tür zum Schlafzimmer blieb sie stehen. »Kommst du?«

Erst jetzt bemerkte ich, dass ich wie angewurzelt stehen geblieben war, weil ich noch nicht so ganz glauben konnte, dass sie tatsächlich zu mir gekommen war.

Als ich ins Schlafzimmer kam, war sie bereits nackt, rekelte sich auf dem Bett und klopfte einladend neben sich.

Offenbar reagierte ich nicht schnell genug, denn sie packte mein Shirt und zog mich zu sich herunter. Ihre Augen funkelten, als ich halb auf ihr landete, ein Knie zwischen ihren Beinen, die Arme neben ihrem Kopf abgestützt. »Na endlich.«

Dann küsste sie mich. Mein Puls schnellte in die Höhe und meine Körpertemperatur stieg auf eine ungesunde Höhe an. Kat schien genau zu wissen, was sie wollte, denn sie streifte mir zielstrebig das Shirt ab, fast im gleichen Moment machten ihre Hände sich an meiner Hose zu schaffen.

»Ich habe dich vermisst«, verkündete sie, als wäre es etwas Schlimmes und mein Herz klopfte noch schneller.

Die Hose hing nur noch in meinen Kniekehlen, als Kat eine Hand auf meinen Oberkörper legte und mich von sich wegdrückte. Sie dirigierte mich auf den Rücken, und als ich ihre weichen Lippen auf meiner Brust spürte, schloss ich die Augen.

Immer weiter glitt sie nach unten, ihre Haare kitzelten meine Haut und ihr warmer Atem machte mich ganz nervös.

Ich hielt bereits die Luft an, als ihre Finger sich eng um meinen Schwanz legten. Die Berührung ihrer Zunge ließ mich aufstöhnen und als sie mein bestes Stück zwischen ihre Lippen nahm, konnte ich schon keinen klaren Gedanken mehr fassen.

Es fühlte sich unglaublich gut an, was sie tat, und ihre langen Haare strichen bei ihren rhythmischen Bewegungen über meine Oberschenkel.

Als sie plötzlich aufhörte, war mein Verlangen schon schmerzhaft stark. Mit einer fließenden Bewegung hockte Kat sich über meinen Schoß, spreizte die Beine etwas weiter und senkte ihren Körper quälend langsam hinab.

Sie griff nach meinen Händen und legte sie auf ihre Brüste, bevor sie sich ganz sinken ließ und dort verharrte. Ich pulsierte tief in ihr, ihre Nippel schmiegten sich in meine Handflächen.

Kat biss auf ihre Unterlippe und sah mich unter ihren gesenkten Lidern hindurch an. Ihre Brust hob und senkte sich schnell, als sie endlich begann, sich zu bewegen. Einen erotischeren Anblick hatte ich wohl selten gesehen.

Mit den Daumen umkreiste ich ihre harten Brustwarzen, bevor ich den Oberkörper aufrichtete und an ihnen saugte. Kat stützte sich auf meinen Schultern ab und bewegte sich immer schneller, hoch, runter, hoch, runter.

Plötzlich versteifte sie sich, legte den Kopf in den Nacken und hielt für einen ganz kurzen Moment still, bevor sie sich heftiger als vorher bewegte.

Ich schlang meine Arme um sie, als sie zitternd auf mir kam. Die Kontraktionen ihrer Muskeln gaben mir den Rest und die Stirn gegen ihre Kehle gelehnt ergoss ich mich in ihr.

Kat strich mir die feuchten Haare aus der Stirn und lächelte mich an, bevor sie mich küsste. »Ich habe dich wirklich vermisst, obwohl du gar nicht lange weg warst«, erklärte sie mir noch einmal und verhinderte, dass ich darauf antwortete, indem sie mich erneut küsste.

***

Als ich aufwachte und Kat nicht neben mir im Bett lag, erschrak ich im ersten Moment, weil ich dachte, ich hätte mir nur eingebildet, dass sie zu mir gekommen war.

Doch ich entdeckte ihre Shorts auf dem Boden und ließ mich wieder erleichtert auf die Matratze sinken.

Eine Weile lauschte ich in die Dunkelheit, aber ich konnte nichts hören.

Weil es mir keine Ruhe ließ, stand ich schließlich auf und suchte nach ihr.

Ich fand sie im Wohnzimmer, wo sie auf der Couch saß – genau an derselben Stelle, an der ich vor ein paar Stunden auf sie gewartet hatte. Der Anblick schnürte mir die Kehle zu.

Sie trug mein Shirt und hatte die Beine darunter bis an die Brust gezogen, sodass sich der Stoff ausbeulte. Aus ihren riesigen Augen sah sie mich an, in der Hand hielt sie ihr Handy.

»Wie schreibt man eine anständige SMS an seinen Ex, aus der einwandfrei hervorgeht, dass man nie wieder etwas von ihm hören möchte?«

»Ich glaube, das sagt man ihm beim nächsten Treffen am besten direkt ins Gesicht.«

Kat sah wieder auf ihr Handy und schien einige Zweifel zu haben. »Meinst du?«

»Klar. Ich bin kein großer Freund davon, solche Dinge elektronisch zu regeln.«

»Aber das ist viel einfacher und tut nicht so weh«, murrte sie.

Mit einem Lächeln setzte ich mich neben sie und zog sie auf meinen Schoß, sie kuschelte sich bereitwillig an meine Brust. »Wenn du ehrlich bist, tut es eigentlich viel mehr weh – dem anderen zumindest, denn du hast dir nicht einmal die Zeit genommen, persönlich mit ihm zu reden. Eine SMS kann jeder zwischen Tür und Angel schreiben.«

Sie schlang die Arme um meinen Oberkörper und verbarg ihr Gesicht an meinem Hals. »Du bist ein ganz schöner Klugscheißer, weißt du das?«

»Bin ich das?«

Statt einer Antwort biss sie sanft in meinen Hals.

»Was hältst du davon, wenn wir wieder ins Bett gehen?«

»Ich kann nicht schlafen, weil mir so viel durch den Kopf geht.«

Mit einer Hand streichelte ich ihren Rücken, mit der anderen nahm ich ihr das Handy weg. »Vielleicht finden wir ja eine Möglichkeit, dich müde zu machen.«

»Warum warst du Single?«, fragte sie plötzlich.

»Warum denn nicht?«

»Weil es für dich doch bestimmt nicht schwer ist, jemanden zu finden.«

»Ach, ich glaube, das hängt stark davon ab, was du suchst. Jemanden, der dir das Bett wärmt, findest du an jeder Ecke. Die Kunst besteht darin, jemanden zu finden, mit dem du dein Leben teilen möchtest.«

»In welche Kategorie falle ich?« Ihre Stimme klang schläfrig.

»Du bist die perfekte Kombination aus beidem.« Ich küsste ihren Scheitel und inhalierte den Duft ihrer Haare.

»Ich weiß überhaupt nicht, was ich will«, murmelte sie. »Versprichst du, mich nicht zu bedrängen?«

Eigentlich hätte ich sie darauf hinweisen sollen, dass sie an diesem Abend zu mir gekommen war und nicht umgekehrt – aber ich ließ es.

»Wenn ich kann – klar.«

Meine Antwort hörte sie mit Sicherheit schon nicht mehr, denn Fräulein Ich-bin-nicht-müde war auf meinem Schoß eingeschlafen.

25

»Okay, und dann musst du nur noch hier den Hebel umlegen.« Während ich David erklärte, wie der Kaffeevollautomat funktionierte, vermied ich es, über die Frage nachzudenken, *warum* ich es ihm eigentlich erklärte.

»Das bekomme ich hin«, verkündete er selbstbewusst und lächelte mich an.

Dieses Lächeln ging mir nach wie vor unter die Haut. Schon heute Morgen hatte er mich so angesehen, bevor er mich zu mir nach Hause gebracht hatte, damit ich mich für die Arbeit umziehen konnte.

Seit ein paar Wochen hatte ich die neue Angewohnheit, meine Handlungen nicht mehr durchzudenken. Nachdem Torben gestern den Laden verlassen hatte, war ich nach Hause gegangen. Weil ich es dort aber nicht ausgehalten hatte, war ich zu einem Spaziergang aufgebrochen ... mit einer Bratpfanne unter dem Arm in die Richtung, in der David wohnte!

Dabei hatte ich mir doch tatsächlich ganz fröhlich eingeredet, dass ich kein bestimmtes Ziel hatte und nicht genau wusste, wo ich eigentlich hinwollte.

Ich lebte in einer Fantasiewelt.

Die Erleichterung auf Davids Gesicht, als ich bei ihm aufgetaucht war, hatte mich wirklich verunsichert. Er hatte gewirkt, als hätte die Möglichkeit bestanden, dass ich zu Torben zurückkehrte.

Irgendwie hatte es sich ergeben, dass er von meiner Wohnung mit in die *Kaffeetante* gekommen war. Um ihn davon abzuhalten, mich doch auf dem Tresen zu vögeln, hatte ich ihm lieber erklärt, wie alles funktionierte.

Mein Handy piepte in der hinteren Hosentasche und ich zog es hervor. »Ach Mist. Maja fragt, ob es schlimm sei, wenn sie heute nicht komme, weil sie mit der Abschlussarbeit im Verzug ist.«

»Ich bin doch hier«, sagte David ganz lässig.

Skeptisch sah ich ihn an. »Meinst du, das bekommst du hin?«

»Wenn ich mit den Millionen anderer Leute jonglieren kann, ohne in Schweißausbrüche zu geraten, werde ich wohl zwei Kaffeebecher zur gleichen Zeit über den Tresen schieben können. Außerdem bist du ja auch hier.«

»Das stimmt. Aber ich zahle dir auf keinen Fall mehr als 8 Euro in der Stunde.«

»Sklaventreiberin.«

»Darauf kannst du wetten.« Damit drehte ich mich zur Tür, um den Laden aufzuschließen.

***

Nervös knabberte ich an meinem Daumennagel und beobachtete David, der freiwillig zur Rushhour an der Kasse stand, und die Situation locker im Griff hatte. Das lag aber auch an unserer Kundschaft.

Schon seit Tagen kamen auffällig viele Frauen in den Laden – obwohl anstatt ›kamen‹ wohl eher ›pferchten‹ das richtige Wort war. In diesem Moment hätten höchstens noch zwei Magersüchtige Platz vor der Theke gefunden.

Die Glocke über der Tür bimmelte schon wieder und ich machte mir nicht einmal mehr die Mühe, hinzusehen. Stattdessen beschäftigte ich mich mit meinem Problem – dem sexy, großen, grünäugigen Problem.

Er drängte sich jeden Tag ein bisschen mehr in mein Leben und ich wusste nicht, ob ich lachen oder weinen sollte.

Inzwischen übernachtete ich praktisch dauernd bei ihm! Dabei zwang mich ja niemand, nach der Arbeit in seinen wunderbaren Wagen zu steigen, um in seine wunderbare Wohnung zu fahren, seine wunderbare Dusche zu benutzen und wunderbaren Sex zu haben. Das tat ich mehr als freiwillig und er kommentierte es nicht. Aber ich wusste, dass er irgendetwas vorhatte. Männer waren nicht so uneigennützig. Oder reichte ihm vielleicht der Sex?

Dass ich noch laufen konnte, wunderte mich manchmal schon.

»Oh, wow«, sagte eine Stimme neben mir.

Erschrocken sah ich Anika an, bevor ich aufstand und sie umarmte. »Hi, ich habe dich gar nicht kommen sehen.«

»Das wundert mich nicht, immerhin habe ich für den Weg von der Tür bis hier nur eine knappe Viertelstunde gebraucht.« Sie packte meinen Unterarm und deutete mit dem Kinn zu David. »Wer ist das denn?«

Seufzend rieb ich mir mit der anderen Hand über die Augen. »Das wollte ich dir noch erzählen. Das ist David und er denkt, er wäre mein Freund.«

Anika starrte das Model an, das momentan unentgeltlich in meinem Laden arbeitete. »Ich will alles wissen.« Sie sah mich nicht einmal an. Ich war sogar bereit zu schwören, dass sie nicht mehr blinzelte.

»Hey! Dürfte ich dich an das Prachtstück von Ehemann erinnern, das du dein Eigen nennst?«

»Äh, ja. Richtig.« Anika holte tief Luft und zwang sich dann sichtlich, mich anzusehen.

»Du erinnerst dich bestimmt noch an den Teil mit der geplatzten Hochzeit.«

Sie rollte mit den Augen und bedeutete mir mit einer Handbewegung, zum Punkt zu kommen.

»David hat mich trotz Brautkleid am Straßenrand eingesammelt und mit in sein Ferienhaus genommen. Irgendwann bin ich mit ihm ins Bett gegangen und nun werde ich ihn dummerweise nicht mehr los.«

Anika grinste. »Ich wusste gar nicht, dass du *so* gut im Bett bist.«

»Sehr witzig. Hilf mir lieber!«

Anika sah wieder zu David. »Hm«, machte sie nur wenig hilfreich.

»Auf der anderen Seite könnte ich im Moment locker 7 Euro für einen Kaffee und 12 Euro für einen Cappuccino nehmen und es würde sich garantiert niemand beschweren, so lange er kassiert.«

Meine beste Freundin hörte mir gar nicht richtig zu.

Der ärgste Ansturm war abgeebbt und die Mengen von Frauen versorgt. Jetzt tranken sie, was sie bestellt hatten, und schmachteten David einfach nur an.

Nachdem dieser pflichtbewusst den Tresen abgewischt hatte, nahm er wieder sein Strickzeug in die Hand und hockte sich auf den Hocker, den er sich nur für diesen Zweck dorthin gestellt hatte.

Ja, der Mann hatte sich endlich ein Hobby gesucht – eins, das ihn noch unwiderstehlicher machte.

»Er strickt?«, wisperte Anika.

»Oh ja, ich habe schon eine Mütze bekommen.«

Sie gab ein erstricktes Geräusch von sich. »Wow.«

»Du bist nicht unbedingt hilfreich.«

»Wie stehst du denn zu ihm?«

Zweifelnd betrachtete ich meinen selbst ernannten Freund und seufzte nur schwer. »Nicht hilfreich.«

Anika konnte ihren Blick gar nicht abwenden und mit einem Seufzen fragte ich: »David? Kannst du mal hierhinkommen?«

Er sah überrascht von seinem Strickzeug auf, das er zur Seite legte. Als er aufstand, flüsterte Anika: »Du meine Güte, er ist aber wirklich groß.«

Ich bemerkte die unausgesprochene Frage in ihrem Satz und erinnerte mich prompt an das Gespräch über ihren Mann Boris, das wir vor nicht allzu langer Zeit geführt hatten.

Es war nur wenige Wochen her – aber es fühlte sich wie ein anderes Leben an.

Mit einem Zwinkern flüsterte ich schnell: »Oh ja!«

David blieb vor uns stehen und schenkte Anika sein bestes Model-Lächeln. Obwohl ich den Eindruck hatte, dass sie um ein Haar von ihrem Hocker gerutscht wäre, war ich mir sicher, dass sie das abstreiten würde.

»Du musst Anika sein, Kat hat dich sehr treffend beschrieben.«

Artig hielt er ihr die Hand hin und meine beste Freundin schüttelte sie. »Nur die schlimmen Geschichten, nehme ich an.«

»Natürlich. Wo wäre sonst der Spaß? Darf ich dir einen *Weißen Kuss* anbieten?«

»Äh? Was?« Anika sah unsicher zu mir, aber ich grinste nur.

Natürlich ließ mein Freund es sich nicht nehmen, die passende Erklärung zu liefern. »Das ist unser neuer Cupcake, den Kat kreiert hat, nachdem wir geknutscht haben.«

Ich wünschte mir nichts sehnlicher, als ein Bild von Anikas Gesichtsausdruck machen zu können. So ähnlich musste ich geguckt haben, als sie mir das erste Mal von Boris erzählt hatte.

Vielleicht war sie aber auch über das »unser« in Davids Satz gestolpert. Neuerdings war nämlich alles »wir« und »uns«, aber ich versuchte, nicht dadurch in Panik geraten.

»Das klingt gleichermaßen lecker und abartig.« Anika verzog das Gesicht, woraufhin David lachte. »Ich denke, ich nehme einen davon und einen schwarzen Kaffee.«

David spazierte davon und ich starrte ihm ungeniert auf das Hinterteil. Als ich wieder zu Anika sah, strahlte sie mich an. »Du siehst glücklich aus.«

»Gevögelt«, verbesserte ich sie. »Gevögelt.«

Sofort schlug sie mir mit der Faust gegen die Schulter und das taube Gefühl raste durch meinen Arm.

»Du brauchst das gar nicht abwerten, nur weil du Angst vor deinen Gefühlen hast. Ich kenne dich lang genug. Zwing mich nicht, hier in voller Lautstärke den Song *Happy* aus meinem Handy plärren zu lassen.«

»Okay. Krieg dich wieder ein. Ich bin zufrieden.« Nervös zupfte ich an meinem Haargummi herum, obwohl mit meinem Zopf alles in Ordnung war.«

David kam mit Cupcake und Kaffee zurück, stützte seine Hände auf dem Tresen auf und schenkte Anika ein weiteres Strahlelächeln. »Also, möchtest du lieber meine Version, wie wir uns kennengelernt haben, oder Kats?«

Ihre Augen begannen zu funkeln und sie kicherte.

Dieser Mistkerl! Er wickelte reihenweise meine Freundinnen um den Finger – und das, ohne sich groß bemühen zu müssen. Diese miesen Verräterinnen! Dieser Schuft! Ich hoffte nur, dass meine Mutter sich nicht von ihm einwickeln ließ. Aber bisher hatte sie noch an jedem meiner Freunde etwas auszusetzen gehabt.

26

Skeptisch betrachtete ich die rote Schrottlaube und bezweifelte stark, dass sie sich dazu eignete, uns und die Einkäufe für die *Kaffeetante* zu transportieren. Aber wie formulierte ich das so, dass ich weder Kats noch Tiffanys Gefühle verletzte?

»Sollen wir nicht den Audi nehmen? Tiffany hat doch bestimmt keine Sitzheizung.«

Kat wirbelte herum und bohrte den Finger in meine Brust. »Das war der schlechteste Versuch aller Zeiten. Wir haben immer noch 24 Grad, mein Freund.«

»Aber ...«

»Nichts da. Wenn du unbedingt mitkommen willst, während ich den stinklangweiligen Einkauf erledige, dann zu meinen Bedingungen.«

Ich umrundete Tiffany und fragte mich, wie wohl die Bremsbeläge aussahen. Vorne blieb ich stehen und atmete erleichtert aus. »Du weißt schon, dass der TÜV vor drei Monaten abgelaufen ist?«

Ertappt sah Kat zur Seite. »Ich hatte noch keine Zeit.«

»Lügnerin! Du bist so ordentlich und pünktlich mit allem, ich wette, du warst beim TÜV und bist wieder weggeschickt worden.«

Kats Wangen waren flammenrot. »Und wenn schon! Sie fährt noch einwandfrei! Ich kann doch nichts dafür, dass die TÜV-Leute das nicht sehen.«

»Ich steige auf keinen Fall in einen verkehrsuntüchtigen Wagen. Ich fahre.« Noch im gleichen Moment drückte ich auf die Fernbedienung und entriegelte den Audi.

»Du bist echt blöd!«

»Warum lässt du sie nicht reparieren?«, fragte ich, als Kat sich anschnallte.

»Weil das noch mehr kosten würde, als ein neueres Auto zu kaufen, aber beides im Moment zu teuer ist.«

»Gehört dir nicht das Ladenlokal?«

»Solange ich jeden Monat brav die Raten bezahle: ja. Aber ich habe so eisern meine Reserve zusammengespart, dass ich sie nicht schon wieder verpulvern möchte.«

»Okay, dann habe ich es aber zumindest richtig verstanden, dass du die Immobilie gekauft hast?«

»Vor drei Jahren wollte der Besitzer das Ladenlokal verkaufen. Ich habe es durchrechnen lassen und festgestellt, dass es nur einen Unterschied von 100 Euro im Monat war, der mich davon trennte, das Geschäft zu kaufen – also ohne Nebenkosten, Notar und dem ganzen Pipapo. Doch ich habe mir gedacht, dass es auf lange Sicht Sinn machen würde, zu investieren. Mir erschien das jedenfalls sinnvoller, als ängstlich abzuwarten, wer das Gebäude kauft, möglicherweise wird die Miete angehoben oder Eigenbedarf angemeldet und so weiter. Weil die *Kaffeetante* damals schon gut lief, hat die Bank mir einen Kredit bewilligt.«

Wir standen an einer roten Ampel und ich sah Kat von der Seite an. »Vielleicht könnte ich dir da behilflich sein.«

»Womit?« Ihre Nasenspitze kräuselte sich leicht, wie immer, wenn sie sich aufregte oder skeptisch war.

»Ich habe überlegt, dir die Hälfte der *Kaffeetante* abzukaufen.«

Kat verschränkte die Arme und schwieg. Sie sagte so lange nichts, dass ich mich schließlich räusperte. »Die Begeisterung ist dir förmlich anzusehen.«

»Hm. Ich weiß gerade nicht, was ich davon halten soll.«

Das war nicht die Reaktion, die ich mir ausgemalt hatte. Natürlich war mir klar gewesen, dass sie nicht begeistert reagieren würde – nicht sofort zumindest. Aber sie saß nun stocksteif auf dem Beifahrersitz und presste die Lippen aufeinander.

Vermutlich war es Zeit für einen Themenwechsel. »Würdest du gern meine Eltern kennenlernen?«

Sie blinzelte langsam. »Sag mal, willst du mich heute total fertigmachen?«

»Was denn? Meine Mutter ist neugierig und will dich kennenlernen.«

»Hast du ihr von mir erzählt?«

»Natürlich.«

Kat stöhnte gequält und verbarg das Gesicht in den Händen. Ich konnte sie kaum verstehen. »Warum machst du das denn?«

»Wir könnten ja vielleicht am Samstag grillen.«

»Das ist so eine Art Pest-oder-Cholera, richtig?«

»Eine Art was?«, fragte ich irritiert.

»Kennst du nicht dieses Spiel, bei dem du dir das kleinere von zwei Übeln aussuchen musst?«

»Nein.«

»Okay, Pest oder Cholera: Hättest du lieber einen zweiten Bauchnabel oder einen dritten Nippel?«

»Das ist beides scheiße.«

»Und schon hat der Kandidat den Sinn des Spiels verstanden«, murmelte Kat.

»Ich glaube, ich nehme den zweiten Bauchnabel. Und jetzt zurück zu meinen Eltern.«

»Lieber nicht.«

»Kat«, warnte ich sie. »Zwing mich nicht, meinen Dackelblick einzusetzen.«

»Du hast einen Dackelblick?«

»Einen Erstklassigen! Ich bin viel mehr als nur das charmante Lächeln.« Ich bog auf den Parkplatz des Gastronomiebedarfshandels ein.

Nachdem wir einen vernünftigen Platz gefunden hatten, legte ich meine Hände aufs Lenkrad, drehte mich zu Kat und setzte meinen bettelnden Blick auf, dazu schob ich die Unterlippe vor.

»Oh Gott! Ich sterbe. Grillen mit deinen Eltern also?«

Eifrig nickte ich und ließ die Lippen noch ein bisschen zittern.

»Von mir aus!« Sie stieg aus und warf die Tür hinter sich zu. Während sie auf den Eingang des Ladens zustrebte, hörte ich sie lautstark schnauben. »Ist ja nicht so, als hätte ich überhaupt eine Wahl.«

Das war wohl richtig.

27

Nach einer Weile beschloss ich, dass ich mich gar nicht so übel schlug, und war ganz zufrieden. Davids Eltern waren um einiges angenehmer als Torbens Eltern es jemals gewesen waren.

Anfangs hatte ich noch gedacht, dass sie sicherlich eines Tages auftauen würden, doch die Jahre waren verronnen, ohne dass es passierte – abgesehen davon, dass Torbens Vater mir bei jeder Gelegenheit auf den Hintern geschlagen hatte, wenn auf einer der unzähligen Familienfeiern der Alkoholpegel gestiegen war.

»Und dann schwenkte der Baum rüber und der hübsche Junge hier vergaß einfach, sich zu ducken. Das hat damals ein ganz schönes Hörnchen gegeben«, lachte Davids Vater Thomas. Schon eine geraume Weile schwelgte er in Erinnerungen an die gemeinsamen Familienurlaube, die auf einem Segelboot stattgefunden hatten, das an der holländischen Küste in einem Hafen lag.

Ich hingegen schwelgte in peinlichen Tagträumen darüber, wie David im Alter seines Vaters aussehen würde. Seine Eltern waren beide überaus attraktiv, aber natürlich interessierte mich die männliche Seite der Familie mehr.

Thomas hatte noch immer sehr volle Haare, ähnlich dunkel wie Davids, aber mit sexy grauen Schläfen. Manchmal fiel es mir schwer, ihm zu folgen und ihn nicht einfach anzustarren.

Die Augen hatte David hingegen von seiner Mutter. Nur weil ich nicht total unhöflich sein wollte, hatte ich mich bisher davon abgehalten, sie zu fragen, ob sie grüne Kontaktlinsen trug, so strahlend war die Farbe.

Die ganze Familie war das reinste Sinnbild der Spießigkeit, ohne es irgendwie abwertend zu meinen. Als David knapp drei Jahre alt war, hatten sie ein kleines Reihenhaus gebaut, einen VW-Kombi gekauft und ein kleines Schiff angemietet. David wurde größer, das Haus wurde abbezahlt, der Kombi durch einen neueren ersetzt und ein Schiff finanziert. Das alles ganz unaufgeregt und ohne große Vorkommnisse.

David hatte mir im Laufe unseres Aufenthalts in dem Ferienhaus erzählt, dass er seine Eltern über alles liebte und ihnen zum Hochzeitstag ein neues Segelboot geschenkt hatte. Zu dem Zeitpunkt hatte er so viel gearbeitet, dass er gar nicht zum Ausgeben des Geldes gekommen war.

»Du vergisst das blaue Auge. Er hat vielleicht ausgesehen.« Seine Mutter kicherte und sah verschwörerisch in meine Richtung.

»Es reicht.« David verbarg sein Gesicht in beiden Händen und schnaufte unglücklich.

»Elisabeth, haben wir nicht noch Bilder davon?«, fragte der Vater und David stöhnte auf.

Seine Mutter ließ sich nicht zweimal bitten und stand auf. Sie legte ihre Serviette auf den Tisch und verschwand im Haus. David sah ihr nach und im Ausdruck auf seinem Gesicht vermischten sich liebevoller Sohn und angepisster Teenager. Er sah dermaßen niedlich aus, dass ich mich am liebsten auf seinen Schoß gesetzt hätte.

Es war ein ganz normaler Samstagnachmittag, wir hatten gegrillt und genossen das gute Wetter.

Und doch ... Irgendetwas kam mir merkwürdig vor. Ganz so, als würde die gesamte Familie mir etwas verheimlichen. Als sie die Tür geöffnet hatten, hatte es einen merkwürdigen, verlegenen Moment gegeben, in dem sie mich wortlos angestarrt hatten.

Kurz bevor es unangenehm wurde, hatte David das Schweigen gebrochen und damit dafür gesorgt, dass seine Eltern sich aus ihrer Erstarrung lösten.

Mittlerweile war davon nichts mehr zu spüren, aber ich konnte nicht anders, als mich zu fragen, woran es wohl gelegen haben könnte. Hatten seine Eltern ein großes, graziles Model erwartet und nicht mit mir Durchschnittsfrau gerechnet?

Wobei das nicht einmal abwertend gemeint war, denn ich mochte mich – wenn man allerdings ein Model erwartete, wäre man bei meinem Anblick sicherlich enttäuscht.

Egal, wie sehr ich versuchte, das Gefühl abzuschütteln, es blieb einfach an mir kleben. War es noch zu früh, um David später nach der Reaktion seiner Eltern zu fragen. Ihm war sie jedenfalls auch nicht entgangen, da war ich mir sicher.

Elizabeth kam wieder und brachte gleich zwei prall gefüllte Fotoalben mit. Schon als David die Umschläge sah, stöhnte er hörbar. »Kinderfotos waren der Deal, das andere Album verschwindet gleich wieder.«

»Auf keinen Fall, ich will alles sehen.«

»Das sind die Teenager-Jahre und die ersten Modelfotos.« So klang unverkennbar eine stolze Mutter.

Der Sohn wirkte eher, als würde er sich ein großes Loch im Boden wünschen, um verschwinden zu können. Kurz: Ich amüsierte mich prächtig.

Schon die ersten Seiten zeigten die typischen Aufnahmen: Ein pausbäckiges Baby planschte in der Badewanne, ein bereits etwas weniger pausbäckiges Kleinkind im Hochstuhl mit einem mit Tomatensoße verschmierten Gesicht. Es ging weiter mit dem ersten Fahrrad, dem Umzug ins Haus, der Einschulung und Elisabeth erzählte zu jedem Foto eine ganze Geschichte.

Es war ein merkwürdiges Gefühl, denn ich wusste, dass mich Torbens Mutter mit ihrer Litanei über ihren tollen Sohn maßlos aufgeregt hätte – aber Elisabeth hing ich förmlich an den Lippen. Immer wieder dachte ich merkwürdige Dinge wie: »Ach, lustig, damals mochte er es auch schon nicht, wenn man ihn kitzelte.«

David hingegen zog das Gesicht, das jedes Kind machte, wenn Eltern die peinlichsten Details ihrer Kindheit offenbarten.

»Oh, und hier.« Elisabeth kicherte, der Vater warf einen Blick ins Album und grinste ebenfalls. »Da waren wir in Holland im Urlaub und mitten am Strand –«

»Mama!«, unterbrach David sie mit entsetzter Stimme.

Aber sie winkte nur ab. »Was denn? So schlimm ist es auch nicht. Da kam er ganz gequält aus dem Wasser zurück, weil er seine Badehose verloren hatte.«

Mein Freund verbarg das Gesicht in den Händen und seine Eltern gackerten vergnügt.

»Schatz, meinst du nicht, wir sollten uns um den Nachtisch kümmern? Vielleicht kann David sein Ansehen wieder herstellen, indem er die restlichen Bilder erläutert.«

Thomas tätschelte die Hand seiner Frau.

»Aber natürlich. Wir müssen sowieso noch die Spülmaschine anstellen. David, würdest du vorher noch eine neue Flasche Wasser holen?«

»Sicher.«

Alle drei erhoben sich und verließen die Terrasse. Ich zögerte nicht eine Sekunde und schnappte mir das Teenager-Album, bevor David Zeit hatte, sich eine Ausrede einfallen zu lassen, warum ich es mir nicht ansehen durfte.

Ich wusste schließlich schon, was für ein niedliches Kind er gewesen war – jetzt wollte ich die peinlichen Schätze sehen.

Natürlich wurde ich bitter enttäuscht. David hatte schon als Teenager umwerfend ausgesehen. Zwar waren seine Gesichtszüge auf den Fotos aus dieser Zeit noch nicht so ausgeprägt männlich, aber ich war bereit zu wetten, dass trotzdem alle Mädchen der Schule auf ihn geflogen waren.

Er war süß gewesen – so süß, dass ich kaum die Bilder ansehen konnte. Süß und groß. Auf jedem Klassen- oder Gruppenfoto stand er in der letzten Reihe und lächelte sein umwerfendes Lächeln. Offenbar hatte er sich das nicht antrainiert, sondern besaß die natürliche Gabe, dermaßen sexy zu lächeln. Wahrscheinlich hatte er seine Lehrerinnen genauso um den Finger gewickelt.

Neugierig blätterte ich weiter. Die nächsten Seiten klebten zusammen, und als ich versuchte, sie vorsichtig voneinander zu lösen, hob ich aus Versehen das Album vom Tisch. Als es mit einem Poltern wieder herunterfiel, rutschte ein Foto zwischen den Seiten hervor.

Vorsichtig zog ich es ganz heraus und las auf der Rückseite *David & Jennifer, Karlheinz 85. Geburtstag*.

Ganz gespannt drehte ich die Bildseite nach oben. Das Lächeln gefror mir praktisch im Gesicht. Natürlich wusste ich, dass David mehrere Ex-Freundinnen gehabt hatte, aber *das* hatte ich nicht erwartet.

28

Als ich wieder auf die Terrasse kam, bemerkte ich sofort, dass etwas nicht stimmte. Kats ganzer Körper war angespannt und sie würdigte mich keines Blickes. Automatisch ging ich durch, was ich zuletzt gesagt hatte.

Da ich nichts Verwerfliches feststellen konnte, setzte ich mich wieder und fragte: »Was ist los?« Wozu hätte ich mir die Mühe machen sollen, zu fragen, ob alles okay war, wenn es so deutlich zu sehen war, dass dem nicht so war?

Ohne ein Wort zu sagen, reichte Kat mir ein Foto. Meine Eltern waren in der Küche und debattierten über die verfügbaren Eissorten, während sie die Teller unter fließendes Wasser hielten, bevor sie diese in die Spülmaschine räumten. Ich hatte ihnen schon hundertmal gesagt, dass dies ein überflüssiger Arbeitsschritt war, aber sie hörten einfach nicht auf mich.

In diesem Moment war ich jedoch froh, dass es noch eine Weile dauern würde, bis sie wieder nach draußen kamen. Obwohl ich schon eine Ahnung hatte, sah ich mir das Bild an. Es zeigte mich und Jennifer ziemlich am Anfang unserer Beziehung auf einer großen Familienfeier. Keine Ahnung, warum meine Mutter es aufgehoben hatte.

Kat blickte mich an, ein verletzter Ausdruck lag in ihren Augen. »Wann hattest du vor, mir zu sagen, dass ich einen Klon habe?«, zischte sie, behielt dabei die Terrassentür im Auge.

»Ihr seht euch ähnlich, aber Klon ist ja wohl übertrieben.«

Sie schlug nach mir. »Willst du mich verarschen? Wir würden ohne Probleme als Schwestern durchgehen!«

»Und?«, fragte ich angriffslustig. Ich würde mich ganz sicher nicht dafür rechtfertigen, dass ich Frauen mit dunklen Haaren und braunen Augen mochte.

Hätten Blicke töten können, wäre ich sicherlich bereits tot vom Stuhl gerutscht. Für einen Moment war ich froh, dass meine Mutter die Steakmesser schon in die Küche gebracht hatte.

»Es spielt doch keine Rolle. Ja, ich hätte es dir erzählen können, aber was würde das ändern? Außerdem war nie der richtige Zeitpunkt da.« Ich steckte das Bild zwischen die Seiten des Fotoalbums und klappte es nachdrücklich zu.

»Ach so! Es spielt keine Rolle?«

Achtung, Fangfrage!, schrie mein Gehirn. »Nein.«

»Dann verrate mir doch eins: Hättest du angehalten, wenn ich nicht wie deine Ex-Freundin aussehen würde?«

Die diplomatische Antwort wäre vermutlich irgendeine Lüge gewesen, aber ich war von Anfang an ehrlich zu Kat gewesen und sah nicht den Sinn darin, jetzt ihre Intelligenz zu beleidigen, indem ich log. »Vermutlich nicht.«

Meine Mutter kam mit einem Tablett durch die Tür, die mein Vater ihr aufhielt. »Jemand Lust auf Walnusseis?«

Für einen Moment starrte Kat mich eindringlich an, doch es war mir unmöglich zu sagen, was sie dachte.

Dann wandte sie den Kopf ab und sagte in vollkommen normalem Ton zu meiner Mutter: »Da sage ich nicht Nein.«

***

Der Rest des Besuchs war die Hölle. Kat war die Meisterin darin, sich blendend mit meinen Eltern zu unterhalten und mich völlig davon auszuschließen, ohne dass jemand etwas merkte.

Meine Mutter tadelte mich sogar irgendwann, weil ich mich nicht am Gespräch beteiligen würde. Am liebsten hätte ich mit den Zähnen geknirscht.

Diese Frau sollte man wirklich nicht verärgern. Obwohl sie direkt neben mir saß, behandelte sie mich wie Luft.

Irgendwann verkündete sie: »So, jetzt haben wir euch aber wirklich lang genug belästigt und sollten mal so langsam fahren, nicht wahr?« Sie tätschelte mein Knie.

»Machen wir das.«

Meine Eltern protestierten, weil sie vollkommen von Kat bezaubert waren, aber sie blieb hart und folgte mir kurz darauf zum Wagen.

»Bring mich nach Hause.« Mehr sagte sie nicht, nachdem sie eingestiegen war.

Großartig, sie war also ernsthaft sauer und wollte nicht einmal mit zu mir, wie es geplant gewesen war. Dabei hatte ich gedacht, wir könnten vielleicht noch über mein Vorhaben mit der *Kaffeetante* sprechen.

Sie schwieg hartnäckig und ich wusste nicht einmal genau, weshalb genau sie so sauer war.

»Kann ich es dir wenigstens erklären?«

Kat schnalzte mit der Zunge. »Da gibt es nichts zu erklären. Du hättest es mir lediglich sagen können.«

»Wann denn?«, fragte ich fassungslos. »Direkt nach dem Sex vielleicht?«

»Als du zum ersten Mal von ihr erzählt hast, zum Beispiel. Wenn du da so etwas gesagt hättest wie ›ihr seid der gleiche Typ‹ oder ›sie hat ein bisschen Ähnlichkeit mit dir‹, würde ich mich jetzt nicht wie der letzte Idiot fühlen.«

»Aber das wäre gelogen gewesen.«

»Ja, um meine Gefühle zu schonen.«

»Ach so, dann ist lügen okay?«

Wieder schnalzte sie abschätzend mit der Zunge. »Ist jetzt ohnehin egal.«

»Was soll das heißen?«, fragte ich kritisch.

Kat drehte demonstrativ den Kopf weg und schwieg.

Am liebsten hätte ich mit der Hand aufs Lenkrad geschlagen, aber das hätte auch nichts gebracht. »Dürfte ich mal wissen, warum genau du jetzt sauer bist?«

»Ich bin nicht sauer.«

Genervt stöhnte ich, woraufhin sie sich nur noch mehr versteifte. Wenn Frauen schon sagten, dass sie nicht sauer waren, war es zu spät – so ein Bockmist!

Ich parkte vor ihrem Haus und Kat riss praktisch schon die Tür auf, bevor die Räder stillstanden.

Im Flur holte ich sie ein. »Was soll der Quatsch?«

»Du kannst wieder fahren. Ich möchte allein sein.« Sie rannte die Treppe nach oben und schloss ihre Tür auf.

»Du kannst mich doch nicht einfach so wegschicken, als wäre ich ein ungezogener Schuljunge«, beschwerte ich mich und folgte ihr.

Sie wollte mir die Tür vor der Nase zuwerfen, aber ich war schneller und lehnte meine Hand dagegen. Wutentbrannt schwang sie die Tür wieder auf und mit mehr Kraft wieder zu. Unbeeindruckt legte ich eine Hand auf ihre Schulter und schob sie in die Wohnung. »Darf ich da wenigstens irgendetwas zu sagen?« Mit dem Fuß stieß ich die Tür hinter mir zu.

Im nächsten Moment spürte ich einen scharfen Schmerz im Unterarm und riss ihn erschrocken zurück. Kat wies mit dem Zeigefinger auf mich. »Mach das nie wieder! Du kannst nicht einfach deine körperliche Überlegenheit ausnutzen, wenn ich nicht will, dass du bleibst!«

Entsetzt sah ich von ihr zu meinem Arm. »Es ... Es tut mir leid«, stotterte ich. »Du hast mich gebissen.«

»Was hätte ich denn sonst machen sollen? Ich finde nicht, dass ich mich unklar ausgedrückt habe, als ich sagte, dass ich allein sein möchte.«

Ich konnte nicht leugnen, dass sie recht hatte, und machte ein zerknirschtes Gesicht.

Sie rollte mit den Augen und inspizierte meinen Arm. »Du wirst es überleben.«

»Darf ich bleiben?«, fragte ich so mitleiderregend wie möglich.

Frustriert warf sie die Hände in die Luft. »Nur, weil ich ein schlechtes Gewissen habe. Aber bloß ein bisschen.«

»Du hast mich gebissen.« Noch immer konnte ich es nicht glauben und beäugte die Spuren ihrer Zähne. Ein wenig fester und ich hätte vermutlich geblutet.

»Hauptsache, du erinnerst dich daran, wenn du mich das nächste Mal einfach in irgendeinen Raum schieben willst.«

»Es tut mir leid.« Ich ließ mich auf ihre Couch fallen und lehnte den Kopf an. »Was willst du hören?«

»Keine Ahnung. Was hast du zu erzählen?«

»Nichts. Ich habe dir schon alles erzählt. Jennifer hat mit ihrer krankhaften Eifersucht alles kaputt gemacht und das war auch schon vor drei Jahren. Keine Ahnung, was in mir ausgesetzt hat, als ich dich in dem Brautkleid gesehen habe. Natürlich seht ihr euch ähnlich, aber ich hätte auch so mit dir Mitleid gehabt, immerhin hat es geregnet. Als ich dann angehalten habe und du mich mit diesen großen braunen Augen angesehen hast, konnte ich schon nicht mehr klar denken. Glücklicherweise war schon beim zweiten Satz klar, dass ihr euch nur äußerlich ähnlich seid.«

»Was ist es denn, was du so anziehend findest? Nur die Augen?«

Irritiert sah ich sie an. »Nein, es ist schon das Gesamtpaket. Aber zeig mir einen Mann, der nicht auf große, verletzliche Augen anspringt. Manchmal möchten wir auch Helden sein, das ist heutzutage sowieso schon schwer genug.«

»Verletzlich?« Ihr Tonfall klang lauernd.

Müde zuckte ich mit den Achseln. Mein Arm pochte wirklich ganz schön, das würde bestimmt einen blauen Fleck geben – diese kleine Wildkatze.

Kat legte die Finger unter mein Kinn und blickte mich an. Ihre Augen hatten rein gar nichts Verletzliches an sich, als sie sich mit einer geschmeidigen Bewegung auf meinen Schoß hockte.

Ihre Hand suchte und fand meinen Hosenschlitz, öffnete ihn und umfasste meinen Penis. Ich holte scharf Luft, wagte es aber nicht, mich zu bewegen. Gekonnt massierte sie meinen Schaft und ich wurde schnell hart.

Sie biss in meine Unterlippe und ließ sich im gleichen Moment auf meinen Schwanz sinken, das schmale Höschen unter dem Sommerkleid hatte sie nur zur Seite geschoben. Meine Hände packten ihren Po, ich zog sie enger an mich.

Hätte ich es nicht besser gewusst, hätte ich getippt, dass ich sie mit der Unterstellung, sie könnte eine verletzliche Seite habe, herausgefordert hatte.

Kat ließ ihr Becken kreisen, stützte sich auf meinen Schultern ab und quälte mich mit ihren Bewegungen. Dann hielt sie inne. »Sag, dass ich nicht verletzlich bin.«

Mit hochgezogener Braue sah ich sie an, Schweißperlen standen auf meiner Stirn, weil sie mich so leiden ließ.

Nachdem sie ihre Hände unter mein Shirt geschoben hatte, kratzte sie mit ihren Fingernägeln über meine Brust, wollte mich dazu bringen, dass ich sagte, was sie hören wollte.

»Sag es«, schnurrte sie und leckte über meinen Hals.

»Keine Chance.« Vollkommen mühelos hob ich sie hoch, während ich aufstand.

Erschrocken klammerte sie sich an mir fest, doch ich drehte sie einfach nur um und kniete mich auf die Couch, nun lag sie unter mir.

Ihre Augen funkelten.

»Manchmal bist sogar du verletzlich«, flüsterte ich an ihren Lippen, bevor ich sie küsste. Ihre Beine waren so weit gespreizt, dass ich ungehindert tief in sie eindringen konnte.

Beim dritten oder vierten Stoß bäumte sie sich unter mir auf und stöhnte laut.

Das Beben schien gar kein Ende zu nehmen und erst, als sie vollkommen atemlos zu mir hochsah, erlaubte ich mir, ebenfalls zu kommen.

Kat ließ mich nicht aufstehen, hielt mich mit Armen und Beinen umklammert und so blieb ich liegen, auch auf die Gefahr hin, sie zu zerquetschen.

»Du bist unmöglich«, informierte sie mich.

»Ich liebe dich.«

Ihre wunderschönen Augen wurden groß, ihr Mund klappte auf. Sie bewegte sich unruhig unter mir und ich richtete mich auf. Kat hockte sich neben mich und schlang die Arme um ihre Knie, bevor sie das Kinn auf ihnen ablegte. »Ich dich auch.« Lächelnd strich ich ihr über die Wange, woraufhin sie trotzig ausstieß: »Aber das gefällt mir gar nicht.«

Ich setzte mich neben sie. »Du wirst lernen, damit klarzukommen, denke ich.«

Nervös knabberte sie an ihrem Daumennagel. »Hm.«

Erschöpft ließ ich den Kopf nach hinten sinken. »Ben hatte die ganze Zeit recht, als er gesagt hat, dass ich dir von der Ähnlichkeit zu Jennifer erzählen muss.«

»Ben? Das ist dein Freund mit der Bar, oder?«

»Mein bester Freund, ja.«

»Ist sie jetzt auf?«

»Die Bar? Klar. Es ist Samstagabend.«

Sie stieß mich mit dem Ellenbogen an. »Lass uns hingehen. Ich möchte Ben kennenlernen. Vielleicht kann er mich bemitleiden, weil ich es so schwer habe.«

Empört sah ich sie an. »Was soll das denn heißen? Du hast mich immerhin gebissen.«

»Gehen wir jetzt oder gehen wir nicht?«

»Von mir aus.«

***

Wie zu erwarten war das *Open End* gut gefüllt, die meisten überbrückten hier allerdings die Zeit, bevor sie zum Tanzen in die Klubs aufbrachen.

Kat sah sich interessiert um, als ich sie zum Tresen führte.

Ben hatte beide Hände auf die Theke gestützt und flirtete mit zwei blonden Frauen – dem Akzent nach zu urteilen kamen sie wie Ben auch aus Amerika. Sie schnatterten breites Südstaaten-Englisch, gegen das Bens weicher Bostoner Akzent sich deutlich abhob.

Insgesamt waren noch drei Hocker frei und ich half Kat auf einen davon, bevor ich mich daneben setzte. Ben bemerkte uns, verneigte sich vor den Damen und kam herüber.

»Kat, nehme ich an?«

Auch an meiner Freundin ging sein Akzent nicht spurlos vorbei und sie lächelte sanft. »Ja.«

Er hielt ihr die Hand hin – sein alter Trick. Als Kat danach griff, um sie zu schütteln, drehte er sie blitzschnell und küsste sie auf ihren Handrücken. Ich hatte es schon unzählige Male beobachtet, doch heute störte es mich zum ersten Mal, genau wie Kats Kichern als Reaktion darauf.

»Pleasure to meet you.«

»Obwohl ich genau wie Jennifer aussehe?«, fragte sie schonungslos und ich zuckte zusammen.

Ben sah fragend zu mir und schüttelte nur den Kopf. »Told you so.«

Ich winkte ab. »Mach der Dame einen French 21, okay?«

»Kommt sofort.«

Kat rutschte aufgeregt auf dem Stuhl herum und ich legte eine Hand auf ihr Knie. »Dachtest du, ich hätte es vergessen?«

»Du möchtest mich also aus einer Bar abschleppen?« Sie klimperte kokett mit den Wimpern.

»Oh ja.« Ich schob meine Hand etwas höher. Eine primitive, besitzergreifende Geste, aber ich konnte mir nicht helfen.

Ben stellte das Champagnerglas mit der pinkfarbenen Flüssigkeit vor Kat ab und sie quiekte aufgeregt.

»Wie sieht's aus? In about zwei Stunden habe ich Feierabend. Brennst du mit mir durch?«, fragte er sie und ich hätte ihn am liebsten erwürgt.

Kat nippte an dem Drink. »Ich würde gern, aber David ist furchtbar anstrengend, wenn er eifersüchtig ist.«

Mein bester Freund lachte herzlich. »Ich habe ihn noch nie eifersüchtig erlebt.«

Der grimmige Blick, den ich ihm zuwarf, überzeugte ihn vom Gegenteil, und für einen Moment starrte er mich sprachlos an. Kat bekam davon nichts mit, sie war damit beschäftigt, die Bestandteile des Cocktails zu analysieren.

»Da ist auf jeden Fall etwas mit Himbeeren drin. Nein, nichts sagen.« Sie wedelte abwehrend mit der Hand. »Ich komme selbst drauf.«

Ben zuckte mit den Schultern und sah belustigt zu, wie sie versuchte, hinter die Zusammensetzung zu gelangen.

Es war abzusehen gewesen, aber die beiden verstanden sich viel zu gut und ich hörte unzählige Witze auf meine Kosten. Ben war sich nicht zu schade, etliche peinliche Erlebnisse zum Besten zu geben und Kat kringelte sich fast vor Lachen.

Ihre Wangen waren gerötet, weil sie mittlerweile ihren zweiten French 21 intus hatte, und ich fürchtete, dass sie nicht mit dem Trinken aufhören würde, bis sie das Rezept vollständig entschlüsselt hatte.

»Sag mal, Ben. Ich hoffe, ich darf das fragen, aber was führt dich nach Deutschland? Hast du hier Familie?«

»Oh, girl. Nimm das größte Klischee, das dir einfällt, und du hast deine Antwort.«

Kar leckte über ihre Unterlippe, auf der ein Zuckerkrümel vom Rand des Glases hing. »Eine Frau?«

Verblüfft starrte ich meinen besten Freund an, der mir nie auch nur ein einziges Wort darüber erzählt hatte.

»Aber du bist Single, oder? Hat es nicht geklappt?«

»Nope. Ich versuche noch immer, den Mut zu finden, ihr zu sagen, dass ich hier bin.«

Bevor Kat das Thema weiter vertiefen konnte, drängten sich neue Kunden an den Tresen und Ben ging hinter die Bar.

Kats Handy piepte. Während sie in ihrer Tasche danach suchte, murmelte sie: »Ich dachte, ihr kennt euch seit acht Jahren.«

Offensichtlich war in meinem Gesicht zu lesen gewesen, dass mich Bens Eingeständnis überrascht hatte. »Frag mich nicht. Ich schwöre, dass er mir nicht einmal davon erzählt hat.«

»Eine interessante Freundschaft. Er weiß nicht, dass du eifersüchtig bist, du weißt nichts von seinem Herzschmerz – so erfolgreich können sich auch nur Männer anschweigen.«

»Hey«, protestierte ich empört, aber Kat las die SMS.

»Maja fragt, wo ich bin, weil sie endlich mit ihrer Abschlussarbeit fertig ist. Ist es okay, wenn ich ihr die Adresse schicke?«

»Natürlich.« Nachdenklich sah ich zu meinem Kumpel hinter der Theke und fragte mich, warum er verdammt noch nie etwas von dieser einen Frau erzählt hatte.

Kat hatte die Zutaten bereits auf Wodka, Himbeerlikör und Zitronensaft eingegrenzt, als die Tür aufging und Maja mit Anika hereinkam. Ihnen folgte ein krass tätowierter Typ, dem Kat aufgeregt zuwinkte.

Anika hatte ich zwar schon kennengelernt, aber Kat wollte mir doch jetzt nicht weismachen, dass das ihr Mann war!

In Anbetracht von Anikas Kleidung und Aussehen hatte ich jemanden in Segelschuhen und Poloshirt erwartet.

Offensichtlich standen die Gedanken mir ins Gesicht geschrieben, denn Kat lächelte nur. »Ach, habe ich vergessen zu erwähnen, dass er Tätowierer ist?«

»Sehr witzig«, zischte ich.

***

Es wurde ein lustiger Abend und ich war froh, dass keiner von Kats Freunden versuchte, mir das Leben schwer zu machen. Offenbar gehörte hier niemand Team Torben an und keiner schien sich daran zu stören, dass Kat vor Kurzem noch verlobt gewesen war.

Mir war aber auch zugutezuhalten, dass ich sie nicht vom Altar entführt, sondern am Straßenrand aufgesammelt hatte, als sie ohnehin schon weggelaufen war.

Einzig Maja schien mir merkwürdig gelaunt zu sein, falls ich das nach der kurzen Zeit, die wir uns kannten, überhaupt bewerten konnte.

Sie lächelte immer wieder kokett in Bens Richtung, der durchaus nicht abgeneigt schien. So ganz hatte ich nicht mitbekommen, wo Majas Freund war, aber ich kannte ihn aus der *Kaffeetante*.

Ich nahm mir vor, Ben in einer ruhigen Minute sicherheitshalber zu sagen, dass Maja in festen Händen war. Er neigte nämlich dazu, diese Frage gern einfach unter den Tisch fallen zu lassen, und ich wollte keinen Stress in Kats Freundeskreis provozieren.

Kat hatte ihren dritten Cocktail nur halb getrunken und saß merklich wacklig auf dem Barhocker. Sie zupfte an meiner Hand. »Bringst du mich nach Hause?«

Mit einem Lächeln beugte ich mich vor und flüsterte an ihrem Ohr: »Nur wenn du versprichst, mich nicht zu beißen.«

Sie grinste süß, richtete sich auf und verkündete: »Wir gehen jetzt nach Hause.«

Anika nickte. »Ist vermutlich besser, so rot, wie deine Wangen schon sind.«

Ganz erwachsen streckte Kat ihrer Freundin die Zunge raus und alle lachten.

Boris legte einen Arm um seine Frau. »Ich schätze, dann gehen wir auch, oder?«

Insgeheim beneidete ich ihn ein bisschen, weil er mit Anika verheiratet war – nicht um Anika, sondern um den Teil mit der Heirat. Ich wollte Kat nach wie vor zu nichts drängen, aber eigentlich hätte ich gern schon über das Thema gesprochen. So ganz im Allgemeinen.

Die Blondine nickte und beide standen auf. Irgendwie ergab es sich, dass nur Maja sitzen blieb und alle sie ansahen.

»Ach, ich bin noch so aufgekratzt. Ich trinke noch einen Cocktail, dann gehe ich auch nach Hause.«

Kat nickte und nahm meine Hand. Während wir langsam auf die Tür zugingen, fragte ich sie: »Meinst du, es ist eine gute Idee, Maja hierzulassen?«

Verwundert blinzelte sie. »Wieso denn nicht?«

»Weil ich den Eindruck habe, dass sie Ben etwas zu nett findet.«

Meine Freundin hickste einmal und schüttelte dann energisch den Kopf. »Maja doch nicht.«

»Wenn du das sagst, du kennst sie immerhin besser als ich. Trotzdem schreibe ich Ben gleich sicherheitshalber eine SMS, dass sie vergeben ist.«

»Du übertreibst.«

***

Ich lag am nächsten Morgen noch im Bett, als Kat aus dem Bad kam. Mit einem Seufzen setzte sie sich auf die Bettkante.

»Es wird dir nicht gefallen, aber ich muss dir was sagen.«

Mein Herz verkrampfte sich. Sie stöhnte und wischte sich die vom Duschen feuchten Haare aus der Stirn.

»Mir wäre es sehr lieb, wenn du ein paar Tage nicht in die *Kaffeetante* kommen würdest. Ich brauche wirklich mal Abstand zu dem ganzen Theater.«

Es gefiel mir wirklich nicht, am wenigsten der Teil, in dem ich als »Theater« bezeichnet wurde. Weil ich aber absolut nichts Sinnvolles dazu zu sagen hatte, schwieg ich einfach.

Kat musterte mich. »Du brauchst gar nicht so finster zu gucken. Ich weiß einfach nicht mehr, wo mir der Kopf steht und weil du ständig um mich herumschwirrst, kann ich nicht klar denken. Allein, dass du die Hälfte der *Kaffeetante* willst, stresst mich enorm.«

»Ich habe dir angeboten, als Partner einzusteigen – ich habe nicht gesagt, dass ich sie dir wegnehmen will. Mir gefällt die Arbeit und du gefällst mir auch.«

Eigentlich wollte ich ihre Hand nehmen, aber Kat stand auf und entzog sich meiner Reichweite. »Alles, worum ich dich bitte, ist etwas Abstand und dass du mich zu nichts drängst.«

In diesem Moment war sie so nah bei mir, wirkte aber kilometerweit entfernt. Ich konnte die bittere Frage nicht unterdrücken, ob Torben sich irgendwann auch so gefühlt hatte. Entglitt sie mir?

»Es tut mir leid, dass du dich so fühlst.«

Sie zuckte nur mit den Schultern und schlüpfte in ihre Shorts und das graue Tanktop, eine karierte Bluse vervollständigte ihren lässigen Look. Mit der Hand fuhr sie über ihren Nacken und zog ihre Haare unter dem Kragen hervor.

»Ich gehe jetzt, du kannst ruhig liegen bleiben. Gib mir zwei Wochen, okay?«

Am liebsten wäre ich aufgesprungen, hätte sie geschüttelt und angeschrien. Stattdessen nickte ich nur knapp.

Zu meiner großen Erschütterung ging sie wirklich direkt. Bis zum letzten Moment hatte ich insgeheim gehofft, dass es vielleicht doch nur eine Art Test war.

Als die Tür hinter ihr zufiel, wurde mir bewusst, dass sie wirklich weg war, und ich ballte eine Faust. Nicht einmal einen Kuss hatte sie mir gegeben, stattdessen hatte ich praktisch Hausverbot bekommen.

29

So ganz hatte ich mich von meiner Ähnlichkeit zu Davids Ex-Freundin immer noch nicht erholt – oder ihrer Ähnlichkeit zu mir, wie auch immer man es sah. Bei dem ganzen Chaos hatte ich allerdings auch fast vergessen, dass er sich in der *Kaffeetante* einkaufen wollte.

Ich hatte Hühnchen davon erzählt, als wir heute Mittag telefoniert hatten.

Eigentlich hatte ich sie schon eine ganze Weile anrufen wollen, aber da ich es ständig vergaß und sie oft genug einfach nicht ans Telefon ging, war es nie so leicht, sie wirklich zu erwischen.

Für ihre Verhältnisse hatte sie beängstigend lange geschwiegen. »Wir müssen reden, das ist längst überfällig«, hatte sie irgendwann gesagt, und obwohl ich fast 30 war, rutschte mein Herz trotzdem in die Hose.

Wir hatten uns für heute Abend in meiner Wohnung verabredet, und sobald sie weg war, würde ich mir über David Gedanken machen.Die erste Woche war schon herum und ich hatte immer noch keine Meinung.

Blöderweise konnte ich wirklich nicht leugnen, dass er mir fehlte. Sogar an seine Gegenwart in der *Kaffeetante* hatte ich mich gewöhnt.

Maja hatte sich bereits verplappert und mir verraten, dass er immer vorbeikam, wenn ich nicht da war, und einen Cupcake kaufte – die Sorte war klar, seinen geliebten *Weißen Kuss*. Das brauchte sie nicht einmal dazu zu sagen.

Mich wurmte, dass ich ihm Hausverbot erteilt hatte und gleichzeitig sauer war, dass er sich daran hielt. So ein Mist.

Ich steckte den Schlüssel ins Schloss, konnte die Tür aber natürlich wieder einfach aufdrücken. Müde seufzte ich. Ein weiterer Punkt auf der ewig langen To-do-Liste: Den Vermieter anrufen. Manchmal hatte ich das Gefühl, dass erwachsen sein nicht anderes war als eine lange Reihe von Anrufen, die man nicht tätigen wollte.

Im Flur blieb ich stehen und schnupperte. Ja, eindeutig Gras. Meine Mutter war also schon da. Irgendwie machte der Geruch mich sentimental und erinnerte mich an früher. Aus einer Laune heraus beschloss ich, David später anzurufen und sein Hausverbot aufzuheben.

Als ich vor meiner Wohnungstür stand, hörte ich meine Mutter lachen. Meine Mutter lachte, während eine dunkle Stimme etwas erzählte. Eine Gänsehaut kroch über meinen Rücken, schnell schloss ich die Tür auf.

Fast hätte ich meinen Augen nicht getraut. Hühnchen saß im Schneidersitz auf der Couch und David direkt daneben. Den Joint in seiner Hand ignorierte ich, immerhin hatte ich darin genug Übung.

Meine Mutter, der bisher noch nie ein Mann genügt hatte, lachte über Davids Witze, während sie mit ihm kiffte.

Ich war verloren, jetzt war auch die letzte Stellung mit fliegenden Fahnen untergegangen. Erst Maja, dann Anika und nun auch noch meine Mutter – ausgerechnet meine Mutter!

Was hatte David nur an sich? Jede Menge gute Eigenschaften, wenn ich ehrlich war.

»Ach, Schatz, da bist du ja. David ist auch hier.« Meine Mutter strahlte mich an, während David eher schuldbewusst aussah.

»Ich wollte dir nicht auflauern, wirklich nicht. Aber ich bin zufällig vorbeigekommen und habe deine Mutter getroffen. Sie hat mich angesprochen!« Die Worte sprudelten nur so aus ihm heraus, während Hühnchen müde lächelte.

»Schon okay, ich wollte sowieso mit dir reden – dein Hausverbot gilt nur noch bis übermorgen, dann darfst du wieder in die *Kaffeetante*. Morgen habe ich sowieso frei.«

Seine Augen leuchteten auf. »Zahlst du mir dann mehr als 8 Euro in der Stunde?«

»Auf keinen Fall.«

Er stand auf. »Ich geh jetzt mal besser. Anke, danke für das Gespräch, es war mir ein Vergnügen.«

Meine Mutter lächelte und dann passierte etwas, von dem ich immer überzeugt gewesen war, dass es das Ende der Welt bedeuten würde. Die Hölle würde zufrieren, es würde Blut regnen und Lava aus den Ozeanen laufen. Hühnchen tippte auf ihre Wange und David beugte sich vor, um ihr einen Kuss dorthin zu geben.

Sie mochte ihn wirklich! Ich hatte einen Mann gefunden, den meine Mutter mochte. Dabei hatte er ja eigentlich mehr mich gefunden.

Ich brachte David zur Tür.

»Ist alles gut?«, fragte er.

»Ja, ich brauche nur noch ein klein wenig mehr Zeit für mich. Das war alles etwas viel.«

»Okay.« Er beugte sich vor und küsste mich. Sehnsucht fuhr durch meinen Körper. Um es noch schlimmer zu machen, fügte er hinzu: »Ich vermisse dich.«

Als ich endlich die Tür hinter ihm schloss, lehnte ich kurz die Stirn gegen das Holz und atmete durch.

Erst dann fühlte ich mich gewappnet, zu hören, was Hühnchen über die geplatzte Hochzeit zu berichten hatte.

»Setz dich«, befahl meine Mutter in einem Tonfall, den ich noch nie bei ihr gehört hatte. »Es ist an der Zeit, dass ich dir eine Geschichte erzähle.«

»Hühnchen, ich glaube nicht, dass ich jetzt Lust habe, mir eine Geschichte anzuhören.«

Ihre Armreifen klimperten, als sie energisch auf das Sofa deutete. »Sitz!«

Vollkommen verdattert ließ ich mich sinken und fragte mich, wie bedenklich es war, dass meine eigene Mutter mit mir redete, als wäre ich ein Hund – und es scheinbar die einzige Methode war, damit ich gehorchte.

Als wir schließlich beide dort saßen, schwieg meine Mutter. Am liebsten wäre ich wieder aufgestanden, um ein Fenster zu öffnen, aber ich wollte nicht riskieren, dass Hühnchen sich aufregte.

Nach einer Weile räusperte ich mich. »Du wolltest mir was erzählen.«

Sie stöhnte und wischte sich mit beiden Händen übers Gesicht. »Das weiß ich, du kleine Klugscheißerin, aber ich suche nach den richtigen Worten. Außerdem brauchen wir Taschentücher.«

»Taschentücher?«

Hühnchen reckte den Hals und sah sich um. »Gibt es hier ein Echo?«

Ich verdrehte die Augen und stand auf, um eine Packung Kosmetiktücher zu holen. Auf diese Weise hatte ich wenigstens die Gelegenheit, doch das Fenster zu öffnen.

Meine Mutter knackte mit ihren Fingerknöcheln, als ich mich wieder setzte. Sie wirkte irgendwie nervös – ein Zug, den ich bei meiner Mutter gar nicht kannte.

»Ich mag David«, fing sie an.

»Hm.« Mehr fiel mir beim besten Willen nicht dazu ein.

Mit einem Geräusch, das mich stark an einen Furz erinnerte, blies Hühnchen ihre Wangen auf und ließ die Luft schlagartig entweichen. »Torben mochte ich nicht. Und du weißt, dass ich eigentlich immer versucht habe, mich nicht einzumischen, aber ich wollte nicht, dass du unglücklich bist. Deswegen habe ich dir nahegelegt, die Hochzeit sausen zu lassen.«

»An den Teil kann ich mich noch erinnern.«

»Spar dir deinen Sarkasmus und hör mir zu.« Sie machte eine Pause, in der sie langsam den Kopf in den Nacken legte und blinzelte. Hätte ich es nicht besser gewusst, hätte ich getippt, dass sie mit den Tränen kämpfte – aber das konnte nicht sein.

Immerhin war sie Hühnchen und stets gut gelaunt. Ich hatte sie nie weinen sehen, niemals wütend oder unglücklich. Meine Mutter war stets unterstützend und positiv gewesen, egal, was ich ausgefressen hatte. Dafür war ich auch ziemlich dankbar, selbst wenn es unzählige Momente gegeben hatte, in denen ihre Art unfassbar nervte, weil sie oft so wirkte, als würde sie nichts wirklich ernst nehmen.

»Ich habe deinen Vater wirklich geliebt.«

Mit einem Schlag hatte sie meine gesamte Aufmerksamkeit. Meine Augen mussten so groß wie Unterteller geworden sein. »Ich dachte, du weißt nicht, wer mein Vater ist?«, quietschte ich vorwurfsvoll.

»Es fällt mir schwer genug, darüber zu reden. Willst du weiter Zwischenfragen stellen oder zuhören?« Es war eindeutig: Hühnchens Stimme zitterte, also schwieg ich.

»Mit 19 Jahren habe ich deinen Vater kennengelernt und mich sofort in ihn verknallt. Es war schwer, um es kurz zu fassen. Ich war frisch an der Uni und er mein Dozent – nicht unbedingt die glücklichste Kombination. Abgesehen davon, dass er 25 Jahre älter war als ich, war er heißer umschwärmt als eine brennende Mülltonne in einer kalten Winternacht. Doch irgendwann sind wir ins Gespräch gekommen und nach einer Weile hat er meine Gefühle erwidert. Also irgendwie zumindest.«

Ich zuckte zusammen, als Hühnchen erneut ihre Fingerknöchel knacken ließ.

»Wir haben versucht, so etwas wie eine Beziehung zu führen, ohne dass jemand etwas davon mitbekommt. Ich meine, das ist über 30 Jahre her – du hast ja keine Ahnung, wie beschissen das damals war. Im Grunde konnte ich schon froh sein, dass ich überhaupt an die Uni gekommen war. Und dann direkt den Professor bezirzen? Schöne Scheiße war das. Doch je näher wir uns gekommen sind, desto mehr wollte ich etwas Richtiges, etwas Offizielles, ich wollte mich nicht mehr verstecken müssen. Aber da war auch noch seine Familie. Viel Geld und noch mehr Arroganz gepaart mit starrem Denken, wirklich wunderbare Menschen.«

Hühnchen presste die Lippen so fest aufeinander, dass sie fast völlig in einer weißen Linie verschwanden. Es war offensichtlich, dass es ihr alles abverlangte, darüber zu sprechen. Eigentlich war ich nie ein Fan davon gewesen, ihr Verhalten zu unterstützen, weil ich aber wollte, dass sie sich entspannte, zog ich ihre Tasche heran. Sie hatte den knallorangen, mit Pailletten bestickten Beutel wieder einmal achtlos auf den Boden fallen lassen. In dem kleinen Etui, das bestimmt schon älter war als ich, fand ich mehrere fertig gerollte Joints. Ich reichte ihr einen und das Feuerzeug und erntete ein schwaches Lächeln.

»Was ist passiert?«, fragte ich vorsichtig.

Hühnchen lächelte, die Augen sichtbar feucht. Sie streckte die Hand aus und strich mir über die Wange. »Was wohl? Ich dummes Mädchen bin schwanger geworden.«

Schwer schluckte ich. »Oh.«

»Das Wort ›oh‹ reicht leider nicht aus, um zu beschreiben, wie das Ganze abgelaufen ist. Es tut mir leid, dass ich es dir die ganze Zeit verschwiegen habe, aber ich wusste beim besten Willen nicht, wie ich das Ganze verpacken sollte. Alle zwei Jahre habe ich mir vorgenommen, es dir zu erzählen. Wenn sie 12 Jahre wird, dann erzähle ich es ihr. Ach was, wenn sie 14 Jahre alt wird, ist es vermutlich besser. Nein, ich warte, bis sie 16 Jahre ist.«

Sie nahm einen tiefen Zug und inhalierte lange, bevor sie weitersprach: »Es wurde schließlich Zeit, seiner Familie reinen Wein einzuschenken. Immerhin war es kaum noch zu verbergen, dass ich im praktisch im Begriff war, ein Kind zur Welt zu bringen. Wir sind also hin und hatten die besten Absichten. Wir wollten heiraten, zusammenziehen und alles sollte ganz wunderbar werden. Aber das hat die Familie deines Vaters ganz anders gesehen. Goldgräberin war noch der netteste Begriff, der an diesem Abend gefallen ist. Es hat auch keine Rolle gespielt, dass wir schon drei Jahre zusammen waren und dein Vater sich noch mehr auf dich gefreut hat als ich.«

»Es war also eine Katastrophe?«, ermunterte ich sie zum Weitersprechen.

»Es war keine Katastrophe, es war das Ende der Welt. Dein Vater hat seinen Vater angeschrien, er wiederum hat mich angeschrien, seine Mutter hat geweint, sein älterer Bruder hat herumgebrüllt und ich stand irgendwo mittendrin und wusste nicht, was ich sagen sollte. Verdammte Scheiße, ich wusste nicht einmal, womit ich diesen Hass verdient hatte, der mir entgegenschlug. Natürlich waren meine Eltern auch nicht gerade begeistert, aber sie hatten deinen Vater wenigstens mit offenen Armen empfangen. Doch seine Eltern? Die hätten am liebsten den Schürhaken vom Kamin genommen und der Sache ein Ende bereitet.«

Hühnchen holte Luft und selbst dabei war das Zittern zu hören. »Dann ging alles Schlag auf Schlag. Dein Vater hat herumgeschrien und sich dann urplötzlich an die Brust gegriffen. Ohne ein weiteres Wort ist er zu Boden gegangen und ich habe mich so erschreckt. Ich bin hingestürzt und gesagt, dass sie einen Krankenwagen rufen sollen. Doch sie haben mich nur angestarrt, als wäre ich ein ekelhaftes Insekt. Keiner hat auf mich gehört – aber ich hatte das Gefühl, als hätten sie nur aus Trotz nicht auf mich gehört. Letztlich bin ich mit meinem schwangeren Bauch aufgesprungen, bin zum Telefon gerannt und habe einen Krankenwagen gerufen. Da waren seine Lippen schon blau. Als der Krankenwagen endlich kam, wollte seine Familie mich nicht einmal mitfahren lassen. Zu meinem Glück hatte ich durch den ganzen Stress inzwischen Wehen und die Fruchtblase ist geplatzt, da haben die Sanitäter mich sicherheitshalber doch mitgenommen.«

Sie griff nach der Box mit den Kosmetiktüchern und hielt sie mir hin. Langsam nahm ich eins der Tücher. Hühnchen selbst zupfte direkt fünf Stück heraus und tupfte sich die Augen ab. Als sie weitersprach, konnte ich sie kaum verstehen.

»Er ist noch auf der Fahrt zum Krankenhaus gestorben. Das Herz hat einfach versagt, weil der Stress so groß war. Zwar hatte er wohl einen angeborenen Herzfehler, aber das habe ich erst viel später erfahren. Ich hatte nicht einmal Zeit, zu trauern oder mich zu verabschieden, weil ich damit beschäftigt war, ein Kind zu bekommen. Ohne Mann oder sonst irgendwen. Erst war ich allein, dann waren wir zu zweit.«

»Oh Gott«, schluchzte ich und heulte inzwischen doch wie ein Schlosshund. »Das ist ja grauenvoll.« Ich umarmte Hühnchen und presste mich an sie dran, während die Tränen mir in Strömen über die Wangen liefen.

»Wem sagst du das«, stöhnte sie und atmete schwer aus. »Auf der anderen Seite bin ich froh, dass ich es dir jetzt endlich erzählt habe. Ich meine, das ist doch auch keine Geschichte, mit der man seine 12-jährige Tochter traumatisieren sollte, oder?«

»Auf keinen Fall!« Geräuschvoll putzte ich meine Nase und griff direkt nach einem ganzen Stapel Kosmetiktücher, denn die Schleusen wollten sich gar nicht mehr schließen lassen.

»Jedenfalls wollte ich dir damit nur sagen: Du solltest David auf keinen Fall nur aufgrund des Geldes heiraten.« Hühnchen nickte zufrieden und lehnte sich auf der Couch zurück. Der Geruch von Marihuana würde sicherlich noch tagelang in meinen Haaren hängen – zumindest würde ich mir das einbilden.

Noch einmal trötete ich in die Kosmetiktücher – schöner konnte man das Geräusch leider nicht beschreiben. »Was? Welches Geld?«

Hühnchen wedelte mit den Armen, schon fast wieder ganz die Alte. »Na, Davids Geld und seinem Plan, sich in dein Café einzukaufen. Du brauchst das Geld nicht, du hast selbst genug. Nur, dass du das weißt.«

»Es ist zwar nett von dir, mich so aufzubauen, aber so weit ich weiß, beläuft sich mein stolzes Vermögen gerade auf etwas mehr als 2.000 Euro, denn alles andere gehört der Bank.«

»Ach, Schatz.« Mit einem liebevollen Lächeln tätschelte Hühnchen meine Wange. »Ich bin so stolz auf dich, weißt du das? Du hast dir ein tolles Leben aufgebaut und bist so anständig geworden.«

»Danke?«, fragte ich unsicher. So langsam konnte ich dem Gespräch nicht mehr folgen.

»Du hast Geld, jede Menge davon. Ich auch. Vermutlich mehr als David. Aber ich wollte, dass du vernünftig wirst, und deswegen habe ich nichts davon gesagt.«

»Wovon?«

»Dein Vater war Kurt Hirschfelder –«

Bevor sie weiterreden konnte, fiel ich ihr ins Wort. Meine Stimme überschlug sich am Ende. »Hirschfelder? Wie in der Bank? Und dem Autohaus?«

»Den Autohäusern, ja. Und ein paar Restaurants, Immobilien – das Übliche halt.« Hühnchen machte eine wegwerfende Handbewegung, doch ihre Augen funkelten diebisch.

Keine Ahnung, woher der Impuls kam, aber ich griff mir ihren Joint und nahm einen tiefen Zug. Natürlich musste ich erst einmal kräftig husten.

»Aber wie bist du an das Geld gekommen? Und wie viel Geld ist es?«

»Dein Vater war ein kluger Mann. Er hat mir vorher einen Brief gegeben und gesagt, wenn irgendetwas schiefgeht, dann und nur dann, soll ich ihn lesen. Das ist mir natürlich erst später wieder eingefallen. Er hatte sein

Testament geändert – und zwar so hieb- und stichfest, dass seine Familie es nicht anfechten konnte. Uns gehören 15 Prozent von dem ganzen Verein. Oder hast du wirklich gedacht, dass ich uns als Akupunkteurin durchgebracht habe?«

Meine Ohrspitzen glühten ein bisschen. »Ehrlich gesagt dachte ich, dass du mit Drogen dealst.«

Meine Mutter zog vielsagend eine Augenbraue hoch. »Ich bitte dich, dazu bin ich viel zu schusselig. Nein, ich habe von dem Testament Gebrauch gemacht. Natürlich hat die Familie alles versucht, es zu verhindern, aber dein wunderbarer Vater hatte zusätzlich noch einen Brief geschrieben, in dem eine Menge schmutzige Wäsche der Familie enthalten war. Dem Argument hatten sie dann nichts mehr entgegenzusetzen. Nachdem ich den ersten Teil des Geldes bekommen hatte, wurde der Pressetrubel mir zu viel und wir haben die ersten zwei Jahre deines Lebens in Goa verbracht.«

»Goa? Gibt es deswegen keine Bilder aus der Zeit?«, fragte ich nach. Langsam kam ich mir vor wie in einer abgefahrenen Seifenoper.

»Ein paar Bilder habe ich, die kann ich dir zeigen. Aber die meiste Zeit war ich so sehr irgendwo zwischen Trauer und großer Freude gefangen, dass ich nicht daran gedacht habe, Fotos zu machen.«

Mitfühlend tätschelte ich ihre Hand. »Zurück zu dem Teil mit dem Geld, da sind ein paar Fragen offengeblieben. Heißt das, ich könnte meine Schrottlaube, die kaum mehr die Bezeichnung Auto verdient, durch etwas Schickeres ersetzen? Einen Fiat 500 vielleicht?«

»Natürlich. Aber nur, wenn du versprichst, nicht durchzudrehen und die *Kaffeetante* nicht zu schließen.«

Der Gedanke war mir gar nicht gekommen, ich hatte eher in praktischen Kategorien gedacht. Wenn ich ein komfortableres Auto hatte, könnte ich besser die Besorgungen erledigen und mich nicht mehr davor drücken, weil die Kofferraumklappe klemmte und ich mich so auf jedem Parkplatz zum Affen machte. »Niemals, ich liebe die *Kaffeetante*. Ich habe zwar ein paar Kunden, die ich am liebsten umbringen würde, aber um die kann sich David ja ab sofort kümmern.«

»David?«, fragte meine Mutter. »So so. Also ehrlich gesagt weiß ich gar nicht genau, wie viel Geld es ist, aber es sind sieben Nullen.« Stolz blickte sie mich an und das Blut rauschte in meinen Ohren.

»Heilige Scheiße. Du verarschst mich doch, oder?«

Sie lächelte. »Warum sollte ich?«

»Heilige Scheiße.« Entsetzt lehnte ich mich auf der Couch zurück und protestierte nicht einmal, als Hühnchen mir einen neuen Joint aus ihrer Tasche zog und ihn mir samt Feuerzeug reichte.

»Heilige Scheiße.«

30

Weil Kat mir signalisiert hatte, dass sie zwar mein Hausverbot aufheben würde, aber noch ein wenig Abstand brauchte, war mir schließlich nichts anderes übrig geblieben, als mich allein zu beschäftigen.

Zuerst hatte ich mich an dem nächsten Strickmuster versucht, aber die Anleitung hatte mich total überfordert. Also war ich ins Fitnessstudio gegangen, um mich mal wieder so richtig auszupowern und eine Weile an gar nichts zu denken.

Als ich auf meine Einfahrt zufuhr, bemerkte ich, dass ein großer schwarzer Mercedes so davor parkte, dass ich nicht hineinfahren konnte. Das Auto mit den getönten Scheiben kam mir nicht bekannt vor und mir fiel niemand aus der Nachbarschaft ein, der einen solchen Wagen fuhr.

Ich war ziemlich genervt davon, dass er ausgerechnet dort parkte, denn zum einen war meine Einfahrt deutlich gekennzeichnet und zum anderen gab es am Straßenrand nicht den geringsten Mangel an Parkplätzen.

Also parkte ich den Audi hinter dem Mercedes und stieg aus. Als ich meine Tasche aus dem Kofferraum holte, schwang die Beifahrertür des vorderen Wagens auf und Kats Mutter stieg aus.

Überrascht starrte ich sie an. So ganz konnte ich mich immer noch nicht mit der Vorstellung anfreunden, sie mit ihrem Spitznamen Hühnchen anzureden, obwohl selbst Kat sie so nannte.

Noch überraschter war ich, als sich auch die Fahrertür öffnete und ein schwarzer Hüne ausstieg. Mir begegneten selten Leute, die mich um ein gutes Stück überragten.

»Hallo David.« Kats Mutter hatte eine beeindruckend dunkle Stimme für ihre schmale Statur. Außerdem fand ich es immer noch erstaunlich, dass sie viel jünger aussah, als sie war. Gras konserviert, hatte Kat flapsig dazu gesagt und Hühnchen hatte gelacht.

»Hallo Anke«, antwortete ich brav und sie verzog das Gesicht.

»Das gewöhne ich dir schon noch ab«, antwortete sie. »Wollen wir nicht reingehen?«

Obwohl sie lächelte, klang es nicht wie eine Frage und die Tatsache, dass sie offenbar einen Bodyguard – oder was der Hüne darstellen sollte – dabei hatte, beruhigte mich nicht unbedingt.

Ich schob meinen Schlüssel in das Schloss. »Woher hast du meine Adresse?«

Sie lachte. »Eine Mutter ist nie zu alt, durch das Handy ihrer Tochter zu schnüffeln.«

Dazu sagte ich besser nichts. Stattdessen schob ich die Tür auf und bedeutete ihr und ihrem Begleiter, einzutreten. Dass er mich nicht aus den Augen ließ, machte mich ein wenig nervös. Was zum Teufel war hier los?

Hühnchen hatte einen ähnlichen Gesichtsausdruck wie ihre Tochter, als sie sich das erste Mal in meinem Zuhause umsah.

»Teppiche waren wohl überall ausverkauft, was?« Dann blickte sie mich direkt an. »Es wird Zeit, dass Kat hier einzieht.«

Mühsam verkniff ich mir ein Lachen. Es war einfach zu komisch, dass sie das Gleiche wie ihre Tochter zu meinem Einrichtungsstil gesagt hatte.

Ungefragt setzte sie sich aufs Sofa und ich kramte in meinen Gedanken, was ich überhaupt anzubieten hatte.

»Kaffee, Wasser oder Weißwein hätte ich jetzt spontan verfügbar.«

Sie spitzte kurz die Lippen. »Wasser.«

Fragend sah ich zu ihrem Schatten, der nur knapp nickte. Zweimal Wasser also – wenigstens pflegeleicht waren meine ungebetenen Gäste.

Als ich mit zwei Gläsern und einer Flasche Mineralwasser zurückkehrte, hatte Hühnchens Bodyguard sich einen der Esszimmerstühle geholt und saß an der Wand, während sie neben sich auf das Sofa klopfte.

Mit einem innerlichen Seufzer nahm ich Platz.

»Ach ja, das ist Eduardo.« Sie machte eine kleine Pause, als würde sie nach dem richtigen Wort suchen müssen. »Ein Bekannter.«

Er wirkte bei der Beschreibung alles andere als glücklich und ich war mir in diesem Moment sicher: Wenn er nur ein Bekannter von Hühnchen war, war ich auch nur ein Kumpel ihrer Tochter.

»Ich habe vorhin ein längst überfälliges Gespräch mit meiner Tochter geführt und dachte mir, dass ich dann auch gleich alle unangenehmen Punkte auf meiner Liste abhaken kann.«

Die feinen Haare in meinem Nacken stellten sich auf und ich ballte unbewusst die Fäuste.

»Es wird langsam Zeit, dass wir Kat unter die Haube bringen, meinst du nicht auch?« Liebenswürdig strahlte sie mich an, jetzt funkelten ihre Augen und mit einem Mal wich die Anspannung von mir. Ich hatte befürchtet, dass sie mich für einen ungeeigneten Mann für ihre Tochter hielt und mir nahelegen wollte, mich von selbiger fernzuhalten.

»Was?«

»Na, ich will, dass du meine Tochter heiratest. Ist das so schwer zu verstehen?«

Mein Mund klappte auf. Kat für sich genommen war wundervoll und ihre Mutter war sicherlich nett – aber beide zusammen würden mich ins Grab bringen, da war ich mir sicher.

»Oder hast du gar nicht die Absicht, sie zu heiraten?« Anke sah mich an und Eduardo beugte sich auf seinem Stuhl nach vorne.

»Warum genau muss ich das gerade diskutieren? Ich dachte, das wäre eine Sache zwischen mir und Katharina.«

Hühnchen wechselte einen Blick mit Eduardo, der sie daraufhin breit angrinste. »Habe ich doch gesagt.«

Seine Stimme brachte sicherlich eine Menge Frauen zum Schnurren und der distinguierte britische Akzent steuerte seinen Teil dazu bei. Aber ich war Bens amerikanischen Akzent gewöhnt und eben keine Frau, die auf so etwas abfuhr.

»Was hast du gesagt? Und was ist hier eigentlich los?«

Ich klang schärfer als beabsichtigt, aber die Situation zerrte an meinen Nerven.

Eduardo lehnte sich entspannt zurück und verschränkte die Arme. Wenn er seine Muskeln nur noch einen Hauch weiter anspannte, würde sein schwarzes Hemd einfach platzen. »Ich habe ihr erklärt, dass Männer bei diesem Thema keine Einmischung wünschen, aber ...« Er zuckte mit den Schultern und schloss den Satz lediglich mit einem Schulterzucken ab. »Frauen.«

Da hatte der komplett schwarz gekleidete Mann mit der dunklen Hautfarbe recht – und zwar vollkommen.

Hühnchen funkelte ihn erbost an. »Fall mir nicht in den Rücken«, zischte sie.

»Mal angenommen, ich würde Kat heiraten wollen – was spielt das für eine Rolle? Ich bin mir nämlich ziemlich sicher, dass sie nicht heiraten will. Ich kann sie wohl kaum betäuben und vor einen korrupten Standesbeamten zerren.«

Anke sah bekümmert aus. »Ich weiß. Was wirklich jammerschade ist, denn ich hätte genau die richtigen Tabletten dafür.«

Unsicher, weil ich nicht wusste, ob sie scherzte oder nicht, sah ich zu Eduardo, der allerdings wieder seinen unbeteiligten Gesichtsausdruck aufgesetzt hatte.

»Mir erschließt sich der Sinn dieses Gesprächs irgendwie nicht.«

Langsam, aber sicher fühlte ich mich wie ein trotziges Kind.

»Ich möchte sichergehen, dass ich Kat getrost in deine Hände übergeben kann. Mir gehört ein hübsches Haus auf Sint Maarten, das wir gern wieder auf unbestimmte Zeit beziehen würden. Das deutsche Wetter ist nichts für mich, aber solange Kat so ein Theater veranstaltet, lohnt es sich nicht, den langen Flug auf sich zu nehmen – bloß um vielleicht zwei Monate später zurückzukommen, weil sie dann doch heiraten will.«

Ich war noch mit der Tatsache beschäftigt, dass Kats Mutter sich ein Haus in der Karibik leisten konnte und nun im Zusammenhang mit Eduardo doch von einem »wir« sprach, als bei dem Rest richtig zuzuhören.

»Nur damit wir uns richtig verstehen«, sie tätschelte mein Knie, »solltest du Kat nur verarschen oder um die *Kaffeetante* bringen wollen, bezahle ich jemanden dafür, dass er dir beide Beine und noch ein paar weitere Knochen bricht – verstanden?«

Eigentlich wollte ich mich gar nicht einschüchtern lassen, aber aufgebrachte Mütter waren so ziemlich das Schrecklichste, was ich mir vorstellen konnte.

»Hm« schien mir eine angemessene Antwort zu sein.

Hühnchen rümpfte nur die Nase und nippte an dem Wasserglas, als würde sie damit rechnen, dass ich ihr eine hochgradig ätzende Säure ins Glas gekippt hatte.

»So, und nun zu deinem Plan.«

Meine Laune fuhr gerade Achterbahn. »Welcher Plan?«

Wieder tätschelte sie mein Knie, was Eduardo nicht unbedingt glücklich machte.

»Siehst du? Deswegen bin ich hier. Du hast ja nicht einmal einen Plan.«

Nur knapp widerstand ich der Versuchung, mir die Haare zu raufen. »Bisher läuft eigentlich alles ganz gut.«

»Das hat Torben bestimmt auch gedacht«, konterte Hühnchen knapp und schaffte es damit zum ersten Mal, mich zu verunsichern.

Aus schmalen Augen musterte ich sie. »Was meinst du damit?«

»Na, er denkt immer noch, dass er noch eine Chance bei ihr hat. Ich nehme nicht an, dass sie dir von dem letzten Treffen erzählt hat? Dem, bei dem er geweint hat?«

Verdammt, sie hatte mich am Wickel. »Nein. Was für ein Treffen?«

Stolz, endlich zu mir durchgedrungen zu sein, lehnte sie sich auf der Couch zurück und grinste. »Siehst du, du willst und brauchst meine Hilfe – obwohl dir das gerade noch nicht bewusst war.«

Eduardo kicherte leise und ich deutete mit dem Finger auf ihn. »Das kannst du dir schön sparen, Freundchen. Oder willst du mir erzählen, du hättest sie im Griff?« Während ich sprach, schwang mein Arm herum und am Ende des Satzes zeigte ich auf Anke.

Er schüttelte den Kopf. »Natürlich nicht. Aber im Gegensatz zu dir, *Mate*, bin ich mir der Tatsache bewusst.«

»Tz.« Ich machte eine wegwerfende Handbewegung.

»Was wäre, David, wenn alles gar nicht so läuft, wie du dir das vorstellst? Entweder Kat wird sich für die nächsten sieben oder acht Jahre weigern, dich zu heiraten, und du versauerst in der Freundeszone – oder vielleicht kommt jemand und nimmt sie dir weg. Oder vielleicht läuft es noch anders und sie stellt dich auf die Probe.«

Energisch stand ich auf. »Unsinn. Unsinn. Unsinn.« Erbost lief ich im Kreis durchs Wohnzimmer und warf dabei immer wieder wütende Blicke zu Hühnchen und Eduardo. »Ich habe alles fest im Griff und brauche keine Hilfe.«

»Du zwingst mich echt zu fiesen Mitteln.« Hühnchen öffnete den merkwürdigen Beutel, den sie immer mit sich herumschleppte, und zog ein Smartphone hervor.

Sie wählte eine Nummer und schaltete auf Lautsprecher, das Freizeichen erfüllte den Raum. Dabei legte sie einen Finger auf die Lippen, um mir und Eduardo zu bedeuten, leise zu sein. Die Stimme von Kats ehemaligem Bräutigam jagte einen Schauer über meinen Rücken und ich ahnte nichts Gutes.

»Torben, ich bin's, Hühnchen. Wie geht's dir?«

Meine Gänsehaut wurde praktisch doppelt so hoch, als ich hörte, wie überzeugend Hühnchens mitfühlender Tonfall klang, obwohl sie dabei mit den Augen rollte.

»Gut. Schön, dass du anrufst. Hat Kat schon etwas wegen des Nachholtermins gesagt?«

Ich fühlte mich, als hätte jemand von Eduardos Statur mir mit voller Wucht in den Magen geschlagen. Mein Mund klappte auf, aber Hühnchen warf mir einen warnenden Blick zu.

»Soweit ich weiß, wird es keine Hochzeit zwischen euch mehr geben. Hattet ihr bei eurem letzten Treffen nicht eine Auseinandersetzung?«

»Ach das? Das war nur ein Missverständnis. Kathi wird sich schon wieder einkriegen und zu mir zurückkommen, dann heiraten wir und alles wird gut.« Dieser Kerl klang vollkommen überzeugt davon, dass er die Wahrheit sagte.

Am liebsten hätte ich Hühnchen das Handy aus der Hand gerissen und diesen Idioten angeschrien, dass Kat nicht einmal diesen Spitznamen mochte, geschweige denn daran dachte, ihn zu heiraten.

»Es tut mir leid, dich enttäuschen zu müssen, Torben, aber daraus wird wohl nichts werden. Mach's gut.«

Sie beendete das Gespräch und sah mich aus zusammengekniffenen Augen an. »Willst du wirklich warten, bis dieser Idiot sein letztes bisschen Würde und Stolz zusammengekratzt hat und sich etwas einfallen lässt, um mein Juwel von Tochter zurückzugewinnen? Nur mal angenommen, er würde das machen. Zwar glaube ich nicht, dass Kat ihn noch einmal nehmen würde – aber was wäre, wenn sie sich dann wundert, warum du noch nichts in die Richtung angedeutet hast?«

»Vermutlich würde ich ihr sagen, dass ich nichts überstürzen wollte, immerhin kennen wir uns noch nicht lange. Außerdem hat sich mich schon mehrmals darum gebeten, sie nicht zu drängen.«

»Was hat das damit zu tun? Ein Blinder mit Krückstock sieht, dass ihr perfekt zusammenpasst, und ich will meine Tochter glücklich sehen. Wenn überhaupt bist du bisher der einzige Kandidat unter all den Typen, die sie angeschleppt hat, der das Zeug dazu hat.«

Hühnchen klang, als würde sie eine ganze Sportmannschaft zum Sieg motivieren und wedelte mit den Armen. Zum ersten Mal erschloss sich mir ihr Spitzname. Eduardo betrachtete sie mit einem weichen Gesichtsausdruck und ich kaufte ihr den »Bekannten« noch weniger ab.

Frustriert setzte ich mich auf das Sofa. »Erstens: In Ordnung, vielleicht brauche ich ein paar Tipps. Zweitens: Was zum Teufel habe ich unter alle den Typen, die sie angeschleppt hat, zu verstehen?«

Hühnchen sah zufrieden zu Eduardo. »Ich wusste doch, dass er Grips hat.«

31

Es war eine echte Wohltat gewesen, mal wieder vernünftig auszuschlafen. Meine Mutter war lange geblieben und wir hatten noch das eine oder andere Tränchen verdrückt.

Gestern war mein freier Tag gewesen und ich hatte die Zeit genutzt, in Ruhe – und vor allem – alleine meine Gedanken zu sortieren. Das nächste Highlight war die Hausarbeit gewesen. Endlich waren wieder alle meine Höschen gewaschen und der Kühlschrank gefüllt.

Allerdings hatte ich im Supermarkt einen halben Wutanfall bekommen, weil mir aufgefallen war, wie halbherzig ich einkaufte. Eine trotzige Stimme im Hinterkopf hatte mich darauf hingewiesen, dass ich sowieso die meiste Zeit im Laden oder bei David war und gar nicht so viel zu kaufen brauchte. Das störte mich. Irgendwie. Oder auch nicht. Aber da war ich mir leider nicht sicher.

Langsam drehte ich mich auf die andere Seite und streckte mich. In einer halben Stunde musste ich in der *Kaffeetante* sein, Maja hatte heute die Frühschicht und den Laden aufgeschlossen.

Unter der Decke war mir eigentlich schon zu warm, aber ich wollte noch nicht aufstehen. Es gab so viel, was mir durch den Kopf ging – angesichts von Hühnchens Enthüllungen nicht unbedingt verwunderlich und doch wirbelten die Gedanken wild durcheinander.

Ein Lächeln stahl sich auf meine Lippen, als mir der Wunsch bewusst wurde, mit David über die Sache zu reden.

Wie hatte er sich nur so schnell einen Weg in mein Herz erschleichen können?

Leider war meine Zeit zum Aufstehen ohnehin schon knapp bemessen und ich kam nicht länger darum herum, aus dem Bett zu steigen. Zwar war es immer noch mein Laden, aber zu spät kommen war nun nicht einmal die feine Art.

Nach wie vor war ich froh, dass ich mich damals für eine Uniform für die *Kaffeetante* entschieden hatte, wenn ich immer noch jeden Morgen ein Outfit hätte auswählen müssen, würde ich grundsätzlich zu spät kommen.

So schlüpfte ich einfach in das brauen Poloshirt mit der rosafarbenen Logostickerei und war praktisch fertig.

Allerdings erwischte ich mich neuerdings dabei, mir ein wenig sorgfältiger die Wimpern zu tuschen und auch mal Lipgloss aufzutupfen – immerhin bestand die hohe Wahrscheinlichkeit, dass David im Laden auftauchte.

Das hoffte ich jedenfalls, denn die letzten Tage hatte er sich tatsächlich rar gemacht und obwohl es gutgetan hatte, vermisste ich ihn doch immer mehr.

Es kostete mich eine Menge Disziplin, ihn nicht einfach anzurufen und mein Verbot ganz aufzuheben, aber ich musste stark bleiben. Außerdem wusste ich nur, dass ich ihn vermisste, was ich von seinem Angebot, in der *Kaffeetante* einzusteigen, halten sollte – ich hatte nicht die geringste Ahnung.

Angestrengt starrte ich in den Spiegel, als könnte die Kat, die ich dort sah, mir die Antwort verraten. Aber das Einzige, was sie mir mitteilte war, dass ich zu spät zur Arbeit kam, wenn ich mich nicht beeilte.

***

Das Glöckchen über der Tür bimmelte und kündigte meine Ankunft an. Zu meiner großen Überraschung war die bescheidene Anzahl der Leute, die ich meine Freunde nannte, vollständig versammelt.

Boris lehnte mit dem Kopf an Anikas Schulter und hatte die Augen geschlossen, als ich eintrat. Anika tätschelte seinen Hinterkopf und Maja stand belustigt mit verschränkten Armen daneben.

»Was ist denn hier los? Jahreshauptversammlung?«, fragte ich und hängte meine Jeansjacke hinter den Tresen.

Als ich auftauchte, wechselten sie alle einen Blick und ich hätte schwören können, dass ein roter Schimmer auf Majas Wangen auftauchte.

»Schlimmer«, murrte Boris und zog meine Aufmerksamkeit damit auf sich.

Anika konnte sich nur mit Mühe ein Grinsen verkneifen und tätschelte weiterhin den Kopf ihres Mannes. »Boris hat es heute ganz besonders schwer.«

»Heute? Das geht jetzt seit zwei Wochen so!« Er rieb sich über das Gesicht.

Durch meine Flucht hatte ich scheinbar noch immer kleine Wissenslücken. »Worum geht's denn?«

»Einer meiner Tätowierer, Felix, hat aufgehört und ist nach Berlin gegangen. Also habe ich einen Neuen eingestellt. Nur ist sie eine Frau und der sonst so harmoniesüchtige Philip kommt damit irgendwie nicht klar. Sie streiten sich ununterbrochen.«

Anika bohrte Boris einen Finger in die Seite. »Er bestreitet es zwar, aber Annie ist dermaßen hübsch, dass es die Einstellung sicher erleichtert hat.«

Böse sah er sie an. »Du weißt genau, dass das nichts damit zu tun hat. Sie passt einfach mit ihren Fähigkeiten und ihrem Portfolio genau zu uns. Ich konnte doch nicht ahnen, dass Philip sich in die Zickenkönigin verwandelt und die Krallen ausfährt.«

Ich band mir die Schürze um die Hüften und wusch mir die Hände an dem großen Waschbecken. Der nervöse Blick, den Maja und Anika wechselten, entging mir nicht. »Warum weist du die beiden nicht zurecht?«, fragte ich. »Immerhin bist du der Boss.«

Er zog eine Augenbraue hoch. »Richtig, ich bin der Boss, nicht ihr Vater. Außerdem gibt's eh nur zwei Möglichkeiten: Ich warte noch eine Woche und bis dahin haben sie sich entweder umgebracht und miteinander gevögelt.«

Während ich ein Kichern unterdrückte, sah Anika sich um, ob jemand wohl das unzüchtige Wort gehört hatte.

»Welche Variante ist dir denn lieber?«

Während er mit dem leeren Zuckerspender spielte, der auf dem Tresen stand, starrte er ins Nichts. »Wenn ich das mal sagen könnte. Wenn sie sich vertragen, muss ich keinen von beiden rausschmeißen. Wenn sie sich umbringen, dann hoffentlich nicht im Laden.« Er seufzte. »Keine Ahnung. Sie sind doch erwachsen, sie sollen das mal schön untereinander regeln.«

Ich umrundete den Tresen und nahm mir den leeren Zuckerstreuer. Da ich sonst keine weiteren leeren Spender entdecken konnte, nahm ich das Glas und sagte: »Ich geh mal schnell nach hinten und fülle das hier auf.«

»Nein!«

Zeitgleich stürzten Maja und Anika auf mich zu und boten mir an, die Aufgabe für mich zu übernehmen. Kritisch betrachtete ich beide. Die Glocke kündigte neue Kunden an, also sagte ich zu Maja: »Du übernimmst besser die Kunden.«

Anika streckte bereits die Hand aus, doch ich presste das Glas an meine Brust. »Habt ihr eigentlich den Verstand verloren? Das ist mein Laden und ich fülle den Zucker nach, wenn ich den Zucker nachfüllen will. Ihr müsst mich nicht behandeln, als wäre ich ein hoffnungsloser Fall für die Irrenanstalt, nur weil ich vor der Hochzeit davongelaufen bin. Kommt mal alle schön wieder runter.«

Grummelnd nahm ich den Spender und trat durch die Schwingtür nach hinten. Meinte ich das nur, oder hatte Anika genau in diesem Moment die Luft angehalten?

Okay, offensichtlich war ich doch ein Fall für den Psychiater, denn scheinbar bildete ich mir Dinge ein. Jetzt gerade zum Beispiel bildete ich mir ein, dass ein wunderschönes Brautkleid an meinem Vorratsregal hing.

An der transparenten Schutzhülle war mit einer Sicherheitsnadel ein Zettel befestigt. Langsam ging ich hin und pflückte das Papier ab. *Ich liebe dich.*

Wütend knüllte ich den Zettel zusammen. War das Davids Auslegung von »Keinen Druck ausüben«? Seine Variante von »Zeit geben«?

Bevor ich richtig wusste, was ich eigentlich tat, fühlte ich den festen Griff meiner großen, extrascharfen Küchenschere in der Hand. Mein Atem ging ganz flach und das Herz klopfte hektisch in meiner Brust.

Bevor ich die Schere aufklappen konnte, schlangen sich zwei feste Arme um mich und hoben mich vom Boden hoch. Meine Beine baumelten nutzlos in der Luft und ich murmelte: »Ich kann nicht glauben, dass du dich von zwei Frauen durch die Gegend schicken lässt.«

Boris brummte nur und stellte mich zwei Meter weiter wieder auf den Boden, bevor er sanft die Schere aus meinen Fingern wand. »Ich habe mich nicht schicken lassen. Ich habe einfach bei Stein, Schere, Papier verloren.«

Den Po an meine Arbeitsplatte aus Metall gelehnt, legte ich den Kopf nach hinten und starrte an die Decke. »Wir kennen uns noch nicht wirklich lange. Hältst du mich nicht für komplett psychotisch?«

Er lachte leise. »Ich glaube, das, was du meinst, ist lediglich das ganz normale Leben.«

Widerwillig grunzte ich, weil ich nicht lachen wollte, aber im gleichen Moment mit den Tränen kämpfte.

»Außerdem ist dein Glück auch, dass ich deine durchgeknallte, beste Freundin zuerst kennengelernt habe. Das ist schwer zu toppen.«

»Das stimmt wohl.« Langsam sah ich wieder nach vorne. »Das Kleid ist eigentlich ganz schön.«

»Wenn man auf weiße Spitze steht«, erwiderte er nur trocken.

»Ich steh auf weiße Spitze«, murmelte ich und zog dezent die Nase hoch.

»Das habe ich mir gleich gedacht, als ich dich mit der Schere in der Hand gesehen habe.«

Wieder lachte ich. »Oh Mann. Wenn ich David in die Finger bekomme, kann er echt was erleben.«

Boris beäugte die Schere kritisch. »Sollte ich die lieber mitnehmen?«

»Keine Ahnung. Wenn du die in deinem Laden liegen lässt, löst sich das Problem mit den streitenden Tätowierern vielleicht schneller.«

Für einen Augenblick wirkte er, als würde er meinen Vorschlag ernsthaft in Betracht ziehen, dann zuckte er mit den Schultern. »David scheint nach den Erzählungen ein netter Typ zu sein, rede doch mit ihm.«

»Als ob ich das nicht schon versucht hätte. Aber irgendwie ...« Verlegen brach ich ab und pustete mir Haare aus der Stirn.

Boris wartete geduldig und schwieg.

»Irgendwie lenkt er mich immer ab oder ignoriert, was ich sage.«

Weil er nichts sagte, drehte ich den Kopf und sah ihn an. Er versuchte zwar, es zu unterdrücken, aber der belustigte Zug um seinen Mund war nicht zu übersehen.

»Was?«, fragte ich mit schmalen Augen.

»Nichts. Eine ähnliche Taktik bin ich bei Anika auch gefahren.«

»Na toll! Was soll mir das jetzt sagen?«

Statt mir zu antworten, machte er sich auf den Weg zurück nach vorne.

»Hey! Wo willst du hin? Antworte mir gefälligst!« Dazu stampfte ich tatsächlich mit dem Fuß auf.

Der Mann meiner besten Freundin drehte sich noch einmal um, verbeugte sich leicht und deutete auf seine Armbanduhr. »Ich würde ja, wenn ich könnte, aber ich will nicht.« Er zwinkerte mir zu und war klug genug, den Raum verlassen, denn ich warf meinen großen pinkfarbenen Ofenhandschuh nach ihm.

So ein Blödmann!

***

Das Glöckchen über der Tür bimmelte leise und ich erstarrte. »Wir haben geschlossen«, sagte ich, ohne mich umzusehen.

»Ich weiß, deswegen bin ich ja hier. Ich interessiere mich sehr für die Besitzerin.« Davids Stimme war wie der perfekte Balsam, wie heiße Schokolade mit Sahne, wie flüssiger Honig – und doch war ich wütend.

Meine Finger umklammerten die Kante der Theke und ich wischte mit der anderen Hand energischer über den bereits blitzsauberen Tresen. »Vielleicht möchte ich dich aber nicht sehen.«

An seinen Schritten konnte ich hören, dass er näher kam, dann stieg mir sein Duft in die Nase. Unwillig drehte ich den Kopf weg.

»Du bist sauer«, stellte er schlicht fest und blieb neben mir stehen. Ich konnte seine Körperwärme spüren und nahm mir vor, standhaft zu bleiben. So gut sah er nun auch wieder nicht aus. Außerdem gab es sicherlich noch Millionen andere Männer, die dermaßen gut rochen, toll im Bett waren, Sinn für Humor besaßen und mich unbedingt heiraten wollten

Die ganze Welt war sicherlich mit solchen Männern bevölkert.

»Sauer trifft es nicht ganz. Eher so zwischen fuchsteufelswild und kurz vor der Kernschmelze.«

Der Mann legte seine Hand auf meinen unteren Rücken und streichelte ihn sanft. »Warum?«

»Warum?«, schnappte ich und wunderte mich selbst, dass ich dabei keinen Geifer versprühte. Um Abstand zwischen uns zu bringen, ging ich auf der anderen Seite am Tresen vorbei und schloss die Tür ab.

Was an sich total idiotisch war, denn immerhin wollte ich eigentlich, dass er ging und nicht hierblieb – oder?

»Ja«, erwiderte er fest. »Warum?«

»Keine Ahnung. Weil du versprochen hast, mich nicht zu bedrängen, und nun auf wundersame Weise ein Brautkleid in meiner Backstube hängt.«

»Gefällt dir das Kleid nicht?«

Mit aufgerissenen Augen starrte ich ihn an und bemerkte flüchtig, dass ich vermutlich gerade wie meine Mutter gestikuliert hatte. »Hier geht es nicht um das Kleid!«

David schob die Unterlippe vor. »Es gefällt dir nicht«, sagte er bekümmert.

»Natürlich gefällt es mir! Es ist traumhaft! Aber darum geht es nicht. Es geht darum, dass du mich nicht drängen wolltest.«

Inzwischen stapfte ich aufgebracht durch den Laden, und erst als ich sein zufriedenes Grinsen sah, bemerkte ich, dass ich mit Anlauf in die Falle getappt war.

»Dir gefällt das Kleid also. Ich kann deinen Geschmack abschätzen.« Langsam kam er auf mich zu und wirkte dabei ein wenig wie ein Jäger auf der Pirsch. Was irgendwie passte, denn ich fühlte mich immerhin wie ein in die Ecke gedrängtes Tier.

»Und wenn schon! Das ist nicht der Punkt.«

»Was ist denn der Punkt?« Angriffslustig kam er weiter auf mich zu.

Inzwischen umkreiste ich die Tische bei dem lächerlichen Versuch, ihm aus dem Weg zu gehen. Warum ich auf der Flucht war, konnte ich selbst nicht so genau benennen. Natürlich konnte ich mir denken, dass er mich mit seinen Küssen und Berührungen weichkochen würde, und wollte deswegen Abstand halten. Das hier war eine Diskussion, die ich auf keinen Fall aus der Hand geben durfte.

Sein Tonfall war täuschend sanft. »Du hast meine Frage nicht beantwortet, Liebling.«

Liebling? Davon sollte ich mich nicht einwickeln lassen, er torpedierte meinen Schutzpanzer und wurde immer gefährlicher.

»Der Punkt ist …«, fing ich wieder an, verlor aber gleich den Faden. Verdammt. Worum ging es noch gleich? »Der Punkt ist, dass du nichts über meinen Kopf zu bestimmen hast.«

David blieb stehen. »Habe ich doch gar nicht. Streng genommen habe ich bisher nicht einmal gefragt.«

32

Unsicher deutete Kat auf die Backstube. »Aber was sollte das dann?«

»Ich dachte, ich taste mich ein wenig heran.«

Sofort wurde ihre Körperhaltung noch abwehrender. »Woran herantasten?«

»Das weißt du doch.« Vorsichtig machte ich einen Schritt auf sie zu, als hätte ich ein Reh im Wald entdeckt und würde es nicht verschrecken wollen. Ihre braunen Augen legten diesen klischeehaften Vergleich einfach nahe.

Sie versteckte sich hinter ihrer Theke, griff nach dem Lappen und polierte die blitzblank glänzende Oberfläche. Dabei schüttelte sie ruckartig den Kopf, als müsste sie ein lästiges Insekt vertreiben. »An eine Hochzeit?«

Ich schob die Hände in die Hosentasche. »Möglicherweise.«

Ihre Mundwinkel zuckten. Vermutlich wusste sie selbst nicht, ob sie lachen oder weinen sollte. Aber dass sie bisher noch nicht einmal herumgeschrien oder mich rausgeworfen hatte, wertete ich als gutes Zeichen. Vielleicht war sie gar nicht so abgeneigt, wie sie selbst zu sein glaubte.

Sie hatte mich schon einmal aus ihrem Leben ausgesperrt – noch mal würde ich das nicht zulassen.

»Das ist absurd.« Kat schrubbte noch emsiger, sah mich nicht an. Immer tiefer zog sie sich hinter die schützende Theke zurück.

»Finde ich nicht. Was hast du Freitag vor?«

»Was soll ich Freitag vorhaben? Ich habe hier einen Laden, der geschmissen werden will.«

Mit samtiger Stimme schlug ich vor: »Du könntest ja ausnahmsweise eine Stunde Mittagspause machen und probehalber das Brautkleid anprobieren.«

Sie lachte und polierte den Tresen inzwischen so fest, dass sie das Metall sicher gleich durchgescheuert hatte. »Klar, und dann laufen wir probehalber zum Standesamt und gucken probehalber, ob der Notar uns eine Heiratsurkunde unterschreiben lässt.«

»Der Standesbeamte.« Es juckte in meinen Fingern, sie an mich zu ziehen und ihre Bedenken einfach wegzuküssen.

Überrascht sah sie hoch. »Was?«

»Der Standesbeamte, nicht der Notar.«

Erbost warf sie den Lappen hin. »Meinst du, gerade ist ein guter Zeitpunkt zum Klugscheißen?«

»Der Sinn von Klugscheißen ist es doch, zu nerven. Also ist jeder Zeitpunkt ein guter.« Ich musste nur die Hand ausstrecken, um sie auf ihre zu legen. Kat zuckte kurz zusammen, ließ aber zu, dass ich ihren Handrücken streichelte.

Die Anspannung wich aus ihren Schultern.

»Also?«

»Das war nur ein Witz«, wisperte sie.

»Aber ich habe keinen Witz gemacht.«

Sie schluckte hart und starrte wie hypnotisiert auf ihre Hand, die ich mit meiner bedeckte. »Wir können nicht heiraten.«

»Warum nicht?«

»Weil ...« Sie suchte nach einem passenden Argument und das Schweigen breitete sich aus. Wahrscheinlich hatte sie gar keine Ahnung, wie sehr sie mir damit in die Hände spielte.

Ich ließ ihre Hand los und umrundete den Tresen, bis ich direkt vor ihr stand. »Wenn du so lange überlegen musst, gibt es vielleicht doch nichts, was dagegen spricht.«

Sie starrte mich an, ihre Pupillen bewegten sich schnell von rechts nach links, weil sie meinem Blick kaum standhalten konnte. »Aber wir kennen uns noch nicht so lange.«

»Und? Ich kann dir gern meine Kontoauszüge vorlegen, die Passwörter für sämtliche Accounts vorlegen – ich habe nichts zu verbergen. Wenn überhaupt bin ich lediglich langweilig, mehr habe ich mir nicht vorzuwerfen. Willst du lieber sieben Jahre mittelmäßig gelangweilt vor dich hindümpeln, bevor ich dir einen halbherzigen Antrag mache?«

»Oh! Das ist gemein! Ich habe dir im Vertrauen erzählt, dass es zwischen Torben und mir so passiert ist.«

»Und? Ich habe es ja nicht weitererzählt. Ich sage es gerade dir und außer uns beiden ist hier niemand. Oder versteckst du jemanden in der Küche?«, fragte ich provozierend und ging weiter auf sie zu.

»Nein.«

»Na also.« Ich wähnte mich schon fast am Ziel. Sie wehrte sich nicht, als ich eine Hand um ihre Wange legte und ihr Gesicht so anhob, dass ich sie küssen konnte. Als sie die Augen schloss, konnte ich fühlen, wie sie kapitulierte. Sie hatte lediglich Angst vor ihren Gefühlen und davor, ihre Selbstständigkeit zu verlieren, das hatte Hühnchen gemutmaßt und es klang nicht einmal verkehrt. Aber ich hatte nicht vor, ihr irgendetwas wegzunehmen. Ich liebte sie so, wie sie war: fabelhaft!

Sie schlang die Arme um meinen Nacken und öffnete die Lippen. Als unsere Zungen sich berührten, stöhnte sie leise und ich wusste, dass sie nachgeben würde. Ich wusste es einfach.

Meine Hände lagen auf ihren Seiten, es war ein Leichtes, mit den Daumen die Unterseite ihrer Brüste zu liebkosen.

Ihre Lider flatterten und sie starrte mich an. Ihre Hände auf meine Brust gelegt sagte sie: »Nicht am Freitag. Das ist zu früh.«

»Dienstag?«

»Sag mal, hast du da angerufen und dich schon einmal über die Termine informiert oder was?«

»Nein«, murmelte ich zwischen zwei Küssen auf ihren Hals. »Ich war da und habe mit Frau Habermann gesprochen, sie ist dafür zuständig. Sehr nette Frau übrigens, erinnert mich an meine Oma.«

»Küss mich noch mal!«, bat sie und knabberte an meiner Unterlippe. Dieses Mal umfasste ich ihre Handgelenke und hinderte sie daran, mich an sich zu ziehen.

»Sag Ja.«

»Warum hast du es so eilig?«, wollte sie wissen.

Eine Antwort bekam sie nicht, stattdessen versuchte ich, sie in Grund und Boden zu starren.

»Wir sind doch für den Moment zufrieden.«

Ich strich ihre Haare nach hinten, umfasste ihr Gesicht mit beiden Händen. »Sag Ja.«

Sie zitterte leicht. »Ich kann nicht.«

»Sag Ja.«

»Wir können noch mal später drüber reden.«

Verärgert knurrte ich leise. »Später – so ein Unsinn! Sag Ja.«

Für einen kurzen Moment verbarg sie ihr Gesicht an meinem Hals, ihr warmer Atem strich über meine Haut. Sie holte tief Luft. »Okay.«

»Wunderbar. Du darfst auch alles bestimmen. Freitag oder Dienstag?«

»Ist das nicht etwas sehr spontan?«

»Möchtest du eine riesige Feier ausrichten?« Ihre Miene verfinsterte sich und ich nickte. »Na also, das dachte ich mir.«

»Wie wäre es, wenn wir einfach noch ein paar Wochen warten, vielleicht so zwei Monate? Acht Wochen? Das ist doch überschaubar.« Sie unternahm den verzweifelten Versuch, mit mir zu verhandeln.

Ich rieb mir über das Kinn. »Das kommt darauf an. Wärest du bereit, so einen Peilsender am Knöchel zu tragen? Du weißt schon, wie amerikanische Strafgefangene in Filmen?«

Sie starrte mich an und ihre Hände hatten längst wieder nach dem Putzlappen gegriffen, als könnte sie sich damit beruhigen.

»Keine Sorge, das war jetzt ein Witz.« Ich küsste sie auf die Lippen. »Oder sagen wir: ein halber Witz. Freitag oder Dienstag?«

Der Moment war gekommen: Sie knickte ein.

»Freitag?«

»Gut. Wir müssen jetzt auch langsam los.«

Panisch fragte sie: »Wohin?«

»Ins Bezirksamt Süd, ist ja glücklicherweise nicht weit weg. Frau Habermann wartet auf uns.«

»Warte!« Ihre Finger krallten sich in meinen Arm. »Brauchen wir nicht irgendwelche Unterlagen?«

»Deine Mutter war so freundlich, mir dabei behilflich zu sein – und dein Wohnungsschlüssel war ebenfalls hilfreich.«

»Willst du mich verarschen?«

Statt einer Antwort steuerte ich auf die Tür zu.

»Frau Habermann? Ich sage dir, wenn du nicht so verdammt attraktiv wärest, würdest du nicht einmal halb so leicht durchs Leben kommen.«

»Das sagst du«, sagte ich lässig über die Schulter und schloss auf. »Kommst du?«

»Bleibt mir etwas anderes übrig?« Sie hängte ihre Schürze auf den Haken hinter der Theke und fuhr sich mit den Fingern durch die Haare. »Hat das Bezirksamt nicht schon seit einer halben Stunde geschlossen?«

»Das weiß ich nicht, Frau Habermann hat gesagt, dass sie heute länger da ist.«

Das Glöckchen über der Tür bimmelte und Kat starrte es böse an, als würde es ihre Niederlage bejubeln. »Ich kann nicht glauben, dass ich das wirklich tue.«

»Ich auch nicht. Wir machen auch alles, wie du das möchtest. Feier oder keine Feier, Kuchen oder keinen Kuchen. Du musst auch nicht meinen Namen annehmen.«

Kat blieb stehen und zog eine Augenbraue hoch. »Jetzt mach dich mal nicht lächerlich!«

Der schlimmste Teil war hoffentlich geschafft. Jetzt musste ich nur irgendwie sichergehen, dass die Braut mir nicht abhandenkam. Drei Tage – ich würde es doch sicherlich schaffen, drei Tage lang auf sie aufzupassen.

33

Donnerstagabend saß ich auf meiner Couch und starrte auf den Fernsehbildschirm. Im Nachhinein konnte ich nicht einmal sagen, ob der Fernseher überhaupt eingeschaltet war. Ich hockte einfach nur dort und versuchte, nicht in Schnappatmung zu verfallen oder vor lauter Panik die Flucht zu ergreifen.

David hatte erst versucht, mich zu überzeugen, dass er bei mir bleiben konnte. Aber da war ich doch ein altmodisches Mädchen – oder besser: ein abergläubisches Mädchen. Es brachte schlicht und ergreifend Unglück, wenn der Bräutigam die Braut vor der Hochzeit sah. Zwar hatte ich keine Ahnung, ob sich das nur auf das Brautkleid oder das Gesamtpaket bezog. So oder so war unsere Ehe vermutlich dem Untergang geweiht, denn das Kleid hatte er ja auch schon gesehen.

Mühsam löste ich meine Finger, die sich von ganz alleine um meine Knie verkrampft hatten. Entweder ich betrank mich auf der Stelle mit Weißwein, oder das würde »Kat läuft vor dem Altar davon 2.0« werden.

Frustriert ließ ich den Kopf hängen. Wovor hatte ich bloß so viel Angst? Im schlimmsten Fall konnte man doch alles rückgängig machen und dann war ich halt geschieden. Und?

Es gab nicht den geringsten Grund für meine irrationale Panik. Deswegen hieß es vermutlich auch irrational.

Tief einatmen, kurz warten, tief ausatmen. Langsam bis zehn zählen. Tief einatmen, kurz warten, tief ausatmen. Langsam bis zehn zählen.

So ein Schwachsinn! Das brachte alles überhaupt nichts!

Energisch stand ich auf. Was hatte ich denn noch an Alkohol hier? Bei der letzten Party, die zugegebenermaßen schon einige Jahre her war, waren doch einige Reste stehen geblieben, die seitdem auf dem Vorratsregal ihr Dasein neben alten Packungen Spaghetti und Dosen grüner Bohnen fristeten.

Geflissentlich ignorierte ich den Staub, der sich auf dem Holzboden angesammelt hatte, und begutachtete die Ausbeute.

Wodka und Weinbrand.

Meine Begeisterung hielt sich stark in Grenzen. Während ich die Flaschen betrachtete und überlegte, wozu ich mich eher würde überwinden können, klingelte es an der Tür.

Ich zuckte so unvermittelt zusammen, dass mir beinahe der Wodka aus der Hand gefallen wäre.

Wer das wohl war? Vielleicht David?

Als ich mich bei dem Gedanken ertappte, wie sehr ich mich über seinen Besuch freuen würde, entspannte ich mich ein wenig.

Im Flur schielte ich durch den Türspion und sah nichts außer großen weißen Zähnen. Was wollte denn Maja hier?

Das war genau ihre Art von Humor: so dicht vor dem Spion zu stehen und zu grinsen, sodass nichts anderes als ihre Zähne zu sehen waren, die auf diese Weise überdimensional riesig aussahen.

Ich öffnete die Tür und stand Anika, Maja und einer Flasche Champagner gegenüber. Alle drei strahlten mich fröhlich an. Zu ihren Füßen standen zwei kleine Reisetaschen.

»Euch schickt der Himmel!«, seufzte ich ehrlich erleichtert.

Maja zog kritisch eine Augenbraue hoch und beugte sich mit einer schnellen Bewegung vor, klopfte meine Beine in Höhe der Hosentaschen ab. »Okay«, sagte sie danach.

»Was soll das denn?«, fragte ich irritiert.

Anika und Maja wechselten einen kritischen Blick. »Dir ist schon aufgefallen, dass du ein bisschen viel Alkohol in der Hand hältst, oder? Da wird man ja mal checken dürfen, ob du Schlaftabletten parat hast«, erläuterte Anika, während Maja bekräftigend nickte.

»Was? Ach so. Nee, die sind im Schlafzimmer. Ich wollte mich dazu eigentlich in die Badewanne legen.«

Empört rammte Maja einen Finger in meine Seite. »Das ist nicht witzig!«

Ich schnappte nach Luft und fragte mich, wie viel von meiner Milz wohl auf ihrem Finger stecken würde, wenn sie ihn wieder herauszog. »Aua! Das war ein Scherz. Ich dachte, wir hatten schon etabliert, dass ich eher der Typ bin, der die Flucht ergreift. Was macht ihr hier?«

Es war eigentlich peinlich für eine Anwältin, wie schlecht Anika in manchen Situationen lügen konnte. Sie lief rot an, streckte mir den Champagner entgegen und strich gleichzeitig ihre Haare nach hinten. »Nichts Besonderes. Hier, mit den besten Grüßen von Boris.«

Ich verdrehte die Augen und griff nach der Flasche. »Na ja, Geschmack hat er ja. Das muss ich ihm lassen.«

Meine beste Thekenkraft stieß Anika mit dem Ellenbogen an. »Das war wirklich erbärmlich. David schickt uns. Er glaubt, dass du Gesellschaft gebrauchen könntest, und da du letztes Mal auf einen Junggesellinnenabschied verzichtet hast, habe ich mich kein zweites Mal bitten lassen.«

Anikas Gesicht verfärbte sich noch eine Nuance tiefer. Sie behauptete immer, dass sie nur mich nicht anlügen konnte, aber das fiel mir wirklich schwer zu glauben.

»Na, dann kommt mal rein. Ich freue mich wirklich über euren rein zufälligen Besuch.«

Maja lachte und marschierte an mir vorbei, Anika reichte mir die Flasche und drückte mich kurz. Beide machten es sich direkt auf meinem Sofa gemütlich, während ich in die Küche ging, um Gläser zu holen und die Flasche zu öffnen.

Sie beobachteten mich durch die große Tür und nicht zum ersten Mal bereute ich es, eine offene Küche zu haben. Meine Wohnung eignete sich nicht wirklich gut für den großen, dramatischen Auftritt mit Rausstürmen und Türen knallen.

»Also?«, fragte Anika.

»Was also?« Der Korken knallte und ich schaffte es gerade noch, den Flaschenhals über das erste Glas zu bugsieren, bevor mir das edle Nass entgegenströmte. Das hatte ich auch schon einmal besser hinbekommen.

»Na, wir wollen jedes einzelne Detail wissen.« Maja klatschte in die Hände und nickte eifrig.

»Aber jedes Einzelne! Wie habt ihr euch jetzt genau kennengelernt? Wer hat den ersten Schritt gemacht? Wie kommt es, dass du jetzt doch heiraten willst?«

Maja nickte nun noch schneller und sah dabei zum Schreien komisch aus. »Genau! Mit allen Einzelheiten! Wie ist er im Bett? Hat er eine Ex-Freundin? Wollt ihr Kinder?«

Im Angesicht des mir bevorstehenden Verhörs hob ich mein Glas. »Prost.« Damit kippte ich den gesamten Inhalt hinunter.

»So haben wir nicht lange etwas von der Flasche«, bemerkte Anika trocken.

»Willst du Details oder möchtest du gepflegt aus deiner Champagnerflöte nippen?«

Wie aus einem Mund sagten meine Freundinnen gleichzeitig: »Details!«

***

Maja klebte förmlich mit den Augen am Bildschirm, nur Anika sah auf und fragte sofort kritisch: »Wo willst du hin?«

Ich deutete auf den Wohnzimmertisch, auf dem sich die leeren Flaschen stapelten. »Nur kurz zur Tankstelle noch etwas zu trinken holen. Wenn ihr noch *Magic Mike* sehen wollt, brauchen wir Nachschub.«

Kritisch richtete Maja sich auf. »Ich kann gehen.«

»Quatsch, ich bin die Gastgeberin und hätte ich gewusst, dass ihr kommt, hätte ich wahrscheinlich auch mehr hier gehabt. Ist Weißwein okay oder soll ich noch eine Flasche Wodka kaufen?«

Die beiden wechselten einen Blick, den ich nicht deuten konnte. »Wir können mitkommen«, schlug Anika vor.

»Was soll der Quatsch? Ihr habt beide herumgenölt, weil ihr den Film nicht kennt, und die Tankstelle ist zwei Minuten von hier entfernt. Ich hole etwas zu trinken, und die Party geht weiter. Oder soll ich euch verraten, wie es ausgeht?«

Die beiden schwiegen, Anika schob trotzig ihre Unterlippe vor. Erst in diesem Moment fiel bei mir der Groschen. »Oh Gott! Ihr habt Angst, dass ich weglaufe richtig?«

»Ja«, gab Maja offen zu.

Seufzend ließ ich die Schultern hängen. »Okay, hier.« Schnell fummelte ich meinen Ausweis und einen 50-Euro-Schein aus meinem Portemonnaie. »Das lasse ich bei euch und bin sofort wieder da. Mit 50 Euro würde ich auf einer Flucht nicht weit kommen.« Den Ausweis brauchte ich leider, weil die Frau, die schon seit einer Ewigkeit dort arbeitete, immer so tat, als hätte sie schon wieder vergessen, dass ich bereits geraume Zeit volljährig war, und streng darauf bestand, den Ausweis zu sehen.

Maja sah fragend zu Anika, die sich mein Portemonnaie schnappte. »Die EC-Karten sind alle drin. Gut, du darfst gehen.«

Meine beste Freundin nickte huldvoll, während Maja noch immer unangenehm berührt aussah.

Ich war mir nicht einmal sicher, ob ich genervt oder gerührt sein sollte, weil sie sich offenbar Sorgen um mich machen sollten. Mit einem Kopfschütteln nahm ich meinen Parka vom Haken und zog ihn über.

Mit dem Schlüsselbund in der Hand zog ich die Tür hinter mir zu und lief die Treppe hinunter. Es war gut, dass Anika und Maja da waren, sonst wäre ich vermutlich die Wand hochgegangen. Trotzdem wollte ich mir am liebsten mit der flachen Hand vor die Stirn schlagen, weil ich nicht von allein auf die Idee gekommen war, sie einzuladen, damit ich nicht mit meinen Dämonen alleine war.

Wie erwartet lag die Straße verlassen da. Unter der Woche war hier in der Gegend nach Einbruch der Dunkelheit wirklich überhaupt nichts los – was bedeutete, dass hier im Winter gegen 17 Uhr die Bordsteine hochgeklappt wurden. Aber ich mochte es, immerhin summte es schon den ganzen Tag in der *Kaffeetante* wie in einem Bienenstock.

Das gelbliche Licht der Tankstelle kam bereits in Sicht, und da ich Gefallen an dem Geschmack des Champagners gefunden hatte, fragte ich mich, ob meine 50 Euro wohl für eine weitere Flasche reichen würden, vorausgesetzt, die Tankstelle führte die Sorte. Peinlicherweise wusste ich nicht einmal, wie die Marke hieß, aber ich würde das orangefarbene Etikett wiedererkennen. Es war zwar dekadent, Champagner zu kaufen, und noch dekadenter, es an einer Tankstelle zu tun, aber immerhin würde ich morgen heiraten – wenn das kein Grund war, dann wusste ich auch nicht.

Jetzt ärgerte ich mich doch, dass ich die Geldbörse bei den Mädels gelassen hatte. Die alte Dame hinter dem Tresen schaute kaum auf, als ich hereinkam. Ihre Adleraugen lagen auf den zwei Männern, die sich am Zeitungsregal herumdrückten.

Gelassen spazierte ich zur Spirituosenecke, als es mir auffiel. Auf dem Absatz drehte ich mich um, den Blick auf das auffällige Nackentattoo des einen geheftet.

Mit verschränkten Armen baute ich mich vor ihnen auf. »Was für ein Zufall.« Der Sarkasmus tropfte aus jedem einzelnen Wort.

Frank war nicht ganz so abgebrüht wie seine Freundin und besaß wenigstens den Anstand, verlegen auf den Boden zu sehen. Boris hingegen stützte sich lediglich mit dem Ellenbogen gegen das Zeitschriftenregal und schenkte mir ein charmantes Lächeln. Ich konnte immer besser nachvollziehen, was Anika an ihm fand.

»Hallo.« Er überkreuzte die Beine. »Ich habe gleich gesagt, sie sollen lieber zwei Flaschen Champagner mitnehmen. Aber auf mich hört ja keiner.«

»Du versuchst also gar nicht, es zu leugnen?«

Boris lachte leise und selbst Frank grinste mich schüchtern von unten an. »Wozu? Du bist doch nicht blöd. Leicht panisch möglicherweise, aber definitiv nicht blöd.«

»Hmpf.« Ich packte Boris am Ärmel seiner Lederjacke und zerrte ihn einmal quer durch den Laden. Mit dem Finger deutete ich auf den Champagner – *Veuve Clicquot* hieß er – und sagte: »Ich will zwei Flaschen.«

Er zog eine Augenbraue hoch und ignorierte Frank, der dahinter stand und sich redlich bemühte, nicht loszuprusten.

Für einen Moment öffnete Boris den Mund und überlegte wohl, ob er mit mir diskutieren wollte. Klugerweise entschied er sich dagegen und griff mit einem resignierenden Seufzer nach den Flaschen.

Vor der Kasse drängelten wir uns dann, fröhlich zwitscherte ich »Guten Abend« zu dem Sonnenschein, der Erna hieß und hinter dem Tresen saß.

Erna ignorierte mich, starrte Boris und seine tätowierten Hände an und sagte eiskalt: »Ausweis, bitte.«

Das Bitte kam nur mit Mühe und Not über ihre Lippen.

Gerade als ich dachte, dass sie sicherlich Vorurteile über Tätowierungen hatte, fragte Boris sie: »Wie geht's denn Hans?«, während er ihr den Ausweis reichte.

Ihre Miene hellte sich auf und zum ersten Mal, seit ich hier wohnte und Erna in der Tankstelle arbeitete, sah ich sie lächeln. »Gut, total super. Es ist ein Traum.«

»Das freut mich.« Boris erwiderte das Lächeln und legte das Geld auf den Tresen.

Bevor er reagieren konnte, schnappte ich mir die Flaschen.

Aus dem folgenden Gespräch konnte ich mir zusammenreimen, dass entweder Boris oder einer der Tätowierer aus seinem Laden Ernas Mann tätowiert hatte, der offensichtlich Hans hieß.

»Tschüss.« Damit rannte ich aus dem Laden.

Doch Frank folgte mir direkt. »Gehst du jetzt nach Hause?«, fragte er atemlos. Weil ich so abrupt stehen blieb, rannte er direkt in mich hinein und gemeinsam mit den Champagnerflaschen schwankten wir für einen Moment bedrohlich.

»Das war mein Plan. Hast du etwas dagegen?«, fragte ich angriffslustig.

»Wir sollen dich bis nach Hause bringen.« Boris kam auf uns zu und steckte dabei seine Geldbörse wieder in die Hosentasche. Zu dritt standen wir mitten auf der Tankstelle und ich spürte eine Ader an meiner Schläfe pochen.

»Das ist lächerlich. Ich kann das Haus von hier aus sehen.«

Boris legte eine Hand auf meine Schulter. »Ich auch. Darum geht's nicht. Maja und Anika machen sich nur Sorgen, ob es dir gut geht.«

Frank nickte bekräftigend. »Abgesehen davon lagen wir ohnehin schon auf der Lauer, als die beiden angerufen haben, weil David sich genauso den Kopf zerbricht.«

Jetzt fühlte ich mich schäbig. »Oh.«

Anikas Mann drückte meine Schulter kurz und ließ sie dann los. »Alles ist gut«, beruhigte er mich.

Tapfer lächelte ich. »Mir geht es auf jeden Fall besser als letztes Mal.«

Frank malte mit seiner Schuhspitze auf dem Boden herum, selbst ich erkannte den Bassschlüssel. »Willst du David heiraten?«

Endlich traute sich jemand, die Frage zu stellen. Zwei, drei Herzschläge lang studierte ich die identischen Etiketten der beiden Flaschen. »Ja.«

»Dann komm gut nach Hause und grüß unsere Weibchen.« Boris schob die Hände in die Taschen und Frank nickte. »Wir sehen uns morgen.«

Überrascht sah ich hoch und beide lächelten. Spontan umarmte ich beide gleichzeitig und murmelte: »Danke.«

Sie zuckten zusammen – aber das lag wohl eher daran, dass ich ihnen bei der Umarmung versehentlich die Flaschen in den Rücken schlug, als an meinem emotionalen Ausbruch. »Bis morgen.«

Leichtfüßig machte ich mich auf den Weg nach Hause.

Schon im Hausflur konnte ich Anikas und Majas Stimmen hören. Sie versuchten zwar, leise zu sein, aber das Haus war nun einmal schrecklich hellhörig. Glücklicherweise wohnten hier außer mir nur alte Leute, die kaum noch etwas hörten, und sehr junge Leute, die ständig unterwegs waren.

Anika presste dermaßen durch die Zähne, dass ich nicht verstehen konnte, worum es ging. Sie bemerkten nicht einmal, dass ich die Tür aufschloss und wieder zurückkehrte.

Maja hatte ihr Handy an die Brust gepresst und Anika streckte ihr auffordernd die Hand entgegen.

Mit dem Fuß schob ich die Tür etwas lauter als nötig zu. Sofort drehten beide Köpfe sich in meine Richtung.

»Siehst du«, maulte Anika. »Da ist sie. Und jetzt leg das Handy weg.«

In Sekundenschnelle wurde Majas Kopf knallrot. Sie strich ihre Haare nach hinten und sah verlegen zu Boden.

»Was ist denn hier los?«, wollte ich wissen.

»Nichts«, sagte Maja hastig, Anika machte eine wegwerfende Handbewegung.

»Ihr seid so miserable Lügner. Also? Worum geht es? Habt ihr gedacht, dass ich nicht wiederkomme?«

Anika rollte mit den Augen, aber Maja konnte mich nicht einmal ansehen.

»Ich habe direkt gesagt, dass du gleich wieder da bist. Aber Madame hier«, Anika wies mit dem Kopf auf Maja, »hat scheinbar ein total beschissenes Zeitgefühl und war felsenfest davon überzeugt, dass du schon Stunden weg bist, und wollte David anrufen. Total übertrieben. An was für einer Tankstelle warst du denn bitte, dass du zwei Flaschen *Veuve Clicquot* für 50 Euro bekommen hast?«

Meine beste Freundin brauchte gar nicht so scheinheilig zu tun, da sie mir ebenso wenig zu trauen schien wie Maja. »An der Tankstelle, zu der du deinen Mann geschickt hast. Aber das weißt du sicher. Er war auch so freundlich, uns den Champagner zu spendieren.«

Eine leichte Röte zeigte sich aufs Anikas Wangen, während Maja noch immer wie eine Tomate glühte.

»Mensch! Dabei habe ich ihnen gesagt, dass sie sich unauffällig verhalten sollen.«

»Im Gegensatz zu euch haben die beiden mir wenigstens gesagt, dass sie mich nicht für blöd halten. Wenn ich hätte flüchten wollen, wäre ich bereits lange weg! Ihr habt ja nicht einmal gefragt, ob ich überhaupt heiraten will.«

»Das ist ein sensibles Thema«, fauchte Maja defensiv und verschränkte die Arme.

Anika stimmte ihr zu und nickte dabei wie ein Wackeldackel. »Genau.«

»Nur zu eurer Information: Ich kann mir sehr wohl vorstellen, David zu heiraten, und das Kleid ist auch ein Traum.« Inzwischen keifte ich ziemlich laut.

»Schön«, schrie Maja.

»Wir freuen uns für dich!«

Ich zuckte zusammen, weil ich regelmäßig vergaß, was für ein beeindruckendes Lungenvolumen Anika für ihren zierlichen Körper hatte.

Schweigend standen wir im Kreis, bis ich schließlich lachen musste. »Sollen wir uns vielleicht setzen?«

Maja ließ sich als Erste erleichtert aufs Sofa fallen. »Mach bitte den Champagner auf, ich könnte jetzt wirklich ein Glas vertragen.«

»Oder zwei«, stimmte Anika zu.

»Hört mal, ich weiß es zu schätzen, dass ich ihr euch Sorgen macht. Ich fühle mich nur nicht gern kontrolliert. Für mich ist das auch keine alltägliche Situation. Es ist ein bisschen wie ...«

Ich machte eine Pause und suchte nach dem richtigen Vergleich. Dabei öffnete ich die erste Flasche. Anika duckte sich, denn vor Jahren hatte ich sie mal auf einer Silvesterparty mit dem Sektkorken an der Stirn getroffen. Unabsichtlich natürlich.

»Es ist ein bisschen wie Schwimmen im Meer.« Zufrieden mit meinem Vergleich nickte ich.

Anika blinzelte nur, Maja legte den Kopf schräg. »Schwimmen?«

»Im Meer?«, wiederholten sie nacheinander.

»Ja.« Was war denn an meinem tollen Beispiel nicht zu verstehen? »Ihr wisst schon. Man kann schwimmen, das Wasser ist schön klar und auch warm. Eigentlich ist alles okay, aber das heißt ja nicht, dass weiter draußen nicht irgendetwas unter der Oberfläche herumschwimmt, das man nicht sehen möchte.«

»Wie zum Beispiel?«, fragte Anika.

»Ein Hai.« Ich goss die Gläser voll und reichte sie meinen Freundinnen.

Maja starrte mich noch immer mit schräggelegtem Kopf an. »Ist das irgendeine Metapher, die ich nicht verstehe? Ist David der Hai? Oder ist die Vergangenheit der Hai?«

Langsam blinzelte ich. Mein Beispiel war wohl doch nicht so toll gewesen.

»Ich glaube, sie meint, dass alles gut ist und man halt nicht in die Zukunft gucken kann.« Anika sah zwischen uns beiden hin und her.

Ich nickte eifrig und Majas Augen leuchteten auf. »Ah, jetzt verstehe ich das.«

»Genau das meinte ich. Ich liebe David.«

Anika strich über meine Haare. »Und wir lieben dich, deswegen sind wir hier.«

Mit einem Mal hatte ich einen riesigen Kloß im Hals. »Mein Beispiel war eher mittelgut. Wahrscheinlich sollte ich nicht mehr so viel trinken, sonst bin ich morgen die wunderschöne, verkaterte Braut und alle müssen mit gedämpfter Stimme reden.«

»Quatsch«, verkündete Maja. »Champagner macht anders betrunken.«

Anika spitzte die Lippen. »Genau.« Damit schob sie die Flasche aus Majas Reichweite. »Und deswegen bekommst du auch besser keinen mehr.«

Maja zog eine dermaßen niedliche Schnute, dass ich lachen musste.

Es klingelte und Anika warf einen kritischen Blick auf die Uhr. »Halb zwölf. Eine Ahnung, wer das sein könnte?«

»Der panische Bräutigam?«, schlug ich vor. Weil ich doch zugegebenermaßen etwas angeheitert war – und entspannt, weil ich mir plötzlich keine Sorgen mehr um morgen und die bevorstehende Hochzeit machte –, kam ich gar nicht auf die Idee, aufzustehen.

Anika ging zur Tür, sah durch den Spion und grinste breit. »Die Partybrigade ist da.«

Neugierig sah ich in den Flur und fragte mich, wenn sie meinen könnte. Meine Mutter tauchte auf, eine Flasche Champagner in der einen Hand, eine Tüte Gras in der anderen.

Maja klatschte begeistert und quietschte und ich stöhnte nur auf. Morgen würde definitiv ein verkaterter Tag werden. Am besten, ich legte mir gleich eine Kopfschmerztablette auf den Nachttisch und nahm sie präventiv, bevor ich schlafen ging.

Hinter meiner Mutter betrat ein wahrer Schrank die Wohnung. Er war rabenschwarz wie die tiefste Nacht, hatte riesengroße braune Augen und grinste breit.

Etwas irritiert war ich davon, dass er lediglich eine schwarze Fliege über einem weißen Hemdkragen und schwarze Hotpants trug. Gut, an den Füßen trug er schwarze Boots, aber der Rest von ihm war nackt. Der gesamte, unglaublich muskulöse Rest war nackt.

Meine Mutter bemerkte, dass Maja schon eine ganze Weile nicht mehr geblinzelt hatte, und sagte: »Das ist Eduardo.«

Obwohl ich unglaublich neugierig war, was genau Eduardos Funktion war, traute ich mich nicht, zu fragen. Vor der Antwort hatte ich einfach zu viel Angst, bei Hühnchen konnte man schließlich nie wissen.

Maja besaß viel weniger Hemmungen als ich und klopfte neben sich auf das Sofa. Eduardo setzte sich prompt in Bewegung und ließ sich neben ihr nieder. Das Polster sank ein und Maja purzelte gegen ihn. Mit einer Hand stützte sie sich auf seiner Brust ab und murmelte verlegen: »Hi.«

»Hi there«, erwiderte er und alle Frauen im Raum seufzten gleichzeitig. Nicht nur, dass Eduardo eine Stimme wie geschmolzene Schokolade hatte, er hatte auch noch einen umwerfenden britischen Akzent.

Hühnchen wirkt vollkommen zufrieden mit sich und der Welt, drückte Anika die Tüte mit dem Gras und ihren Utensilienbeutel in die Hand. »Du weißt ja, wie es geht.«

»Frau Anwältin!«, kicherte Maja mit einer Mischung aus Überraschung und Entsetzen.

Anika zuckte nur mit den Schultern und ließ sich auf den Fußboden direkt vor dem Tisch nieder und begann, Joints zu drehen.

34

Hühnchen hatte tatsächlich recht gehabt: Es war erschreckend einfach, bei ihrer Tochter einzubrechen. Dadurch, dass die Eingangstür nur aufgedrückt werden musste, konnte man einfach hereinspazieren.

Ich hielt mich an ihre Anweisungen und ging direkt in den Waschkeller. Ganz am Ende gab es eine alte Metalltür, die als zusätzlicher Fluchtweg dienen sollte und auf den Hinterhof des Gebäudes führte. An der Außenwand hing eine klapprige Metallleiter, die ebenfalls ein Fluchtweg war, aber auch dem Schornsteinfeger seinen Aufstieg erleichtern sollte.

Mir hingegen bereitete es Kopfschmerzen, dass die Leiter direkt an Kats Wohnung vorbeiführte. Ihre Mutter hatte gesagt, dass Kat fast immer bei offenem Fenster schlief und es sie schon sehr überraschen würde, wenn ich es verschlossen vorfinden sollte.

Kat konnte wirklich froh sein, dass ich gute Absichten hegte. Anika hatte mir vor einer Weile eine SMS geschrieben, dass sie jetzt alle schlafen gehen würden – mein Stichwort sozusagen.

Mit einem mulmigen Gefühl stieg ich die Leiter hoch, aber nur aus Sorge, dass die in die Jahre gekommene Konstruktion mein Gewicht möglicherweise nicht tragen würde. Erleichterung machte sich breit, als ich den zweiten Stock erreichte und das Fenster tatsächlich offen stand.

Es reichte! Sie würde so schnell wie möglich bei mir einziehen. Hier konnte ja praktisch jeder einsteigen! Kat kam gerade in ihr Zimmer und schloss die Tür. Ich konnte den Duft ihres Waschgels erschnuppern und ihre Haare zogen die Spur ihres Shampoos hinter sich her.

Ich stand bereits mit zwei Füßen auf dem Boden, bevor sie mich überhaupt bemerkte. Mit einem leisen Aufschrei wirbelte sie herum und riss die Augen weit auf. Es dauerte einen Moment, bis sie mich erkannte und gleich auf mich losging.

»Bist du verrückt? Du hast mir vielleicht einen Schreck eingejagt!«

Mit dem Finger vor den Lippen sagte ich: »Sh! Oder willst du deine Freundinnen aufwecken?«

Kats Augen funkelten. »Was machst du hier überhaupt? Bringt es nicht Unglück, wenn der Bräutigam die Braut vor der Hochzeit sieht?«

»Keine Ahnung. Ich dachte immer, das würde sich nur auf das Brautkleid beschränken.«

Meine bezaubernde Braut stöhnte. »Na toll, dann sind wir ja praktisch ohnehin schon dem Untergang geweiht.«

»Unsinn. Ich habe die Möglichkeiten sorgfältig abgewogen und bin zu dem Schluss gekommen, dass eine bereits gesehene Braut weniger Unglück bringt als eine davongelaufene.«

Sie verschränkte die Arme, was nur dazu führte, dass der ausgewaschene Stoff sich über ihren Brüsten spannte und ihre Nippel durchblitzen ließ. Noch immer konnte ich nicht verstehen, was Torben daran bitte auszusetzen gehabt hatte. Diese Frau war jederzeit leicht zugänglich und quasi immer nackt.

Ich streckte die Arme aus und winkte sie zu mir. »Außerdem bin ich nur hier, um dich an meine Vorzüge zu erinnern.«

Argwöhnisch betrachtete sie mich. »Die da wären?«

»Na, ich bin ehrlich, zuverlässig, geduldig ...«

»Igitt. Hörst du dich eigentlich selbst reden? Du solltest dich schämen für so viel Selbstherrlichkeit.«

»Du hast doch gefragt«, erinnerte ich sie, während ich mit glitzernden Augen auf sie zuging.

Kat wich erschrocken zurück, sah aufgeregt zu ihrer Schlafzimmertür. »Nicht!«, zischte sie. »Maja und Anika schlafen da draußen.«

Obwohl ich nickte, packte ich ihre Taille und drehte sie um, sodass sie mit dem Rücken zu mir stand. Dann nahm ich ihre Hände und legte sie auf Kopfhöhe rechts und links an die Wand.

Dicht an ihrem Ohr flüsterte ich: »Du solltest vermutlich lieber leise sein, bevor deine Freundinnen ganz besorgt hier reinschneien. Ich bin nur gekommen, um dich daran zu erinnern, warum du mich ganz unbedingt heiraten willst.«

Sie schnappte nach Luft, als ich von hinten durch den Stoff ihres Shirts an ihren Nippeln zupfte. Mit dem Fuß schob ich ihre Beine weiter auseinander, ohne ihre Brüste loszulassen. Ich küsste ihren Nacken, strich mit der Zunge über die empfindliche Stelle hinter ihrem Ohr und sie erschauerte.

Blitzschnell ließ ich meine Finger unter das Shirt wandern, ihre warme Haut schmiegte sie in meine Hände und ich knetete ihre Brüste.

Als Kat aus Versehen stöhnte, sagte ich dicht neben ihrem Ohr. »Sh! Es wäre doch peinlich, erwischt zu werden.«

»Schuft!«, murmelte sie atemlos, drängte sich aber im gleichen Moment meinen Berührungen entgegen.

Ich öffnete meine Hose, mein Schwanz konnte es kaum erwarten, in ihr zu sein. Den Slip zog ich ihr nicht einmal aus, schob ihn lediglich zur Seite und drang mit einem Stoß in sie ein.

Um ihren Aufschrei zu unterdrücken, biss meine sinnliche Braut sich auf die Unterlippe, lehnte die Wange an die Wand und drückte mir ihr Becken entgegen. Ich legte meine Hand auf ihren Bauch, glitt langsam hinunter, bis meine Fingerkuppen ihre Klit berührten.

Sie wimmerte, hatte sich aber noch unter Kontrolle. Während ich von hinten langsam immer wieder in sie stieß, streichelten meine Finger die kleine, feuchte Knospe.

Kat presste mit einem unterdrückten Schluchzen eine Hand vor ihren Mund, während ihr Körper zuckte. Im gleichen Moment entlud ich mich tief in ihr und ließ meinen Kopf auf ihre Schulter sinken.

Ich küsste ihre erhitzte Haut, Kat atmete schwer und an meiner Brust konnte ich ihr Herz rasen fühlen, so dicht schmiegte sie sich an mich.

Mit einem Hauch des Bedauerns zog ich mich aus ihr zurück und richtete meine Hose. Kat drehte sich um und wühlte mit einer Hand durch ihre Haare, sie sah hinreißend aus, ihre Augen glänzten, die Wangen waren gerötet.

Als ich ein Bein über ihr Fensterbrett schwang, packte sie meinen Arm und flüsterte aufgebracht: »Wo willst du hin?«

»Nach Hause, wohin sonst?«

»Aber ... Du kannst doch nicht einfach gehen!«

»Ich dachte, der Bräutigam sollte die Braut nicht vor der Hochzeit sehen.«

Sie verschränkte die Arme. »Sehr witzig. Dafür ist es jetzt wohl zu spät.«

»Na ja, wir können ja so tun als ob. Ich war nur hier, um dich daran zu erinnern, nicht vor mir wegzulaufen.«

»Jaja, ist schon gut.« Meine Braut hockte sich auf die Bettkante und wirkte dabei sehr vorwurfsvoll.

Ich schenkte ihr mein bestes Serienmörderlächeln. »Nur damit du es weißt: Solltest du auf die Idee kommen, wegzulaufen – ich werde dich finden!«

Sie kicherte leise, stand noch einmal auf und drückte mir einen Kuss auf die Lippen. »Werde ich nicht. Ich glaube, ich freue mich sogar.«

»Das würde ich dir auch raten.« Damit machte ich mich auf den Abstieg und hoffte dabei, dass sie ihr Wort wirklich halten würde. Da ich sie nicht an die Heizung ketten wollte, gab es jetzt nichts mehr, was ich noch tun konnte.

35

Auf den Stufen vor dem Standesamt blieb David stehen und nahm meine Hände. »Ich bin dir sehr dankbar, dass du nicht vor mir weggelaufen bist.«

»Deine Drohung war einfach zu einschüchternd.«

Er legte den Kopf in den Nacken und lachte befreit. »Das glaube ich dir aufs Wort, aber wenn es dir recht ist, rede ich mir weiterhin ein, dass es an deinen Gefühlen für mich liegt.«

»Das ist so. Ich freue mich, dass ich jetzt Frau Brink bin, aber ich werde noch Jahre brauchen, bis der Name sich nicht mehr merkwürdig anfühlt. Jetzt guck nicht wieder so gerührt!« Genervt schlug ich gegen seine Schulter.

David hatte es absolut ernst gemeint, als er gesagt hatte, dass ich sämtliche Entscheidungen treffen durfte. Deswegen hatte er erstaunt reagiert, als ich ihm eröffnet hatte, dass ich natürlich seinen Namen annehmen würde. Ich mochte vielleicht ein Angsthase sein, aber wenn ich etwas machte, dann auch richtig!

Er nahm meine Hand und küsste meine Finger. »So, bereit?«

»Nicht einmal im Ansatz.«

Trotzdem ließ ich mich von ihm mitziehen. Gelassen spazierte ich neben meinem Mann durch die Straße und dieses Mal fühlte es sich viel besser an, in einem Brautkleid unterwegs zu sein als beim letzten Versuch. Aber heute war sowieso alles anders. Es fing schon damit an, dass ich mit einem Lächeln auf den Lippen aufgewacht war, dann war das Wetter viel besser und die Sonne lachte von einem strahlend blauen Himmel herunter.

Vor der letzten Straßenecke blieben wir stehen. »Okay, zeig mir noch mal dein bestes überraschtes Gesicht«, forderte David mich auf.

Mit aufgerissenen Augen starrte ich ihn an.

»Nein, das wird nichts. Du siehst aus wie eine Schauspielerin aus der Stummfilm-Ära und die zitternde Unterlippe wirkt nicht, als würdest du dich freuen – sieht eher aus wie die Vorstufe zu einer ausgewachsenen Panik.«

»Oh man!« Ich sammelte mich für einen Moment, dann schlug ich die Hände vors Gesicht und quiekte aufregt.

Er rollte mit den Augen. »Das muss dann wohl reichen.« Damit zog er ein hübsches himmelblaues Seidentuch aus der Tasche.

Offiziell »wusste ich nicht«, dass unsere Familien und Freunde in der *Kaffeetante* für eine spontane Überraschungsparty auf uns warteten. David hatte sie geplant und von Anika absegnen lassen. Doch er hatte zu viel Sorge gehabt, ich könnte ausflippen und mich eingeweiht.

Also hatte ich eine kleine Feier geplant. Die Betonung lag dabei eindeutig auf klein.

Erstaunlicherweise hatte mir das ziemlichen Spaß gemacht – und wenn man nicht aus 50 verschiedenen rosafarbenen Servietten wählen musste, war es auch gar nicht so stressig. Außerdem musste ich nur die grobe Richtung vorgeben, damit Anika David auch abnahm, dass es alles seine Ideen gewesen waren.

Bereitwillig ließ ich mir Augen verbinden. Obwohl ich wusste, was mich erwartete, schlug mein Herz deutlich schneller. »Lass mich bloß nicht hinfallen.«

David knurrte nur leise, weil meine Unterstellung ihn ärgerte, und umfasste meine Schultern. »Denk du lieber dran, dich nicht zu verplappern.«

Das kleine Glöckchen über der Tür klingelte und eine Gänsehaut lief über meinen Rücken. Wie abgesprochen protestierte ich lautstark: »Ich verstehe immer noch nicht, was der Quatsch soll!«

Mein Mann löste den Knoten und das Tuch glitt von meinen Augen.

»Überraschung!«, schallte es mir entgegen.

Die *Kaffeetante* war so schön geschmückt, dass mir das Vortäuschen nicht einmal schwerfiel.

Sie hatten ganze Arbeit geleistet, der ganze Vorraum war braun und silbern geschmückt, an der Wand hing ein riesiger Banner, auf dem in einer edlen Schwungschrift unsere Namen und das Hochzeitsdatum standen. Je länger ich ihn ansah, desto sicherer war ich mir, dass Boris ihn gemalt hatte.

David drückte meine Hand und ich lächelte ihn an.

Nach der Reihe nahm ich die ganzen Glückwünsche entgegen. Davids Eltern und Hühnchen fingen an, gefolgt von Eduardo, was mich ein bisschen irritierte. Ich musste meine Mutter unbedingt fragen, wer er eigentlich war.

Dann folgten unsere Freunde und Anika brach mir fast die Rippen, so fest drückte sie mich. Boris, Maja, Frank und Ben schlossen sich an. Eigentlich hatte ich mich ja für abgebrüht gehalten, trotzdem standen Tränen in meinen Augen und ich zwinkerte übertrieben oft, in der Hoffnung sie auf diese Weise davon abhalten zu können, über meine Wangen zu laufen.

Als ich den Versuch einer Torte sah, den Anika und Maja fabriziert hatten, konnte ich leider nicht mehr länger an mich halten und heulte wie ein Schlosshund. David streichelte meinen Rücken und reichte mir ein Taschentuch.

»D-D-Danke«, schniefte ich.

Das Monstrum war krumm und schief und wurde wahrscheinlich nur von der zentimeterdicken Schicht Kuvertüre zusammengehalten. Vermutlich sollten wir die Torte so schnell wie möglich anschneiden, denn die obere Etage neigte sich bedenklich weit nach rechts.

»Wir können das einfach nicht so gut wie du«, jammerte Maja.

»Aber wir haben es versucht.« Anika knetete ihre Hände.

Mit dem Taschentuch rieb ich über meine Nase. »Sie ist w- w- w-« Der Rest ging in einem Schluchzen unter.

»Widerlich?«, schlug Frank vor.

Boris grinste. »Oder widerwärtig?«

»Ich glaube, sie meint wunderschön.« David lachte und ich nickte hektisch.

»Sie schmeckt auch besser, als sie aussieht.« Anika klang zuversichtlich.

Maja wirkte nicht ganz so überzeugt. »Hoffen wir zumindest.«

»Man, that's one ugly ass cake.« Ben stand hinter mir und verzog beim Anblick der Torte das Gesicht, er war aber sofort bereit, seine Meinung zu ändern, als Anika ihm mit dem Messer drohte, das sie bereits zum Anschneiden in der Hand hatte.

Es war nur der Bruchteil einer Sekunde, aber Majas Gesichtsausdruck änderte sich, als Ben zu uns trat. Sie senkte den Blick zu Boden und wischte die Handflächen an ihrem Rock ab. Leider bemerkte Frank, Majas Freund, es auch und hob kritisch eine Augenbraue.

Anika reichte uns das Messer. »Ihr müsst ihn aber so richtig klassisch gemeinsam anschneiden.«

»Keine Sorge«, murmelte David. »Klassisch und ganz konventionell ist unsere große Stärke.«

Irgendjemand machte ein Bild, als wir die Torte anschnitten, und ich wurde durch den Blitz geblendet.

Als wir alle mit dem Kuchen auf den Tellern in der Hand im Kreis standen, sagte Hühnchen: »Also irgendjemand muss sich schon trauen und den Kuchen probieren. Und wenn es geht, heute noch. Ich muss um 21 Uhr am Flughafen sein.«

Überrascht sah ich sie an und Eduardo seufzte hörbar. Er stach seine Gabel in den Teig und probierte die Torte todesmutig.

»Okay«, gab er Entwarnung. »Ist lecker. Viel leckerer, als es aussieht. Schokolade, würde ich sagen.«

Sein britischer Akzent jagte immer noch einen Schauer über meinen Rücken – allein die Art, wie er Schokolade sagte, ließ es noch sündiger klingen.

Maja nutzte die Gelegenheit, sich in die Küche zu stehlen, aber ich bemerkte es trotzdem. Anika stand mit betroffenem Gesicht neben mir. »Es schmeckt wirklich nach Schokolade. Wir kriegen aber auch gar nichts hin.«

Jetzt probierte auch ich endlich meine eigene Hochzeitstorte. »Aber ist doch lecker«, versicherte ich ihr. »Und ich habe viel lieber eine simple Schokoladentorte, die mit Liebe gebacken wurde, als eine Designertorte.« Ich umarmte meine beste Freundin und gab ihr einen Kuss auf die Wange.

»Das ist es nicht«, jammerte sie. »Wir haben eine Vanillecremetorte gebacken.«

Eine Weile dachte ich wirklich, ich müsste vor Lachen ersticken. Alle sahen mich neugierig an, aber ich winkte nur ab. »Schon gut.«

Dann entschuldigte ich mich unter dem Vorwand, neuen Champagner zu holen, und eilte in die Küche, um nach Maja zu sehen.

Ich erinnerte mich nur zu gut daran, wie David an dem Abend in der Bar gemutmaßt hatte, Maja könnte etwas mit Ben, dem Barkeeper, anfangen. So, wie die beiden sich gerade benahmen, befürchtete ich das Schlimmste.

Meine treueste Mitarbeiterin und Freundin stand in der Küche, eine Flasche Veuve Clicquot in der Hand und starrte ins Nichts.

»Maja! Was ist los?«

Sie zuckte zusammen und stellte die Flasche Champagner weg. »Das ist mir so peinlich.«

Die schlimmsten Befürchtungen drängten sich in meinen Kopf und ich hielt mich sicherheitshalber am Tresen fest. »Hast du ... Also ... Mit Ben?«

»Was? Nein!«, rief sie empört und wirkte zum Glück sehr überzeugend.

Erleichtert nickte ich. Warum hatte ich mir auch von David diesen Floh ins Ohr setzen lassen?

»Es ist viel schlimmer!«

»Also, das glaube ich kaum.« Skeptisch verschränkte ich die Arme.

»Oh doch. An dem Abend war ich schlecht drauf, weil ich nicht mit Frank zu dieser Familienfeier gefahren bin. Er hatte sich so gefreut und dann habe ich abgesagt, weil ich Angst hatte, dass ich die Deadline für die Abschlussarbeit nicht schaffe. Auf einmal war ich früher fertig und Frank war nicht einmal da, um mit mir zu feiern. In der Bar habe ich mich schließlich total betrunken, weil ich so gefrustet war. Dazu kam noch, dass plötzlich alle heiraten und Frank keine Anstalten macht, mich vielleicht auch endlich mal zu fragen. Also habe ich mich betrunken bei Ben ausgeheult. Ich habe jedes Detail unserer Beziehung ausgebreitet, ihn gefragt, ob er mich hübsch finden würde und ob er wüsste, warum Frank mich nicht heiraten will.«

Sie schlug die Hände vors Gesicht und war kaum zu verstehen. »So peinlich!«

»David hat mich am Straßenrand aufgesammelt und Anika hat einen Wildfremden gefragt, ob er sie heiraten will. Glaub mir, du bist hier in bester Gesellschaft.«

»Nichts für ungut, aber das ist kein Trost. Ich kann Ben nie wieder unter die Augen treten.«

»Warum nicht?« Frank stand in der Schwingtür zur Küche, die er lautlos aufgedrückt hatte, und trug eine sehr finstere Miene zur Schau. Schnell ging ich den letzten Teil der Unterhaltung durch und bemerkte, wie mies er ohne Zusammenhang klang.

Schnell schnappte ich mir die Flasche Champagner und verließ die Küche, denn dieses Gespräch ging mich nun wirklich nichts an.

Meine Mutter fing mich direkt vor der Tür ab und strahlte mich an. »Du siehst fabelhaft aus, Kind.«

»Danke. Ich habe allerdings gehört, dass du das Kleid schon kennst.«

Sie zwinkerte mir zu, während sie mich in den Arm nahm. »Ich weiß nicht, wovon du redest.«

Ich schenkte ihr einen Blick, der besagte, dass ich ihr nicht ein Wort glaubte, aber gleichzeitig dankbar war, dass sie eingegriffen hatte.

Nach reichlichen Überlegungen war ich zu dem Schluss gekommen, dass ich jede weitere Entscheidung in Bezug auf das Thema Hochzeit in so weite Ferne geschoben hatte, dass der Tag, an dem ich mich dafür entschied, niemals gekommen wäre. Im Nachhinein war ich froh, dass sie sich verschworen hatten, um mich zu drängen.

Im ersten Moment hatte ich allerdings überlegt, wie klein die Stücke sein müssten, in die ich ihre Leichen schneiden würde, damit ich sie in meiner Küchenmaschine verarbeiten konnte.

»Ich muss dir noch etwas sagen.«

Kritisch sah ich sie an. »Ich bin ganz Ohr.«

»Heute Abend fliege ich nach Sint Maarten in den Urlaub.«

»Okay. Das war eine echt dramatische Ankündigung für einen Urlaub, Mama.«

»Sag nicht Mama zu mir.« Sie verzog das Gesicht. »Wir haben vor, dort eine Weile zu bleiben, und mit Weile meine ich Jahre.«

Die Ankündigung traf mich unerwartet, aber ich fing mich recht schnell wieder. »Da wird's ja wohl Telefon geben, oder?«

»Selbstverständlich.«

»Na also.«

Hühnchen nickte unsicher, als ob sie erwartet hätte, dass ich sie anflehen würde, hierzubleiben. Dabei tingelte sie doch ohnehin schon die ganze Zeit durch die Weltgeschichte – kurz nachdem ich 20 geworden war, hatte sie damit angefangen.

»Erzähl mir lieber, welche Funktion Eduardo eigentlich hat.«

Sie wurde knallrot. »Das geht dich gar nichts an, junges Fräulein.«

»Erstens: Nenn mich nicht junges Fräulein. Zweitens: Du darfst mich zwangsverheiraten, aber selbst bekommst du nicht einmal über die Lippen, dass du einen Freund hast?« Ich machte Kussgeräusche.

Meine Mutter verdrehte die Augen und schnaufte bemitleidenswert. »Freu dich lieber, wie erfolgreich ich dich zwangsverheiratet habe.«

»Jetzt werd mal nicht frech, meinen Mann habe ich mir immer noch selbst ausgesucht.«

»Unsinn! Am Straßenrand eingesammelt hat er dich!«

»Es geht um mich, nehme ich an.« David war neben mir aufgetaucht, legte einen Arm um mich und küsste meine Schläfe.

Hühnchen lächelte ihn sanft an und tänzelte einfach davon, ohne ein weiteres Wort zu sagen. Sie war einfach die beste Mutter der Welt.

»Hast du Maja gesehen?«, fragte ich meinen Mann.

»Ich glaube, sie und Frank sind vor einer Weile gegangen. Warum?«

»Ach, nur so. Die beiden haben in der Küche geredet und jetzt sterbe ich vor Neugier, worum es ging.«

»Das wird sie dir schon noch erzählen.«

»Wahrscheinlich.« Ich kam gar nicht mehr zum Grübeln, weil Anika auftauchte und verlangte, dass wir mehr Torte aßen.

***

Als ich endlich eine ruhige Minute übrig hatte, nahm ich Davids Hand und zog ihn mit mir in die Backstube. »Ich habe ein Geschenk für dich.«

Mein frischgebackener Ehemann setzte einen sehr unanständigen Gesichtsausdruck auf und ich musste lachen.

»Es ist kein Sex.«

Enttäuscht zog er eine Schnute und legte trotzdem die Hände auf meine Taille. »Bist du dir da ganz sicher?«

Lachend schüttelte ich den Kopf. »Du bist unmöglich. Hier.« Ich reichte ihm den unscheinbaren Briefumschlag, mein Herz klopfte wie verrückt.

Neugierig öffnete David ihn und holte den Zettel hervor. Er überflog nur die ersten Zeilen, bevor er eine Hand auf meine Wange legte und mich sehr zärtlich küsste. »Du hast deine Wohnung gekündigt. Endlich.«

Erleichtert, dass er sich freute, nickte ich nur und wollte schon wieder zu den anderen Gästen gehen. Doch David hielt meine Hand fest.

»Hey, Frau Ungeduldig. Ich habe natürlich auch etwas für dich, aber es ist nur eine Kleinigkeit.«

»Wir hatten doch gesagt, dass wir uns nichts schenken.«

Seine Augenbraue wanderte vorwurfsvoll in die Höhe. »Wer hat denn angefangen?«

»Ja, aber das ist doch nur eine Formalität.«

»Bei mir auch.« Er schob die Hand in die Hosentasche und sein Gesichtsausdruck wurde leicht gequält. Als müsste er sich selbst bestätigen, atmete er tief durch und reichte mir einen Autoschlüssel, an dem eine kleine gestrickte Schleife hing.

»Oh, du hast mir einen Schlüsselanhänger gestrickt?«

»Was? Ja. Nein. Herrgott! Das soll nur das Geschenk unterstreichen. Das ist der zweite Schlüssel für den Audi.«

Erschrocken hielt er sich die Ohren zu, weil ich schrill quiekte, bevor ich auf der Stelle tanzte. »Ich darf den Audi fahren?« Dann sprang ich ihn an.

Glücklicherweise war er geistesgegenwärtig genug, mich aufzufangen, und so hing ich um seinen Hals, als die Tür aufging und Anika ihren Kopf in die Küche steckte. »Lebt ihr beide noch? Das klang ja grauenvoll.« Erst jetzt wanderte ihr Blick über uns und ihre Wangen röteten sich. »Oh.«

»Es ist nicht das, was du denkst. Ich habe einen Schlüssel für den RS 7!«

Anika lächelte mich erfreut an. »Das – ich zitiere – irre Teil mit traumhaften 560 PS?«

Jetzt stand auch Boris in der Küche und grinste.

David verbarg das Gesicht in beiden Händen. »Hoffentlich werde ich das nicht bereuen.«

Boris lachte dreckig. »Und wie du das bereuen wirst.«

»Ich fürchte auch«, murmelte mein Mann, legte aber im gleichen Moment den Arm um mich und küsste meinen Scheitel.

Den Schlüssel an meine Wange gepresst verkündete ich voller Inbrunst: »Bester Tag aller Zeiten!«

***

Vollkommen nackt lag ich auf Davids Bett, das ab jetzt auch mein Bett war. Ich hatte mich so elegant wie möglich auf die Seite drapiert, den Kopf in die Hand gestützt und übte mein schönstes Lächeln, als er aus dem Bad kam.

»Guten Abend, Herr Brink.«

Er strahlte mich an. »Guten Abend, Frau Brink. Ich muss sagen, deine Wäsche gefällt mir außerordentlich gut.«

»Nicht wahr? Ich habe mir auch ziemlich viel Mühe bei der Auswahl gegeben.«

Mit der Hand strich ich über meine Taille und ließ sie an der Hüfte liegen.

»Gelungen, auf jeden Fall gelungen.« Er legte sich neben mich und streichelte meine Flanke.

»Weißt du, was ich überlegt habe?« Ich tippte mit dem Zeigefinger auf seine Brust.

»Nein.«

»Wir müssen unsere Profile auf dieser Datingseite löschen. Wobei ich sowieso beleidigt bin, dass ich nicht eine einzige Nachricht bekommen habe.«

David sah mich für einen Moment an, bevor er verblüfft lachte. »Meinst du das ernst?«

»Natürlich.« Irritiert zog ich die Nase kraus, woraufhin er noch mehr lachte.

Empört schlug ich mit der Hand auf seine Brust. »Wieso ist das lustig? Willst du dir etwa irgendwelche Optionen offen halten?«

Er nahm meine Hand und küsste die Innenfläche. »Manchmal bist du dafür, dass du eigentlich so clever bist, niedlich naiv. Du hast nie ein aktives Profil bekommen. Meinst du, ich bin so blöd, der Welt mitzuteilen, wie umwerfend du bist?«

»Was?«

»Na, ich habe dir am Ende einfach nur die Fragen vorgelesen, aber nichts mehr ausgefüllt. Die Sachen sind nie online gegangen. Keiner von uns beiden hat ein funktionierendes Profil – ich wollte dich nur besser kennenlernen.«

»Im Ernst? Die ganze Arbeit war umsonst?«

»Natürlich nicht, ich habe die perfekte Frau gefunden. Ich hatte ja wohl jede Menge gute Gründe, dein Profil nicht zu veröffentlichen.«

Ich entzog ihm meine Finger. »Du hast das alles von langer Hand geplant?« Meine Stimme klang ungläubig.

»Na ja, geplant ist das falsche Wort. Ich war mir nur schon kurz vor der Ankunft im Ferienhaus ziemlich sicher, dass ich dich für mich ganz allein will.«

Er zog mich näher an sich, bis unsere Körper sich berührten.

»Du hast mich ausgetrickst.«

»Unsinn. Das meinst du nur.« David zwinkerte, bevor er meinen Nacken umfasste und mich sanft küsste. »Das war alles deine Mutter.«

»Du hast wirklich Glück, dass ich dir das tatsächlich glaube.«

»Kat, ich liebe dich.«
»Ich liebe dich auch, du Schuft.«

ENDE

Liebe Leserin, lieber Leser,

danke, dass Du Dir die Zeit genommen hast, mein Buch zu lesen. Ich hoffe, es hat Dir gefallen und ich konnte Dir ein paar nette Stunden bescheren – denn darum geht es mir, wenn ich schreibe.
Vielleicht hast Du an der einen oder anderen Stelle gedacht, dass eine bestimmte Figur noch gar keinen Abschluss, gar kein Happy End bekommen hat. Deswegen möchte ich Dir an dieser Stelle versichern: Es wird ein Wiedersehen geben. Versprochen.

Die Reihe besteht bisher aus:
»Das erste Date« (August 2013)
»Die zweite Nacht« (Oktober 2013)
»Ein halber Kollege« (Kurzgeschichte, November 2013)
»Desaster Nummer 3« (Januar 2014)
»47 – Unklare Absichten« (Kurzgeschichte, April 2014)
»Zweidrittelmond« (Juni 2014)
»Nur vier Wochen« (Oktober 2014)
»Fünf gute Gründe« (Februar 2015)

Alle Neuigkeiten von meinen Büchern und mir findest Du

auf meiner **Homepage**
http://www.natalierabengut.com

auf **Facebook**
https://www.facebook.com/rabengut

auf **twitter**
https://twitter.com/rabengut

Danke!
Deine Natalie